www.ingramcontent.com/pod-product-compliance
Lightning Source LLC
LaVergne TN
LVHW010158070526
838199LV00062B/4410
*9788119022120*

# اللہ دے بندہ لے

(افسانے و خاکے)

از:

رضیہ سجاد ظہیر

© Taemeer Publications


**Allah de Banda le** *(Short Stories)*
by: Razia Sajjad Zaheer
Edition: January '2023
Publisher & Printer:
Taemeer Publications, Hyderabad.

ISBN 978-81-19-02212-0

مصنف یاناشر کی پیشگی اجازت کے بغیر اس کتاب کا کوئی بھی حصہ کسی بھی شکل میں بشمول ویب سائٹ پر
اَپ لوڈنگ کے لیے استعمال نہ کیا جائے۔ نیز اس کتاب پر کسی بھی قسم کے تنازع کو نمٹانے کا اختیار
صرف حیدرآباد (تلنگانہ) کی عدلیہ کو ہوگا۔

© تعمیر پبلی کیشنز


| | | |
|---|---|---|
| کتاب | : | **اللہ دے بندہ لے** |
| مصنف | : | **رضیہ سجاد ظہیر** |
| صنف | : | فکشن (افسانے وخاکے) |
| ناشر | : | تعمیر پبلی کیشنز (حیدرآباد، انڈیا) |
| زیر اہتمام | : | تعمیر ویب ڈیولپمنٹ، حیدرآباد |
| تدوین / تہذیب | : | مکرم نیاز |
| سالِ اشاعت | : | ۲۰۲۳ء |
| تعداد | : | (پرنٹ آن ڈیمانڈ) |
| طابع | : | تعمیر پبلی کیشنز، حیدرآباد – ۲۴ |
| صفحات | : | ۲۵۸ |
| سرورق ڈیزائن | : | مکرم نیاز |

# فہرست

| | | | |
|---|---|---|---|
| | تختی بہ طور پیش لفظ | نور ظہیر | 7 |
| | رضیہ سجاد ظہیر (سوانح حیاتی خاکہ) | علی باقر | 16 |
| (۱) | بادشاہ | | 21 |
| (۲) | پنچ | | 31 |
| (۳) | نگوڑی چلی آوے ہے | | 47 |
| (۴) | معجزہ | | 56 |
| (۵) | رئیس بھائی | | 100 |
| (۶) | سورج مل | | 104 |
| (۷) | دل کی آواز | | 111 |
| (۸) | اللہ دے بندہ لے | | 128 |
| (۹) | اب پہچانو | | 139 |
| (۱۰) | تلی تال سے چینا مال تک | | 146 |

| | | |
|---|---|---|
| 157 | بڑا سوداگر کون | (۱۱) |
| 165 | انتظار ختم ہوا انتظار باقی ہے | (۱۲) |
| 175 | اندھیرا | (۱۳) |
| 191 | چنے کا ساگ | (۱۴) |
| 198 | راکھی والے پنڈت جی | (۱۵) |
| 206 | لاوارث | (۱۶) |
| 215 | کچھ سہی | (۱۷) |
| 224 | دوشالہ | (۱۸) |
| 233 | وہ شعلے | (۱۹) |
| 245 | سچ صرف سچ اور سچ کے سوا کچھ نہیں | (۲۰) |

# تختی

## بہ طور پیش لفظ

کسی بھی ادبی شخصیت کا جب ذکر ہوتا ہے تو تین سوال ضرور پوچھے جاتے ہیں ـــــ اُنھوں نے کیا لکھا، کیسا لکھا اور کن حالات میں لکھا۔ امّی کا اور میرا بہت لمبا رشتہ نہیں رہا ـــــ اگر صرف اُس وقت کو گنا جائے، جب میں اِس قابل تھی کہ اُن کی شخصیت، اُن کے علم اور اُن کے فن سے کچھ حاصل کرسکوں تو مشکل سے دس بارہ سال ہی نکلیں گے۔ ظاہر ہے اُن کی مکمل شخصیت کے بارے میں تو وہ لوگ ہی بتا سکتے ہیں۔ جن کا امّی سے تعلق تیس بتیس سال کا رہا ہو۔ بہت سے عالم اور فاضل لوگ ہیں جو مجھ سے کہیں زیادہ جانتے اور سمجھتے ہیں کہ امّی نے کیا لکھا اور کیسا لکھا۔

امّی نے کیسے لکھا اور کہاں بیٹھ کر لکھا یہ شاید بہت کم لوگ جانتے ہیں۔ آج اُن کی میز پر بیٹھ کر لکھتے ہوئے مجھے وہ ساری باتیں یاد آتی ہیں ـــــ لکھنؤ

میں وزیر منزل کا آؤٹ ہاؤس۔ گرمی کے دنوں میں برآمدے میں آرام کرسی پر آلتی پالتی مار کر بیٹھی امّی بائیں ہاتھ میں سگریٹ اور دائیں ہاتھ کو زمین پہ رکھا ہوا چائے کا گلاس۔ بائیں گھٹنے پر لوہے کی کلپ والی تختی اور بس لکھے چلی جارہی ہیں۔ سویرے سویرے اُٹھ جاؤ امّی لکھتی ہوئی ملیں گی۔

پھر دلّی کا دَور شروع ہوا۔ میں چھ سات برس کی تھی۔ حوض خاص میں ہمارے گھر کا چھوٹا سا کمرہ جسے امّی کُلیا کا سا کمرہ کہتی تھیں۔ ایک طرف اُن کا بان کا پلنگ، پلنگ کو تقریباً چھوتی ہوئی اُن کے لکھنے کی میز کرسی۔ لیکن میز آجانے کے بعد بھی امّی اپنا تخلیقی کام آرام کرسی پر بیٹھ کر ہی کرتی تھیں۔ میز صرف ترجمے یا خط و کتابت کے لیے استعمال ہوتی تھی۔ ایک اور بھی بات تھی وہ صبح کے وقت ترجمے کا کام کبھی نہیں کرتی تھیں۔ صبح کا وقت صرف تخلیقی کام کے لیے ہوتا تھا۔ پَو پھٹتے ہی امّی اٹھتیں، اپنے لیے چائے بناتیں اور لکھنے بیٹھ جاتیں۔ آٹھ بجے سے پہلے تو اپنی جگہ سے ہلتی تک نہیں تھیں۔ اس بیچ میں دو چار کپ چائے اور بنواتیں۔ مجھے اسکول کی تیاری پر ہزاروں ہدایتیں دیتیں۔ ابّا اخبار میں سے کچھ پڑھ کر سناتے تو اس پہ ردِّ عمل دیتیں جیسے "اُنہہ تو میں کیا کروں" یا "چھوڑ دی نہ پارٹی، وہ تو کم بخت تھا ہی گرگٹان" یا "کیا چنڈو خانے کی اڑا دیتے ہیں یہ اخبار والے۔" یہ سب کہتی جاتیں لیکن اپنی جگہ سے نہیں ہلتیں۔ جاڑوں میں سر سے شال لپیٹے لحاف اوڑھے جھولا سے پلنگ میں دھنسی اپنی تختی سے جوجھتی رہتیں۔ تختی کے علاوہ امّی کی شخصیت سے ایک اور چیز جڑی ہوئی تھی۔ اُن کی ہنسی ــــ دھیرے دھیرے اُن کے ہنسنے کے انداز سے مجھے پتہ چل جاتا تھا کہ اُن کی کہانی کس اسٹیج پر ہے۔ کسی اچھے جملے کے بن جانے پر یا کسی غیر معمولی مثال دینے پر مسکرانا۔

اپنے کردار ممدو یا فخرو کی کسی بات پر کھلکھلاتی ہوئی ہنسی ــــ کسی کے اکیلے پن یا مجبوری کا ساتھ دیتی ہوئی ہمت بندھاتی ہوئی ہلکی سی مسکان ــــ موزوں کلائمکس مل جانے پر ایک اطمینان کی مسکراہٹ کہ اب منزل دور نہیں اور کہانی شروع کرنے سے پہلے ایک پُراسرار سی مسکراہٹ کہ نہ جانے کیا ہوگیا انجام نکلے۔

امّی صبح اٹھنے کی بہت قائل تھیں۔ اور ابّا سے اس بات پر اکثر ناراض رہتی تھیں کہ دن کا بہترین حصہ جب دماغ تروتازہ ہوتا ہے اور چاروں طرف خاموشی ہوتی ہے وہ سونے میں گنوا دیتے تھے۔ ابّا انھیں اکثر چھیڑا کرتے تھے "لیکن رضیہ اگر ہم صبح اٹھ گئے تو تمھیں سکون اور خاموشی کیوں کر ملے گی؟" امی اس طرح کی منطق کا صرف ایک جواب دیتی تھیں۔ "اُنہہ" ــــ صبح اٹھنے کی عادت امّی ہمیشہ اپنی مذہبی طبیعت سے جوڑتی تھیں اور ہمیشہ کہتی تھیں کہ کچھ ہو یا نہ ہو مذہب آپ کو باقاعدگی ضرور سکھاتا ہے۔

امّی اور ابا میں صبح اٹھنے کے علاوہ ایک اور بات پر ہمیشہ اختلاف ہوتا تھا۔ امّی کبھی بھی کسی خراب شاعر کے کلام کی تعریف نہیں کرتی تھیں چاہے وہ سامنے بیٹھ کر ہی اپنی غزل یا نظم کیوں نہ سنا رہا ہو۔ اگر شاعری ناقابلِ برداشت ہوجاتی تو وہ باورچی خانے میں کچھ کرنے چلی جاتیں۔ ابّا اکثر اُن سے کہتے "بھئی نوجوان ہے۔ منجھتے منجھتے اچھا شاعر بن جائے گا۔" "تب اس کی شاعری کی تعریف بھی کردیں گے۔ اِن کے خراب کلام کی اب تعریف کر کے کیوں انھیں غلط یقین دلایا جائے کہ وہ ابھی ہی سے بہت اچھے شاعر ہیں۔" اِسی بات پر امّی اڑی رہتیں۔

گوشت تو امّی ایسے پکاتی تھیں کہ بیٹھ گئیں پیڑھی پر انگیٹھی کے پاس اور پھر "منّو گھی دو، شمّو پیاز کاٹ کہ نہیں، نیوٹی نمک دو، اے ہے کنکری والا

دونا۔" —— اور خود اس دیگچی میں کفگیر گھما دی —— لیکن ادبی کام میں بالکل اس کا اُلٹا تھا۔ ادبی کام بالکل تہہ سے شروع کرتی تھیں۔ وہ شروع ہی میں اپنی کہانی کے واقعوں کی ایک فہرست بناتی تھیں، پھر خلاصہ، پھر رف اور پھر کہانی مکمل ہوتی۔ تخلیقی کام میں تختی ان کی مددگار بنتی اُس کو بھی وہ بہت اہمیت دیتیں۔ سستی تختی مگر اس کی کلپ خوب مضبوط ہوتی۔ قلم ہمیشہ پارکر استعمال کرتیں اور روشنائی یا کاغذ خریدنے میں خوب مزہ لیتیں۔ کاغذ معمولی سہی مگر شفاف سفید ہونا چاہیئے۔ اسے بڑے سلیقے سے پھاڑتیں اور تختی پر لگاتیں اور کہتی جاتیں "نئے کاغذ کی مہک کتنی اچھی ہوتی ہے نہ۔" آخری دس سالوں میں وہ میری بڑی بہن اور بہنوئی، نجمہ باجی اور علی بھائی کو بڑی دعائیں دیتیں کیونکہ وہ لوگ اُن کے لیے لندن سے پین اور پنسل بھیجا کرتے تھے۔ یہ لوگ اور بھی بہت تحفے بھیجتے تھے۔ مگر امی ان پنسلوں سے جتنا خوش اور مطمئن ہوتیں اتنا کسی اور قیمتی تحفے سے نہیں۔

امی صرف خود اپنی ادبی تخلیق کرنے ہی میں مگن نہیں رہتی تھیں بلکہ دوسروں کی لکھی چیزوں کو سمجھنے اور سمجھانے میں بھی بڑا لطف لیتی تھیں۔ اور اگر کہیں غیر موزوں پڑھ دو تو بس "تم ہم لوگوں کو اولاد ہو پھر مُتَوَرقص تمھارا کام ہے۔ تم ناموزوں شعر پڑھ رہی ہو۔" شعر پڑھنے کے بعد اس کا مرکزی لفظ نکلواتیں مجھے یاد ہے انھوں نے غالب کا یہ شعر سنایا۔

سب کہاں کچھ لالہ و گل میں نمایاں ہوگئیں
خاک میں کیا صورتیں ہونگی کہ پنہاں ہوگئیں

اور مجھ سے شعر کا سب سے اہم لفظ ڈھونڈنے کو کہا۔ میں نے فوراً کہا

"لالہ و گل" "جاہل، نادان! اس شعر کا سب سے اہم لفظ ہے 'کچھ' اب اِس پر زور دے کر پڑھو خود شعر سمجھ میں آجائے گا"—— اپنی تخلیق کے ساتھ وہ کسی قسم کی زیادتی برداشت نہیں کرتی تھیں۔ ایک بار اُن کی کہانی ریکارڈ ہو رہی تھی۔ ریکارڈنگ کے بعد انھیں کہانی سنوائی گئی۔ بیچ کہانی میں کوئی ایک چوتھائی سکنڈ کے لیے ایک عجیب سی آواز آگئی۔ شاید امّی خود ہی ٹھکھاری تھیں یا کرسی کھسکائی تھی۔ بس امّی اڑ گئیں کہ ریکارڈنگ دوبارہ ہوگی۔ اسٹوڈیو آدھے گھنٹے تک خالی نہیں تھا۔ پروڈیوسر اُن کو سمجھاتا رہا کہ اس چھوٹی سی آواز کا براڈکاسٹ پر کوئی اثر نہیں ہوگا۔ پتہ بھی نہیں چلے گا۔ لیکن وہ آدھے گھنٹے تک وہیں بیٹھی رہیں۔ دوبارہ ریکارڈنگ کرائی، سنی اور اس کے بعد پروڈیوسر کو ٹیکسی منگوانے کا حکم دیا۔

انھیں دیسی خوشبودار پھول بہت پسند تھے۔ مولسری، ہارسنگھار، رات کی رانی اور چمبیلی کی خوشبو پر مرمٹتی تھیں۔ یہی حال سبزیوں کے ساتھ تھا۔ سبزیوں کی دکان پر امّی ایسے مچلتیں جیسے کوئی بچہ مٹھائی کی دکان پر۔ اور اکثر وہ اپنے کردار کا خاکہ کھینچتے ہوئے اس کا کوئی نہ کوئی پہلو کسی سبزی سے ملا دیتیں۔ سوکھی شکرقند جیسی صورت، ایسی پھیکی شخصیت جیسے شلجم، اس قدر دبلا جسم جیسے باسی ککڑی وغیرہ۔ اُن کی پسندیدہ پینٹنگ بھی وین گوگ کی "پوٹیٹو ایٹرس" یعنی آلو کھانے والے تھی۔

امّی کے کہانی پڑھنے کے انداز کو ہمیشہ سراہا گیا ہے۔ وہ بہت جذباتی تھیں۔ اپنی کہانیوں کو خوب مزہ لے کر پڑھتی تھیں۔ اپنے کرداروں کو خود جیتی تھیں۔ یہ باتیں صحیح ہیں اور انھیں سب جانتے ہیں۔ لیکن یہ شاید بہت کم لوگ

جانتے ہیں کہ وہ کتنی محنت کرتی تھیں، کتنا ریاض کرتی تھیں، کتنا بدلتی تھیں اپنی کہانی کو تاکہ اس میں روانی آئے اور خوب صورتی پیدا ہو۔ ایک بار میں اپنی ایک کہانی انھیں سنانے کے لیے گئی۔ اس میں ایک جملے میں "ر" اور "ڑ" ایک ساتھ بار بار آرہے تھے۔ بس امّی نے فوراً پکڑ لیا۔ " اے ہے اتنے 'ر' اور 'ڑ' ـــــ یہ تو تم کبھی بھی روانی سے نہیں پڑھ سکتیں۔ زبان ضرور لڑکھڑائے گی۔ فوراً بدلو یہ لفظ۔" "اب ہم کہاں سے لائیں اور لفظ؟" میں نے چڑ کر کہا۔ "بس یہی تو تم لوگوں میں خرابی ہے۔ ہندی سیکھی نہیں اردو سکھائی نہیں گئی۔ انگریزی اپنی زبان ہو تو آئے۔ لہٰذا رہ گئے بے زبان، کیا خاک EXPRESS کروگی اپنے آپ کو!"

---

شاید امّی کے لیے سب سے مشکل تخلیق تھی "انتظار ختم ہوا انتظار باقی ہے" ابّا کے غیر متوقع انتقال کی خبر سن کر امی بالکل نہیں روئیں۔ بس ایک عجیب طرح کی خاموشی نے انھیں گھیر لیا۔ ابّا کا انتقال الما آتا (روس) میں ہوا تھا۔ اور تیسرے دن اُن کا جنازہ دلّی لایا گیا تھا۔ ان کو دفن کرکے جب ہم لوگ جامعہ ملیہ سے لَوٹے تو میں اپنی امّی کے ساتھ ہی اُن کے پلنگ پر اُن کی پیٹھ سے لگ کر سوگئی تھی۔ صبح پانچ بجے آنکھ کھلی تو امّی پلنگ پر بیٹھی لیمپ جلائے تختی پر جھکی تھیں۔ ان کا چہرہ عجیب طرح سے زرد تھا۔ بدن بار بار کانپتا تھا۔ لکھنا ختم کرکے انھوں نے ایک سرد آہ بھری۔ اعینک اتاری اور میری طرف دیکھ کر بولیں۔ "بیٹی ایک کپ چائے پلاؤ گی۔" میں نے اُن کا ماتھا چھُوا تو تیز بخار میں تپتا ہوا پایا۔ چائے لے کر میں کمرے میں آئی تو امّی مجھ سے بولیں۔ "نجمہ کی شکل تمھارے ابّا سے بہت ملتی ہے۔ آج وہ لندن سے

آجائے گی۔" اور ابّا کے انتقال کے بعد پہلی بار وہ سر جھکا کر بغیر کسی آواز کے زار و قطار رونے لگیں۔ صرف چند ہفتے پہلے ابّا دلّی سے لندن اور الما آتا ہوتے ہوئے لوٹنے کا وعدہ کر گئے تھے۔ امّی کا انتظار تا عمر باقی ہی رہا۔

کبھی کبھی امّی اپنی کہانیوں میں ایسے مسائل پر روشنی ڈالتیں۔ جو کہ شاید سطحی پر نظر بھی نہ آتے ہوں۔ بڑی عمر میں میاں بیوی کا ایک دوسرے پر منحصر ہونا اور اپنے آرام کی امید میں ایک دوسرے کا ساتھ نبھاتے رہنا —— جیسے "بڑا سوداگر کون" میں امّی نے بیان کیا ہے یا اوپر سے خوش اور مطمئن دکھائی دینے والی بوڑھی مسز سری واستوا کا اکیلا پن "لاوارث" میں ہے۔ لیکن اس طرح کی کہانیوں میں وہ زیادہ اَن کہا چھوڑ دیتیں اور ور اُن مسائل کی طرف بس ایک اشارہ کر دیتیں۔ اُنھیں اپنے پڑھنے والوں پر بڑا بھروسا تھا اور وہ یہ مان کر چلتی تھیں کہ ادیب کا کام بس ایک سمت شارہ کرنا ہے۔ "نتیجہ پڑھنے والوں پر چھوڑ دینا چاہیے ورنہ تخلیق میں اور در پروپیگنڈہ میں کیا فرق رہ جائے گا۔"

کہیں کہانی پڑھنا ہوتی تو امّی بڑی احتیاط سے کہانیاں چنتیں۔ کس طرح کی محفل ہے، انھیں کتنے بجے تک پڑھنے کو کہا جائے گا، لوگ کس طرح کا موضوع پسند کریں گے۔ یہ سب ذہن میں رکھ کر کہانیوں کا انتخاب کرتیں۔ ور وہ اسٹیج پر کھڑی ہو کر، عینک لگا کر، کہانی کا نام بتا کر ایک بار غور سے وری محفل کی طرف دیکھتیں تو ہوٹنگ کر رہے مجمع میں بھی کچھ پل سناٹا چھا جاتا۔ مجھے اکثر امّی نے تجربے کے لیے سامعین کے طور پر استعمال کیا اور میں بھی بھی سمجھ نہ پاتی کہ اُن کے افسانے میں کون سی بات ہوگی جو سننے والے

پر سب سے زیادہ اپنی چھاپ چھوڑتی تھیں زبان، پڑھنے کا اسٹائل، دلچسپ اور زندگی کے قریب کردار یا اُن کی بڑی بڑی چمک دار آنکھیں جو ایک وقت میں سینکڑوں لوگوں سے سیدھا تعلق قائم کرسکتی تھیں۔ اور جن کی گہرائیاں کہانی کے ہر پہلو کے ساتھ بدلتی، سمٹتی، ٹھہرتی اور پھیلتی ہی رہتی تھیں۔

امی نے اپنی ساری ذمّہ داریاں، وہ بھی جو اصل میں آبا کے حصّے آنی چاہئے تھیں، بڑی ایمانداری اور سچائی سے نبھائیں۔ کبھی بھی کہیں بھی مشکل موڑ پر ہم چاروں بہنوں نے اپنے کو تنہا نہیں پایا۔ ہمیشہ امّی کا وجود ڈھارس بندھانے اور ہمّت دینے کے ساتھ ہوتا تھا۔ لیکن پھر بھی کبھی کبھی ایسا لگتا تھا جیسے اُن کی روح اِن باتوں سے بالکل الگ، بالکل آزاد، دور تنہائی میں ہوتی۔ اور تنہائی میں خود اپنی حکمرانی بنانے کے خواب دیکھتی ہے۔ ایسا لگتا تھا جیسے کوئی پرندہ قید میں بھی بار بار بین کر دیتا ہے کہ کہیں اُس کا سُروں سے تال میل ٹوٹ نہ جائے۔ اُن کی کہانی " بادشاہ " شاید اسی طرح کی بادشاہت کے لیے آرزو مند ہے۔ کسی فقیر کو سڑک پر کبیر کا بھجن " من لاگو مورے رام فقیری میں " گاتے سنتیں تو رونے لگتیں۔ اور کبیر کا ہی " کبیرا کھڑا بازار میں لیے لکوٹیا ہاتھ، جو گھر پھونکے آپ نو چلے ہمارے ساتھ" اکثر دہراتیں۔

امّی کے انتقال سے کچھ عرصہ پہلے میں اُن سے ملنے نجمہ باجی کے گھر گئی تھی۔ اُنھوں نے کوئی بات نہیں کی بس سلام کا جواب دیا اور پھر اپنی تختی پر جھک گئیں۔ مجھے بہت بُرا لگا۔ میں نے طنز سے پوچھا۔ " کوئی ضروری کام کر رہی ہیں کیا؟ " " ہوں " کہہ کر وہ پھر خاموش ہو گئیں۔

"کتنی بری ہیں آپ امّی ! اتنی دُور سے آپ سے ملنے آئے ہیں آپ بات تک نہیں کرتیں، کتنی خود غرض ہیں آپ !! آپ کا کام ہو جائے بس ٹھیک ہے، ہم جاتے ہیں، جب بچوں کے لیے وقت مل جائے تو فون کر کے بلا لیجیے گا۔" میں تنک کر جا ہی رہی تھی کہ انھوں نے روک لیا۔ "ٹھہرو، بیٹی جا رہی ہو تو جاؤ لیکن ایک بات سنتی جاؤ اگر ہم اپنے کام کے بارے میں خود غرض نہ ہوتے تو یہ نوکری، یہ زندگی بھر کی جدوجہد، تمہارے ابّا کے جیل کا سفر، تم لوگوں کی پڑھائی لکھائی ہمیں ایسا مارتی کہ ہم کھڑے نہیں ہو سکتے تھے۔ ہماری قوتِ ارادی ہماری طاقت ہے، ہمارا لکھنا ہمیں زندہ رکھتا ہے۔ کیا ہمیں اپنی زندگی کے بارے میں خود غرض ہونے کا بھی حق نہیں۔"

اپنے لکھنے سے انھیں عشق تھا، وہ اُن کی زندگی تھی اور یہی وجہ ہے کہ اور چیزوں کے بارے میں وہ لاپروا تھیں۔ مثلاً اُن کے چشمے کا نمبر کبھی ٹھیک نہیں ہوتا تھا۔ اُن کی کرسی کی بید ہمیشہ ٹوٹی رہتی تھی۔ جوتے ہمیشہ پرانے اور مرمت کیے ہوئے ہوتے تھے۔ لیکن اپنے لکھنے کے کام میں کبھی وہ ڈھیل نہیں دیتی تھیں۔ کبھی کسی خیال کو لکھ ڈالنے میں سستی نہیں کرتی تھیں۔ کوئی ذمہ داری اٹھا کر نہیں رکھتی تھیں اور ایک خاص وقت پر تختی لے کر بیٹھ جاتی تھیں۔ چاہے ایک سطر لکھتیں یا ایک صفحہ یا ایک افسانہ یا ایک ناول۔

نور ظہیر

۱۰ر دسمبر ۱۹۸۴ء
نئی دہلی

مرتبہ: علی باقر

# رضیہ سجاد ظہیر

## سوانح حیاتی خاکہ

نام ــــــ رضیہ دلشاد

والد کا نام ــــ خان بہادر سید رضا حسین ہیڈ ماسٹر اجمیر اسلامیہ ہائی اسکول، اجمیر (راجستھان)

والدہ کا نام ــــ رقیہ بیگم

تاریخ ولادت ــــ ۱۵ر فروری ۱۹۱۷ء

مقام پیدائش ــــ اجمیر (راجستھان)

ننھیال ــــ سنبھل، مراد آباد

دھدھیال ــــ بنارس

دادا ــــ سید امداد حسین اثم بنارسی رام نگر اسٹیٹ میں رہتے تھے اور صاحب دیوان شاعر تھے۔

تعلیم ——— میٹرک، ایف اے، بی اے، فرسٹ ڈویژن میں پاس کیے۔
بی اے تک تعلیم گھر پر اور پردہ میں رہ کر حاصل کی۔ ایم اے
شادی کے بعد الہ آباد یونیورسٹی سے فرسٹ ڈویژن میں پاس کیا۔

بھائی بہن ——— سید معین الدین حسن

رضیہ دلشاد (رضیہ سجاد ظہیر)

سید سجاد حسن

سید امداد حسن

ذکیہ دلشاد (مسز ذکیہ حسنین)

والدہ کا انتقال ——— ۱۹۴۵ء بمقام لاہور

والد کا انتقال ——— ۱۹۵۸ء بمقام کراچی

شادی ——— ۱۰ر دسمبر ۱۹۳۸ء

نام شوہر ——— سید سجاد ظہیر (سر وزیر حسن کے چوتھے صاحبزادے)
تاریخ پیدائش ۵ر نومبر ۱۹۰۵ء تاریخ وفات ۱۳ر ستمبر ۱۹۷۳ء

بچپن اور بعد کی کہانیاں ـ "پھول" "تہذیب نسواں" اور "عصمت" میں چھپتی تھیں۔

قیام الہ آباد ——— شادی کے بعد سے بنے بھائی کی گرفتاری (دسمبر ۱۹۳۹ء تک) لکھنؤ
اور الہ آباد میں رہیں۔ بڑی بیٹی نجمہ کی پیدائش (اگست ۱۹۴۰ء)
سے دو مہینے پہلے اجمیر چلی گئیں۔ نجمہ کی پیدائش کے زمانے میں
بنے بھائی جیل میں تھے۔ دوسری بیٹی نسیم کی پیدائش اجمیر میں
جنوری ۱۹۴۳ء میں ہوئی۔

قیام بمبئی ـــــ ۱۹۴۲ء سے ۱۹۴۷ء تک بنّے بھائی نجمہ اور نسیم کے ساتھ ۹۶ والیکشور روڈ، مالابار ہلز بمبئی میں رہیں۔ بنّے بھائی اور رضیہ آپا کا سارا وقت شاعروں، ادیبوں، نقادوں اور صحافیوں کے ساتھ گزرتا۔ بمبئی کے قیام کے دَوران تحریک ترقی پسند مصنفین میں شرکت۔ والدہ کے انتقال کے بعد ایک برس اجمیر رہیں۔ ۱۹۴۵ء میں صوفیہ کالج اجمیر میں پڑھایا۔

قیام لکھنؤ ـــــ ۱۹۴۷ء میں سرور حسن کے انتقال کے بعد شوہر اور دونوں بچیوں کے ساتھ لکھنؤ آگئیں، ۱۹۶۵ء تک وہیں رہیں۔ تیسری بیٹی نادرہ کی پیدائش جنوری ۱۹۴۸ء میں لکھنؤ میں ہوئی۔

قیام دلی ـــــ ۱۹۶۵ء سے ۱۹۷۹ء تک

مارچ ۱۹۴۸ء میں کمیونسٹ پارٹی کے کہنے پر سجاد ظہیر کی پاکستان کو روانگی اور رضیہ آپا کے لیے صبر آزما جدوجہد کا آغاز۔

جون ۱۹۴۸ء میں رضیہ آپا نجمہ اور نسیم کو لے کر پاکستان گئیں۔

۱۹۴۸ء میں رضیہ آپا نے کرامت حسین گرلز کالج لکھنؤ میں پڑھانا شروع کیا۔

۱۹۵۲ء میں "امن کا کارواں" ادیبوں اور فنکاروں کی کانفرنس کی رپورٹ۔

۱۹۵۳ء میں "سرِشام" (ناولٹ)

۱۹۵۴ء میں "کانٹے" (ناول)

۱۹۵۴ء میں "نہرو کا بھتیجہ" (بچوں کے لیے)

۱۹۵۴ء میں "نقوشِ زنداں" (سجاد ظہیر کے خطوط رضیہ سجاد ظہیر کے نام) کتاب مرتب کی۔

۱۹۵۵ء میں سجاد ظہیر کی پاکستان جیل سے رہائی اور لکھنؤ کو واپسی

۱۹۵۷ء میں چوتھی بیٹی نور کی پیدائش لکھنو میں ہوئی۔

۱۹۶۳ء میں "سمن" (ناول)

۱۹۶۴ء میں پاکستان کا سفر چھوٹی بیٹی نور کے ساتھ۔

۱۹۶۵ء میں مشرقی جرمنی اور ماسکو کا سفر سجاد ظہیر کے ساتھ۔

۱۹۶۵ء میں دلی میں سوویت انفارمیشن سنٹر میں بحیثیت مترجم ملازمت۔

۱۹۷۱ء میں روس اور انگلستان کا سفر۔

۱۹۷۳ء سلطان زین العابدین۔ بڈشاہ (بچوں کے لیے)

۱۹۷۳ء ۱۳ ستمبر کو الما اتا روس میں سجاد ظہیر کا حرکت قلب بند ہو جانے سے انتقال۔

۱۹۷۴ء میں الما اتا، ماسکو اور لندن کا سفر۔

۱۹۷۹ء، ۱۸ دسمبر کو دہلی میں انتقال، تدفین جامعہ ملیہ اسلامیہ کے قبرستان میں ہوئی۔

انعامات ـــــــ ۱۹۶۶ء میں نہرو ایوارڈ

۱۹۷۲ء میں یو پی اُردو اکیڈمی ایوارڈ

۱۹۷۴ء میں اکھل بھارتیہ لیکھیکا سنگھ ایوارڈ

چند مشہور ترجمے ـــ رضیہ آپا نے چالیس سے زیادہ کتابوں کے ترجمے کیے۔ ان میں سے چند یہ ہیں:

"پھول اور سموم" (برولو اتپلیں)

"کھریا کا گھیرا" (بریخت)

"گلیلیو" (بریخت)

"گورکی کی سوانح حیات" (بھگوتی چرن ورما)

"بنتی بگڑتی تصویریں"

"عورت" (سیارام سرن گپت)

"گنگا چیل کے پنکھ" (لکشمی نندن بورا)

"بوند اور سمندر" (امرت لال ناگر)

"الوداع گلسری جمیلہ" (چنگیز ایموی)

"صدرالدین عینی کی سوانح حیات" (غیر مطبوعہ)

نامکمل ناول ـــ "دیوانہ مر گیا" مجازؔ کی زندگی پر ناول (سترہ میں سے گیارہ باب مکمل)

# بادشاہ

اگر آپ کسی کالونی میں آٹھ سال سے رہ رہے ہوں، آپ کو یہ بھی خوش فہمی ہو کہ آپ کا مشاہدہ کافی تیز ہے۔ روز دن میں دو نہیں تو کم از کم ایک بار آپ بازار کا پھیرا کرتے ہوں، کبھی کبھی الیکشن یا کسی اور چکر میں آپ گھر گھر، دوکان دوکان گھومے بھی ہوں اور پھر بھی آپ کو کسی دن یہ پتہ چلے کہ اس کالونی کی سب سے دلچسپ شخصیت کو تو آپ نے اب تک دیکھا ہی نہیں تھا تو جو آپ پر گزرے گی کچھ ویسی ہی مجھ پر بھی گزری جب بالکل اتفاق سے میری ملاقات ایک دن بالو لال سے ہو گئی۔

ملاقات بھی یوں تھوڑا ہوئی کہ کسی نے تعارف کرا دیا۔ بات دراصل یہ ہوئی کہ میرے گھر میں صرف دو عدد کرسیاں ہیں اور ان میں سے بھی ایک کی بید، یعنی کہ جسے اب پلاسٹک کہنا چاہیے، وہ بالکل ٹوٹ گئی تھی اور دوسری کی بھی شکستہ ہو گئی تھی۔

بازار میں فرنیچر کی ایک ہی دوکان ہو تو اس کے مالک کا نخرہ معلوم۔ ایسے میں میں اپنی گلی میں کھلنے والے دروازے پر کھڑی دُور سے جلوہ دکھاتے کسی سبزی والے کی منتظر تھی کہ بابو لال کو میں نے سائیکل پر سوار گزرتے دیکھا اور جیسے ہی مجھے اس کے کندھے پر لٹکے پلاسٹک کے لچھوں کی جھلک دکھائی دی، میں نے بیقرار ہو کر اسے آوازیں دینی شروع کر دیں۔ اس نے فوراً سائیکل موڑی اور قبل اس کے کہ میں اس سے کچھ کہتی وہ یوں مجھ سے مخاطب ہوا جیسے نہ جانے کب سے مجھے جانتا تھا۔ "اجی، ج ج جے ہند ـــــ تم آواز دے رہے ہو نہ۔"

"ہاں بھئی۔" میں نے اس کی بے تکلفی پر ذرا کھسیا کے کہا، "آپ کرسی بُن دیں گے۔"

وہ فوراً اپنی کھچڑا سائیکل میری دو سیڑھیوں پر چڑھا کر اس زور سے اندر آیا کہ میں بوکھلا کے پیچھے ہٹ گئی ـــــ اس نے سائیکل دیوار سے لگائی، کندھے پر سے پلاسٹک کے لچھے اُتارتے ہوئے، فرش پر اکڑوں بیٹھ گیا اور مجھے حکم دیتے ہوئے بولا، "کرسی نکالو، پ پ پہلے ہم دیکھیں گے۔"

میں نے ذرا ڈر کے پوچھا، "مگر آپ کو آتا ہے نہ کرسی بننا۔ باریک بننا ہے؟" اس نے میری طرف بڑی حقارت سے دیکھا، "یہ پہ پ وچھو ہمیں کیا نہیں آتا۔ ک ک کرسی ہم بنیں، بجلی ہم ب ب بنائیں، پانی کا ن ن نل ٹھیک کریں ـــــ اور جی، اس کا کیا نام، ک ک کھانا اچھے سے اچھا پ پکائیں ـــــ درزی کا کام ...."

میں نے گھبرا کے فوراً ایک کرسی باہر نکال دی، " دیکھئے ــــــــ یہ ہے، کیا لیجئے گا اس کی بنوائی؟ ٹھیک بنائیے گا تو ایک اور ہے۔"

اس نے ایک بار مجھے غور سے دیکھا، پھر کرسی کے معائنے میں لگ گیا۔ پھر دیکھ دیکھ کے بولا۔ " ہوں۔"

" تو کیا ہوگی بنوائی؟"

اس نے اوزاروں کے تھیلے میں سے ایک چمٹیا سی نکالی اور کرسی کو گھمایا، بولا، "جس کسی نے بھی ب ب بنی تھی، اچھی ب ب بنی تھی۔"

" مگر آپ کیا دام لیں گے؟" میں نے تیسری بار پوچھا

اس نے یوں مجھے دیکھا جیسے اس کی سمجھ میں نہ آرہا ہو، میں کیا کہہ رہی ہوں، "پ پ پیسے کو پوچھ رہی ہو؟"

میں نے دھیرے سے کہا، " ہاں، کیا دام ہوں گے۔"

وہ ہنسنے لگا، " اجی، دَدَ دام کی فکر مت کرو۔ دام تو مَ مَ میں نے یہاں گلی بھر پر چھوڑ رکھے ہیں۔ ک ک کبھی آیا، نہیں دئے۔ چ چ چلا گیا کر جی پھر دے دینا۔"

اور بس اتنا کہہ کر وہ کرسی میں جٹ گیا۔

اس کی عمر کوئی چالیس پچاس کے بیچ ہوگی، خاکی رنگ کا بہت ہی میلا، گھٹنوں پر سے پھٹنے کی حد تک گھسا ہوا پتلون جس کے آگے والے دو بٹن کھلے ہوئے تھے، ہرے رنگ کی قمیض یعنی کے جو کبھی ہرے رنگ کی رہی ہوگی جس کی پوری

آستینیں کف میں بٹن نہ ہونے کی وجہ سے کہنی کے پاس سے جھول رہی تھیں، ننگے سر، سوکھا جسم، روکھے بال، جلے تانبے کا سا رنگ، بات کرتے میں تھوک کی چھینٹیں اڑاتا ہوا دہانہ، لمبی سی ناک، طنز سے بھری ہوئی چھوٹی چھوٹی چمکتی ہوئی آنکھیں ——— سائیکل میں اوزاروں کا پھیٹچر تھیلا اور کئی عدد اور نہ جانے کیا کیا پُرزیاں سی، سائیکل کے پاس جوتا، بے رنگ، مٹی سے بھرا جس میں رنگ برنگے چمڑے کی چیپیاں زیادہ تھیں، اور اصل جوتا کم تھا۔

میں آنگن میں پڑے ایک پلنگ پر بیٹھ کر اس کو دیکھنے لگی۔ کچھ دیر بعد مجھ سے رہا نہیں گیا۔ آہستہ سے بولی، "آپ کون ہیں مستری جی؟"

اس نے میری طرف دیکھا نہیں، ہنستے ہوئے جواب دیا، "ک ک کون کیا؟ آدمی ہیں۔ م م مستری ہیں۔ ک ک کام کرتے ہیں۔"

پھر ایک دم ہنس پڑا۔ "اچھا ——— م م میں سمجھا ——— میرا نام ہے بابولال ——— بابولال کے معنی سمجھتی ہو؟ ب ب بابو کا بیٹا ——— تم کو جے ہند تو کیا تھا ——— م م مسلمان ہوتا تو سلام کرتا۔ ہ ہ ہندو ہوتا تو نمسکار ——— م م میں نے کہا دونوں کو گ گ گولی مارو، جے ہند س س سب سے اچھا۔۔۔۔"

میں بے انتہا شرمندہ ہوتے ہوئے بولی، "یہ تو بہت عمدہ بات ہے ——— اچھا کتنا کما لیتے ہیں آپ؟"

"ب ب بہت دینے والے نے م م مجھے اتنا دیا کہ س س سمجھ میں نہیں

آتا کہ رکھوں کہاں۔"

میں دنگ رہ گئی ——— یہ پھٹیچر کپڑے، یہ کٹے پھٹے کھردرے ہاتھ پاؤں یہ ستر جوڑ بہتر پیوند کا جوتا۔ یہ کھچڑا سائیکل اور اس پر اوزاروں کا چیتھڑا تھیلا ——— اور یہ استغنا!

"تو پھر آپ ڈھنگ کے کپڑے کیوں نہیں پہنتے بابو لال۔" میں نے کہا۔

"اجی، ب ب بات یہ ہے کہ امیروں میں ک ک کام کرتا ہوں نہ۔ ان کے اچھا کپڑا پہن کر جاؤں تو ج جلتے ہیں۔"

میں ایک دم ہنس پڑی "تو جلائیے۔"

اس نے میری طرف حیران ہو کر دیکھا اور پھر زبان کی نوک نکال کر بولا، "نہ . . . . نہ نہ نہیں، ہم ک ک کسی کو نہیں جلاتے۔"

میرے شوہر پاس ہی دیوار میں لگے تسلے کے سامنے کھڑے شیو بنا رہے تھے، دھیرے سے بولے، "یہ تو کوئی بڑے پہنچے ہوئے معلوم ہوتے ہیں۔

جب کام ختم ہو گیا تو میں دو کرسیوں کی بُنوائی ساڑھے دس روپے اس کو دینے لگی۔

وہ بولا، "اٹھنی ب ب بیشی کیوں دے رئی ہو؟"

"تو کیا ہوا رکھ لیجئے" ——— میں نے کہا۔

"ن ان نہیں ——— ہم خ خ خیرات نہیں لیتے، محنت کے ل ل لیتے ہیں۔" اور یہ کہہ اس نے اٹھنی کو یوں چٹکی سے پکڑا جیسے وہ کوئی بہت ہی

گندی چیز تھی اور میری ہتھیلی پر رکھ دیا۔

میں اپنا سا منہ لے کر رہ گئی!

سائیکل باہر نکالتے وقت وہ بڑبڑایا، "ت ت تمہارے کام میں اس کے ق ق قیمہ کو دیر ہوگئی، ب ب بیٹھی ہوگی انتظار میں۔۔۔۔"

"کون؟ آپ کی بیوی؟"

"ن ن نہیں جی، وہ میری ب ب بلی ـــــــ روز اس کے لیے ق ق قیمہ لاتا ہوں نہ، وہ یہی کھ کھاتی ہے۔۔۔ ن ن نہیں لاتا ہوں تو خ خ خفا ہو جاتی ہے۔"

جب وہ روانہ ہونے لگا تو میں نے کہا، "بابولال ـــــــ آپ کہاں ملتے ہیں، کبھی کوئی کام ہو تو۔۔۔۔"

"اجی، وہ سبزی والا سردار ہے نہ، وہیں میری دُ دُ دکان بھی ہے۔۔۔ ج ج جے ہند" ـــــــ اور وہ فوراً بائیسکل پر بیٹھ کر نو دو گیارہ ہوگیا۔

واضح رہے کہ اس پوری گفتگو میں وہ مجھے برابر 'تم' کہتا رہا، میں اسے آپ کہتی رہی۔ دو تین دن بعد ایک روز شام کو میں بازار گئی تو سب سے پہلے سبزی والے سردار کی دوکان پر گئی اور میں نے دیکھا کہ اس سے دو ہی چار قدم دُور ایک ٹاٹ زمین پر بچھا ہے اور اس پر کچھ عجیب و غریب چیزیں ملی جلی رکھی ہیں۔ مثلاً بچوں کے رنگ برنگے پلاسٹک کے کھلونے، کیلیں اور پیچ، تالے، کنجیاں، بیحد خراب چھپی ہوئی جنتریاں، گھٹیا قسم کا خضاب، سائیکل کی پرانی گدیاں، چورن کی پڑیاں

ربڑ کی منی منی چپلیں، چاندی یا کسی چمکتی دھات کے انگوٹھی چھلے ـــــ اور پتہ نہیں کیا کیا الم غلم ـــــ منظر یہ تھا کہ ایک تو بابولال کھڑا تھا، دوسرے ایک خوب صورت سی مگر غریب سی نوجوان ماں کھڑی تھی اور تیسرا ایک سال بھر کا منا سا بچہ تھا جو اپنی ماں کی کمر پر لٹک رہا تھا ـــــ اور اس کے ہاتھ میں ایک چھوٹا سا رنگین پلاسٹک کا جھنجھنا تھا، ماں اس سے وہ جھنجھنا لینے کی کوشش کر رہی تھی اور بابولال ماں کو لیکچر دے رہے تھے۔" اجی، ت ت تمہارا بچہ مجھے پ پ پیارا لگ رہا ہے تو تو م میں دے رہا ہوں"۔

ماں نے کہا" مگر بھیا میں اتنا مہنگا تو نہیں لے نہیں لے سکتی"۔

بابولال خفا ہو کے بولے" تو دو دام تم سے کون مانگ رہا ہے۔ دَ دَ دام سسرے کا کیا ہے، دینے والے نے م م مجھے اتنا دیا ہے۔ س س سمجھ میں نہیں آتا، رکھوں کہاں"۔

میں نے آگے بڑھ کر دھیرے سے کہا" بابولال جی، کل ذرا آجائیے گا۔ کچھ بجلی کی چیزیں بنا دیجئے گا" ـــــ میری بات ختم بھی نہیں ہوئی تھی کہ ایک سفید سیاہ چتیوں والی بلی پیڑ کی آڑ سے نکل آئی۔ وہ میری بات سننے کے بجائے بلی کی طرف مخاطب ہو گیا۔" ک ک کل میں ان کے گھر جاؤں گا۔ س س سامان ٹھیک کرنے ـــــ زَ زَ رو ئیو مت" ـــــ پھر مجھے حکم دیتا ہوا بولا" ن ن نکال رکھنا سامان ـــــ کبھی ب ب بارہ ایک بجوا دو ـــــ پ پ پھر میری بلی کے ق ق قیمے کو دیر ہو جا گی"۔

اگلے دن وہ صبح آٹھ ہی بجے آگیا۔ میں نے کئی ایک بگڑی ہوئی چیزیں اس کے سامنے رکھ دیں ــــــ گیارہ بجتے بجتے اس نے سب بنا دیں اور پیسے لے کر جا ہی رہا تھا کہ میرے شوہر آگئے اور بولے، "ارے، بھئی مستری جی آپ کا بہت شکریہ جو آپ نے یہ سب کام کر دیا مگر یہ بھی بتایئے کہ یہ سب چلیں گی کتنے دن؟ گارنٹی کیا ہے؟"

وہ بڑے طنز سے مسکرایا، "اجی گ گ گارنٹی تو رب نے آدمی کی بھی نہیں دی کہ ک ک کتنے دن چلے گا ــــــ ج ج جے ہند۔"

اس فلسفیانہ تاویل پر ہم دونوں میاں بیوی دم بخود رہ گئے! پھر تو یہ ہونے لگا کہ میں بازار آتے جاتے اس کی دوکان پر ضرور حاضری دیتی ہوں مگر وہ اکثر وہاں نہیں ملتا ــــــ دوکان کھلی ہوئی ہے، ایک بلی بیٹھی اونگھ رہی ہے دو تین کتے کے پلے، کوئی ٹہل رہا ہے، کوئی بنچوں پر ٹھوتھنی جمائے سو رہا ہے۔ ایک دن وہ مجھے مل گیا تو میں نے کہا، "بابو لال جی، آپ کوئی خاص وقت طے کر لیجئے اسی وقت دکان پر بیٹھا کیجئے۔ ہم آتے ہیں، چلے جاتے ہیں، کچھ پتہ ہی نہیں چلتا کہ کس وقت آپ ملیں گے۔"

وہ برا مان گیا، "اجی واہ، وہ ہم کیا کوئی سرکاری نوکر ہیں جو ٹ ٹ ٹائم پر ڈیوٹی دیں، ہم بادشاہ ہیں، ب ب بادشاہ ــــــ ج ج جی میں آیا آئے ن ن نہیں آیا نہیں آئے۔"

اب آپ ہی کہئے میں اس بات کا کیا جواب دے سکتی تھی!

ایک دن وہ میرے یہاں پانی کا نل ٹھیک کرنے آیا تو میں نے یونہی اس سے پوچھا، "بابولال آپ کیا ہمیشہ سے ہکلاتے ہیں یعنی کہ کیا بچپن سے..."

وہ نل کھول کر اس میں نیا واشر لگا رہا تھا، بولا "ک ک کام کرلوں تو بتاؤں"—— اس نے واشر کو اپنی جگہ پر بٹھا کر اس پر ٹونٹی رکھی، اسے کسا اور پھر بولا، "اب دیکھو۔"

اور یہ کہہ کر اس نے دھیرے سے نل کھولا، پانی کی دھار بالکل برابر سے گرنے لگی —— اور پھر اس نے نل کو خوب کھول دیا —— پانی کی دھار زوروں میں گرنے لگی، وہ خود بھی بھیگ گیا، مجھ پر بھی چھینٹے پڑے اور غسل خانے کے فرش پر تو خیر بالکل ہی سیلاب آگیا۔

"لو بولو"—— وہ میری طرف دیکھ کر مسکرانے لگا۔

میں اس کا منہ تکنے لگی، وہ سمجھ گیا کہ میں کچھ نہیں سمجھی، ہنسا اور اپنے سر کو ایک انگلی سے ٹھونکتا ہوا بولا: "ج ج جن لوگوں کے یہاں بسا رہتا ہے۔ وہ دَ دَ دھیرے بولتے ہیں... اور جو دَ دَ دماغ کھلا ہو تو ...."

میں نے سر ہلا کے کہا، "میں سمجھ گئی مستری جی، آپ کا دماغ زیادہ تیز دوڑتا ہے، زبان اتنی تیز نہیں دوڑ نہیں سکتی، بس ٹھوکر کھا جاتی ہے۔ ہے نہ؟"

وہ خوش ہو کے بولا: "ہاں ہاں۔ ب ب بس"—— ج ج جے ہند۔"

ابھی دو تین دن ہوئے کوئی مغرب کا وقت ہوگا جو میں بازار گئی، وہاں اس وقت خوب چہل پہل تھی، موٹروں، اسکوٹروں اور دیگر سواریوں کا غل ،

دوکان داروں، چھابڑی والوں کی صدائیں، لوگوں کی چیخ و پکار ——— اور اس سب کے بیچ میں بابو لال اپنی دوکان کے ٹاٹ پر، ایک ہاتھ کا تکیہ بنائے، گھٹنوں کو پیٹ میں سکیڑے غافل سو رہا تھا۔ بلّی اس کے سینے سے لگی آرام کر رہی تھی؛ سرہانے ایک کتا پنجوں پر تھوتھنی جمائے اونگھ رہا تھا۔ اور پاؤں کے پاس دو منّے منّے پلّے یوں ایک دوسرے سے لپٹے پڑے تھے جیسے کوئی دو سروں والا کتا ہو، ——— دوکان کا سامان اسی طرح، ذرا آگے کو رکھا تھا ——— آدھا ٹاٹ پر اور آدھا زمین پر۔ کوئی چاہتا تو سب کچھ جھاڑ لے جاتا۔

میرا بے اختیار دل چاہا کہ اس کے نزدیک جاؤں اور آہستہ سے اس سے کہوں۔ "بابو لال تم واقعی بادشاہ ہو ——— بھلا بادشاہوں کو بھی یہ نیند کہاں میسّر؟ یہ تو اسی کا حصہ ہے جس کے دل میں قناعت کا نور ہو، سر میں ہنر اور محنت کا غرور، پھر وہ چاہے چیتھڑے میں لپٹا ہو مگر وہ بادشاہ نہیں تو پھر کون بادشاہ ہے!

# نیچ

شالی کو دیکھ کر سلطانہ کو لکڑی کے اُن بے ڈھنگے ٹکڑوں کا خیال آجاتا تھا جن کو الگ الگ دیکھو تو آڑے ترچھے اور بے ڈول لیکن ٹھیک سے ملا کر بناؤ تو ایسے نمونے نکلیں کہ کیا کہنا۔

اس کے نقشے میں کوئی خاص بات نہیں تھی، رنگ بھی گہرا سانولا تھا لیکن پہلے ہی دن جب سلطانہ رکشے سے اتر کر اپنے دروازے میں داخل ہو رہی تھی اور اس نے شاگرد پیشے کی ایک کوٹھری کے سامنے شالی کو بیٹھے دیکھا تو اسے یہ احساس ہوا کہ یہ چیز بار بار دیکھنے کے لائق ہے۔ شالی نے بھی سلطانہ کو دیکھا مگر ہاتھ جوڑ کر نمستے کرنے کے بجائے وہ نظریں اٹھا کر صرف ذرا سا مسکرائی، پھر سر جھکا کر پیتل کی چمکتی تھالی میں چاول بیننے لگی۔

اس کی یہ ادا سلطانہ کو بھا گئی کیونکہ اسے یہ خیال تھا وہ عوام سے محبت

کرتی ہے، اور جب کسی غریب کو کسی بڑے آدمی کے آگے ہاتھ جوڑتے یا اسے ماں باپ کہتے سنتی تھی تو اسے اس غریب پر بے حد غصہ آنے لگتا تھا۔ جبھی تو اسے شامی پر پیار آیا۔

باہری دروازہ سے اندر آتے آتے اُسے اپنے بچپن کی سنی ہوئی بہت سی باتیں یاد آنے لگیں ـــــ نیچ ذات کی عورتوں کا کچھ ٹھیک نہیں ہوتا۔ دادی اور نانی کے بتائے ہوئے واقعات، کال سے جو چھوکریاں خریدی گئیں اُن کو جب روٹیاں لگ گئیں تو کسی نہ کسی کے ساتھ بھاگ گئیں، اِن لوگوں کو خصم کرتے چھوڑتے کچھ نہیں لگتا وغیرہ۔ نہ جانے شامی کون تھی؟ اکیلی کیسے کوارٹر میں رہ رہی تھی؟ سلطانہ نے جلدی سے گھڑی اتاری اور غسلخانے میں جاکر نہانے کے لئے نل کھولا ـــــ پانی ندارد ـــــ بھنّا کر اس نے کھڑکی کھولی" ارے بھئی نل بند کرو" ـــــ دیکھا تو شامی نل پر چاول دھو رہی تھی، سلطانہ کو دیکھ کر جیسے وہ سمجھ گئی کہ کیا معاملہ ہے، نل بند کرتے ہوئے بولی "بی بی جی' ہم کل ہی یہاں آئے ہیں، ہم کو خبر نہیں تھی کہ باہر نل کھولنے سے اندر پانی بند ہو جاتا ہے!"

"کوئی بات نہیں" ـــــ سلطانہ کا سارا غصہ رفوچکر ہو گیا تھا۔ شامی کی آواز اُسے بہت اچھی لگی تھی، بات کرنے کا انداز پسند آیا تھا!

اگلے دن باہر والی بڑی کوٹھی میں حکومت کا ایک دفتر کرایہ پر آ گیا۔ بیچ کا بڑا ہال اور بڑے کمرے دفتر کو ملے، چھوٹے چھوٹے کمروں کے سیٹوں میں اسی دفتر کے سیکرٹری ہیڈ کلرک وغیرہ اور شاگرد پیشے کی تین چار کوٹھریوں کے علاوہ سب اردلیوں

چپراسیوں، چوکیداروں، جمعداروں سے بھر گئیں۔ شامی کی اور ایک اور کوٹھری سلطانہ والے قطعہ مکان کے ساتھ تھیں۔

تین چار روز بعد ایک شام سلطانہ کالج سے آکر ڈاک دیکھ رہی تھی کہ اسے باہر سے ہنسنے کی آواز سنی جو شامی کی سی لگتی تھی، دھیرے سے اس نے وہی غسلخانے والی کھڑکی کھولی۔ اس کی چھوٹی بچی شامی کو دوڑا رہی تھی، دوڑتے دوڑتے شامی اپنی کوٹھری میں گھسی اور چیخ چیخ کر بولی "بس بھائی، ہم نے ہار مان لی، ہم کو کھانا پکانا ہے بٹیا۔ اب کل کھیلیں گے" ___ چاروں طرف شاگرد پیشے کے بہت سے نوکر وغیرہ کھڑے ہنس رہے تھے۔

بچی ٹھنکنے لگی "واہ، اوں اوں، ہم نہیں جانتے، ہمارا داؤں دو...... دو"

شامی نے کواڑ کھولے اور ہنستے ہوئے نکل کر ایک دوسری چال چلی "آیئے آگ جلائیں بٹیا ___ آپ آٹا لیں گی، چڑیا بنائیں گے، پھر اس کو بھوبل میں سینک کے خوب کھایئے گا مزے میں"۔

بچی وہیں بیٹھ گئی ایک اینٹے پر اور شامی نے چولھے میں اُپلے لگا کر پھونکیں مارنی شروع کیں، سلطانہ نے کھڑکی بند کر لی۔ شامی کا اس طرح دل کھول کر معصومیت سے ہنسنا کھیلنا بہت اچھا لگا تھا لیکن... لیکن اگر وہ چپراسی اور چوکیدار وہاں نہ کھڑے ہوتے تو اچھا ہوتا... اتنے مردوں کے بیچ میں اس طرح... لیکن شامی نے تو ان میں سے کسی کی طرف دیکھا بھی نہیں تھا۔ پھر بھی ایک بے غیرتی تو ہے ہی... لیکن بے غیرتی کیوں ہے؟ اس نے یکا یک نظر اٹھا کے دیکھا تو شامی کھڑی

تھی اور وہ سلطانہ سے نگاہیں چار ہوتے ہی ایسی شرمائی کہ سلطانہ کو یقین نہیں آیا، یہ وہی شالی ہے جو ابھی یوں ٹھٹھے لگا رہی تھی، ایسا ہنس رہی تھی جیسے اس کا سارا وجود پنکھڑیاں بن کے بکھر جائے گا، تو کیا سلطانہ کے سامنے وہ ہنسنا نہیں چاہتی تھی ــــ آہستہ سے بولی "بی بی جی، ایک دو مرچ چاہئیں، اندھیرا ہو گیا ہے نہ تو دوکان جاتے ذرا ڈیسا لگتا ہے"

"نہیں نہیں، دوکان جانے کی کیا ضرورت ــــ بیٹھ، ابھی منگائے دیتی ہوں۔" اس نے خانساماں کو آواز دی۔ اور پھر شالی سے کچھ سوالات کرنے کے لئے سوچنے لگی۔

شالی بیٹھ گئی اور سلطانہ کے سوالات کے جواب میں بتایا کہ اس کا شوہر مر چکا ہے اور وہ خود پاس ہی والی، نیلی کوٹھی میں میجر صاحب کے بچے کو کھلانے پر نوکر ہے، پھر بچے کا ذکر کرتے ہوئے وہ ایک آدھ بار بڑے پیار سے ہنسی جس سے معلوم ہوتا تھا کہ اسے اس بچے سے بے حد محبت ہو گئی ہے۔

خانساماں مرچیں لے کر آیا تو اس نے غور سے شالی کو دیکھا مگر شالی نے اس کی طرف دیکھا تک نہیں، مرچیں لیں اور سلطانہ کو سلام کر کے چپ چاپ چلی گئی، جب وہ دروازہ سے باہر نکل گئی تو خانساماں بولا "بیگم صاحب اس عورت کو گھر میں نہ آنے دیا کیجئے۔"

"اونہہ ــــ جاؤ اپنا کام کرو" سلطانہ نے کھسیا کر جواب دیا۔

مگر بوڑھے خانساماں نے برسوں اس گھر میں گذار کے اپنی جو حیثیت

قائم کی تھی وہ اسے آسانی سے چھوڑنے پر تیار نہ تھا، بولا "یہ اپنے میاں کو چھوڑ کر آئی ہے اپنے گھر سے بھاگ کے ـــ اور بیچارا رام اوتار سے پھنسی ہے، ٹھیک نہیں ہے یہ عورت" ـــ سلطانہ کو جیسے کسی نے ڈھیلا کھینچ کر مارا۔

"کون رام اوتار"؟

"وہی کرایہ داروں کا چوکیدار"

اور رام اوتار جیسے، سلطانہ کے سامنے آ کے کھڑا ہو گیا، خاکی وردی پہنے جو اسے سرکار کی طرف سے ملی تھی، ہاتھ میں موٹا سا ڈنڈا اور ٹارچ اور پاؤں میں بڑے بڑے جوتے ـــ کبھی کبھی جب اسے رات میں رام اوتار کی کھانسی کی یا بولٹوں کی آواز آتی "ہنک ہنک، ہا، ہوشیار، ہاہا ـــ ہا ـــ آہک آہک" ـــ تو وہ اسے آواز بھی دے لیا کرتی تھی "رام اوتار"!

دیوار کی اُدھر سے وہ جواب دیتا "گھبرایئے نہیں سرکار، ہم جاگ رہے ہیں"۔

وہ سلطانہ کا چوکی دار نہیں تھا پھر بھی وہ کتنا اچھا تھا جو اُسے ہمیشہ اس طرح اطمینان دلا دیتا تھا، پھر جیسے وہ چونک پڑی، خانساماں کہہ رہا تھا "یہ اپنے آدمی کو چھوڑ کر بھاگ آئی ہے، رام اوتار بے چارہ اچھی ذات کا ہے، راجپوت ٹھاکر ہے وہ، اور یہ نیچ ذات ہے، مگر اس نے رام اوتار کو کچھ کھلا دیا ہے"۔

سلطانہ چڑھ گئی "خواہ مخواہ کی بکواس کرتے ہو، سچ دیکھو نہ جھوٹ جانو بس تم لوگوں کو سُنی سنائی گپ اڑانے سے مطلب ـــ جاؤ یہاں سے، فضول کے لئے"۔ خانساماں مرچ ڈبہ لئے بڑبڑاتا ہوا کھسک لیا۔

سلطانہ نے خانساماں کو تو چلے جانے کا حکم دے دیا لیکن اس کے اپنے دماغ میں جو لگاتار خیالات چلے آرہے تھے ان کو نکل جانے کا حکم دینا اس کے بس کی بات نہ تھی اور اسے اپنے آپ سے یہ بات قبولنی ہی پڑ رہی تھی کہ خانساماں کی باتوں سے اسے دھکا سا لگا تھا. شاملی نے ایسا کیوں کیا؟ اس نے اپنے شوہر کو چھوڑا، گھر سے بھاگی اور یہاں رام اوتار سے تعلق کئے تھی اور وہ تو خیر جو تھا سو تھا اس نے سلطانہ سے جھوٹ بھی تو بولا کہ میرا آدمی مرگیا ہے۔ آخر جھوٹ بولنے کی کیا ضرورت تھی، اسے سلطانہ پر بھروسہ کرنا چاہئے تھا کہ وہ سمجھ جائے گی.... شاید نیچ ذات کی عورتیں... ارے نہیں نیچ اور اونچ ذات کیا ہوتی ہے بھلا... افوہ ـــــ

دوسرے دن شام کو مغرب کے وقت وہ عورتوں کے کسی جلسے سے لوٹی، اندھیرا تقریباً چھا گیا تھا، دونوں وقت ایک دوسرے سے گلے مل رہے تھے۔ شاملی کی کوٹھری سے دھواں نکل رہا تھا لیکن چراغ نہیں جلا تھا، چولھے کے سامنے آگ کی روشنی میں شاملی کے دونوں ہاتھ روٹی پکاتے ہوئے دکھائی دے رہے تھے، سر پر اوڑھی ہوئی پیلی ساری کے لال کنارے میں سے اس کی ذرا سی ناک بھی دکھائی دے رہی تھی، روٹی پکاتے پکاتے وہ بار بار پلو سے آنسو پونچھتی جاتی تھی، پاس ہی دو تین اینٹیں ایک کے اوپر ایک رکھ کے رام اوتار بیٹھا تھا، اسوقت وہ خاکی وردی کے بجائے سفید دھوتی اور کرتا پہنے بہت اچھا لگ رہا تھا اور سلطانہ کو ایکدم سے خیال آیا کہ شاملی اور رام اوتار کی جوڑی بہت اچھی رہے گی رام اوتار اُسے دیکھ کر کھڑا ہو گیا اور سلام کر کے دوسری طرف چلا گیا. سلطانہ

دھیرے دھیرے شالی کے نزدیک آکے کھڑی ہوگئی، ایک منٹ اسے خاموشی سے دیکھتی رہی پھر آہستہ سے بولی "شالی، ہمارا خانساماں کہتا ہے، تیرا آدمی زندہ ہے، تُو تو کہتی تھی وہ مرگیا۔"

سلطانہ کو پوری امید تھی شالی کہے گی "نہیں بی بی جی، خانساماں کو بھلا کیا پتہ، وہ تو مرچکا"—— پھر وہ اندر جاکر خانساماں کو خوب ڈانٹے گی کہ خواہ مخواہ تم لوگ ایک معصوم پر الزام لگاتے ہو وغیرہ وغیرہ۔ لیکن شالی نے نظریں اٹھاکر بڑے طنزیہ انداز میں سلطانہ کو غور سے دیکھا اور آہستہ سے بولی "اگر وہ زندہ ہے تو بھی کیا ہوا میرے لئے تو وہ مرہی گیا ہے!"

سلطانہ کو جیسے ایکدم بجلی کا کرنٹ مار گیا، ہائے رے اپنے شوہر کے بارے میں ایسی بات! سلطانہ کو چپ دیکھ کر شالی مسکرائی "وہ سمجھتا تھا کہ روٹی کپڑا دے گا اور حکم چلائے گا، ہم کوئی پتھر ہیں کہ روپے پیسے سے مول لے گا ہمیں، ہمارے ہاتھ پاؤں چلتے ہیں، ہم کام کرتے ہیں، اس جیسے دس کو کھلانے کی ہمت رکھتے ہیں ہم۔" اور پھر وہ آٹے کے برتن میں پانی لے کر زور زور سے اپنے ہاتھ مروڑ مروڑ کر دھونے لگی جیسے اپنے میاں کے کان ہی مروڑ رہی ہو۔

سلطانہ خاموشی کے ساتھ اپنے دروازے کی طرف بڑھ گئی لیکن اس کے ذہن میں ایک ہیجان برپا تھا، بے شک شالی بڑی ہمت ور تھی جو اس نے ایسا سوچا لیکن ہائے اس نے اپنے شوہر کے بارے میں کس دل سے یہ بات کہی، شوہر کتنی پیاری چیز، اس کا سہاگ، شوہر مجازی خدا،—— اُنہہ، اس نے نہ جھٹکا،

مگر یہ نیچ ذات ــــ توبہ، پھر اس نے سر کو ایک جھٹکا دیا ــــ پھر اسے نیچ ذات کا خیال آیا ــــ وہ تو اس بات کو اصول کی حیثیت سے مان چکی تھی نہ کہ اس سماج کی شادی قانونی طوائفیت تھی اور کچھ نہیں ــــ لیکن آج جب یہ اصول ننگا ہو کر سامنے آ گیا تو وہ ڈر گئی اور اپنے طبقہ کے مکڑی کے جالے اس کے دل دماغ میں الجھ گئے۔ تو کیا اصول اس نے صرف دوسروں کو قائل کرنے کے لئے اپنائے تھے، بغیر سمجھے ہوئے رٹ لئے تھے شاید ــــ لیکن دادی اماں تو کہتی تھیں.... اور یہاں تو روٹی کپڑے کو ٹھکرا دینے والا معاملہ تھا.... لیکن شوہر... لیکن عورت کا وقار. محبت... مگر... مگر... اس نے گھبرا کر خانساماں کو چائے لانے کے لئے آواز دی!

تیسرے دن ہولی تھی، اس کی بچیاں نوکروں کے بچّوں سے ہولی کھیلنے باہر نکل گئیں، خانساماں سب سے چھپ کر اپنی کوٹھری میں بیٹھ رہا، وہ اکیلی بیٹھی کچھ خطوط لکھ رہی تھی کہ پہلے گیلری میں قدموں کی آہٹ ہوئی، چھاگلوں کی موسیقی سنائی دی، پھر شاملی کا سایہ دروازے میں دکھائی دیا، اس نے بڑے بڑے لال اور نیلے پھولوں والی نقلی ریشم کی ساری پہن رکھی تھی، زرد چمکدار ساٹن کا بلاوز، منہ میں پان اور مسّی بھی، آنکھوں میں گہرا کاجل اور گھنی بھوؤں کے بیچوں بیچ ایک بڑی سی سنہری ٹکلی جو گردن کے ہر گھماؤ کے ساتھ یوں رہ رہ کر تڑپتی تھی جیسے سرمئی بادلوں میں کبھی کبھی کوندا لپک جائے، ہاتھ میں پیتل کی ایک تھالی لئے وہ لو سلطانہ کے سامنے آ کر کھڑی ہو گئی جیسے اجنتا کی سانولی شہزادی میں

جان پڑ گئی ہو، تھالی میں کئی طرح کے تھوڑے تھوڑے رنگ تھے، جن میں ابرک کے ننھے ننھے ذرّے دمک رہے تھے، ایک کنارے پر گلابی پتلے کاغذ میں کچھ لڈو تھے۔ اس نے بغیر کوئی نوٹس دیئے ایک چٹکی بھر کر رنگ اٹھایا اور پیچھے ہٹتی ہوئی گھبرائی سلطانہ کے ماتھے پر مل دیا، پھر اس نے ایک لڈو اٹھایا اور سلطانہ کے منھ میں دینے لگی۔ سلطانہ کی آنکھوں میں آنسو آ گئے منھ پر ہاتھ رکھ کر دھیرے سے بولی "شالی، میں مٹھائی نہیں کھاؤں گی... میں نے ... ایک منت رکھی ہے نہ ... میں ابھی مٹھائی نہیں کھا سکتی، جب صاحب..."

شالی جیسے یک لخت سب کچھ سمجھ گئی، لڈو کو پھر تھالی میں رکھتے ہوئے اس نے تھالی ہاتھ میں اٹھالی اور آہستے سے بولی "بی بی جی، دل تھوڑا نہ کرو، بھگوان نے چاہا تو سب ٹھیک ہو جائے گا، صاحب آ جائیں گے"۔۔۔۔ پھر ہنس کر بولی "تب ہم سب آپ کو مٹھائی کھلائیں مگر..." اس کی آنکھوں میں پیار اور شرارت کے جذبات جھلکنے لگے "پھر یہ ہے مگر کہ تب آپ ہمارے ہاتھ سے کیوں کھائیں گی؟"

سلطانہ جھینپ گئی، بات بدلنے کو اس نے اپنے بیگ میں ہاتھ ڈالا اور چاندی کے دو روپے اس کی ہتھیلی میں آ کر باہر نکلنے ہی والے تھے کہ شالی نے اس کا ہاتھ پکڑ لیا اور بولی "دیکھیے، ہم کو کچھ دیجیے گا نہیں"۔۔۔۔ جب اس نے جانے کے لیے پیٹھ موڑی تو سلطانہ نے بڑی ہمت کر کے گلا صاف کیا اور اٹکتے ہوئے لہجے میں بولی "شالی، تو اتنی اچھی ہے... مگر... تو نے اپنے آدمی کو کیوں چھوڑ دیا؟"

شالی نے نظریں نیچی کرلیں اور پاؤں کے انگوٹھے سے زمین رگڑنے لگی، چاندی کی چمکدار چھاگل میں اس کے پاؤں میں لگا ہوا سُرخ سُرخ مہاور پرچھائیاں بن کر ڈولنے لگا، دوسرے لمحے اس نے نظریں اٹھائیں، ان میں کچھ مایوسی اور کچھ طنز تھا، دھیرے سے بولی "جانے دیجئے بی بی جی، آپ نہیں سمجھیں گی" اور پھر وہ چھاگلیں بجاتی، بچھوے چھنکاتی چلی گئی۔

سلطانہ دم بخود رہ گئی، اسے جیسے بجلی کا تار چھو گیا تھا!

شالی کے جاتے ہی خانساماں آگیا اور سینی میں کھانا پکانے کا سامان اس کے سامنے رکھتا ہوا بولا "بڑے صاحب کا چپراسی کہتا تھا رام اوتار کو نوکری سے جواب ملنے والا ہے"

"ارے ــــــ کیوں" وہ اچھل پڑی۔

"بات یہ ہے کہ جمعدار اور فراش اور مالی اور کئی ایک چھوٹے بابوؤں نے شکائت کی ہے کہ یہاں کوارٹروں میں بڑی بدمعاشی ہوتی ہے، ہم لوگ بال بچے دار ہیں، گھروں میں سیانی بہو بیٹیاں ہیں اور یہ عورت آوارہ ہے، بڑے بابو بھی کہتے تھے رام اوتار کی حرکتیں ٹھیک نہیں ہیں کل شام کو سُنا تھا آپ نے؟"

"ہاں ہاں، کل شام ہم نے کچھ جھگڑے کی آوازیں سنی تھیں، کیا بات تھی" اور سلطانہ کو یاد آیا کہ کل جھٹ پٹے کے وقت اُس نے کچھ جھگڑے کی آوازیں سُن کر چُپکے سے کھڑکی کھولی تھی تو اتنا دکھائی دیا کہ کچھ لوگ پلنگ پر

بیٹھے اتنی زور زور سے باتیں کر رہے تھے کہ کچھ سمجھ میں نہیں آ رہا تھا۔ رام اوتار مجرم سا کھڑا تھا اور اس کے پاس ایک آدمی، بائسکل پر ٹکا کھڑا تھا اور ایک آدمی کوٹ پہنے ہوئے دھمکی دینے کے انداز میں کچھ کہہ رہا تھا ـــــ شاملی کہیں نہیں تھی حالانکہ یہ سارا جھگڑا اسی کی کوٹھری کے سامنے ہو رہا تھا۔ پھر سلطانہ نے کھڑکی بند کر لی تھی۔

"وہ رام اوتار کی برادری کے لوگ تھے بیگم صاحب، اس کے چچا کا بیٹا بھی تھا، وہ اچھی ذات کا آدمی ہے حضور، ماں باپ نے برادری میں اس کی بات پکی کر دی۔ ہے پر اب وہ یہاں اس کے چکر میں پھنس گیا ہے، اور . . ."

وہ رک گیا کیونکہ اسے یہ احساس ہوا کہ سلطانہ اس کی بات سن ہی نہیں رہی ہے کھسیا کے بولا "گوشت نیں کیا لوکی پڑے گی بیگم صاحب۔"

سلطانہ جیسے خواب سے چونکی "ایں؟ ـــــ ہاں۔"

خانساماں نے سینی اٹھائی اور چپ چاپ کمرے سے نکل گیا۔ سلطانہ نے ایک نظر اسے جاتے ہوئے دیکھا، پھر اپنے کاغذ اکٹھے کر رہی تھی کہ دستک ہوئی۔ اس نے دروازہ کھولا اور رام اوتار کو دیکھ کر حیران رہ گئی۔ ویسے تو پہلے بھی کبھی کبھار سلطانہ کے خط جب بڑے دفتر میں چلے جاتے تھے تو رام اوتار ہی دینے آتا تھا مگر آج اسے رام اوتار کو دیکھ کر عجیب سا لگا ـــــ یہی تھا شاملی کا وہ محبوب جس پر اتنا قصہ ہو رہا تھا۔ شاملی اسے چاہتی تھی، شاملی جو کہہ گئی تھی "آپ نہیں سمجھیں گی۔"

"بی بی جی یہ آپ کا خط آیا تھا، بڑے بابو نے مجھے ابھی دیا ہے"

سلطانہ نے ہاتھ بڑھا کر خط لے لیا اور بولی "رام اوتار... یہ... یہ تمہاری نوکری کے بارے میں کیا سننے میں آ رہا ہے"

رام اوتار نے نظریں نیچی کر لیں، چپ رہا، سلطانہ اس کی اس چپ سے روہانسی ہو گئی، اس کا دل چاہا، چیخ کر رام اوتار سے کہے "خدا کے لئے تم لوگ مجھے اپنا دوست سمجھو، یہ دیوار جو میرے تمہارے بیچ میں کھڑی ہے اسے گرا دو رام اوتار، شاملی سے کہو مجھ سے اتنی دور نہ جائے، مجھے سمجھنے کا موقعہ بھی تو دے، تم دونوں شاگرد پیشے میں پیدا ہوئے اور میں کوٹھی میں تو کیا یہ میرا قصور ہے؟ مشکل سے بولی "کیا شاملی کی وجہ سے؟ کیا کسی نے تم دونوں کی شکایت کی؟"

رام اوتار نے دھیرے سے بس اتنا کہا "کچھ نہیں سرکار، اب کیا آپ سے کہوں" ــــ اور پھر وہ سلام کر کے روانہ ہو گیا۔ جیسے کہ اس کا بھی یہی خیال ہو کہ اب آپ سے کیا کہوں، آپ نہیں سمجھیں گی۔ سلطانہ کا خون کھولنے لگا، غصے سے نہیں، ارادہ کی شدت سے، اس نے رام اوتار اور شاملی کا چیلنج قبول کر لیا تھا، کل وہ بڑے صاحب سے جا کر لڑے گی اور ان کو بتائے گی، کہ دو معصوم، اچھے، محنت کش انسانوں کی محبت میں روڑا اٹکانے کا ان کو تو کیا کسی کو بھی حق نہیں تھا، اگر رام اوتار کی نوکری چلی جائے گی تو وہ ان دونوں کو اپنے گھر میں پناہ دے گی، رام اوتار کے لئے خود نوکری ڈھونڈے گی، برادری والے بڑے آئے مار پیٹ کرنے والے ــــ دیکھیں

گے! کتنی ہی دیر تک وہ بڑے صاحب اور رام اوتار کی برادری والوں سے بحث کرنے کے لئے اچھے اچھے زوردار جملے دل ہی دل میں بناتی اور ان کا رہرسل کرتی رہی۔ وہ رام اوتار اور شاملی پر یہ بات ثابت کرکے رہے گی کہ وہ ان کی دوست ہے کہ وہ سب کچھ سمجھتی ہے، صبح ہی صبح جائے گی وہ!

اگلے دن وہ بہت جلدی تیار ہو گئی اور کالج کے وقت سے کوئی ایک گھنٹہ پہلے تیار ہو گئی، اس وقت ضرور بڑے صاحب کوٹھی پر ہی مل جائیں گے، اسے یہ بھی امید تھی کہ روز کی طرح شاملی اپنی کوٹھری کے سامنے منیجر صاحب کے بچّے کو کھلاتی ملے گی کیونکہ وہ اکثر بچے کو گھر لے آتی تھی اور گھنٹوں کھلایا کرتی۔ اور اسے یہ سوچ کر ایک بڑی پراسرار سی خوشی بھی ہوئی کہ شاملی کو تو گمان بھی نہ ہو گا کہ وہ اسی کی خاطر بڑے صاحب سے لڑنے جا رہی ہے۔

دروازے سے باہر قدم رکھتے ہی اس نے شاملی کی کوٹھری کا دروازہ چوپٹ کھلا ہوا دیکھا، نہ وہاں اس کا پلنگ تھا نہ بستر نہ برتن نہ کوئی اور سامان چولھا بجھا ہوا تھا اور طاق میں رکھا ہوا چراغ اوندھا پڑا تھا ــــ وہ سناٹے میں آ گئی۔ جمعدارن نے جو وہیں کھاٹ بچھائے اپنی لڑکی کی جوئیں دیکھ رہی تھی، اسے فوراً اطلاع دی "سرکار شاملی بھاگ گئی"۔

سلطانہ کے منہ پر جیسے کسی نے تڑاق سے ایک طمانچہ مارا ــــ کب"؟

"پتہ نہیں سرکار، رات تک تو تھی"۔

"اور رام اوتار"؟

جمعدارن ہنسی "رام اوتار ہیں گے۔ رو رہے ہیں اپنے لکھے کو۔ ایسی رانڈوں کا کیا ہے بی بی جی، آج ایک گیا، کل دوسرا، پرسوں تیسرا۔۔۔۔ یچ کہیں کی"۔۔۔۔ اور اس نے زور سے اپنے ناخنوں کے بیچ میں ایک جوں دھر کے پیس دی جیسی شاملی کا ہی کچومر نکال نکال دیا ہو۔ سلطانہ کے قدم لڑکھڑانے لگے، اب بڑے صاحب کے پاس جانا بے کار تھا، کس منھ سے جاتی اور کیا کہتی۔ دھیرے دھیرے چلتی ہوئی صدر پھاٹک کی طرف بڑھی، پھاٹک کے پاس اسٹول پر رام اوتار بیٹھا تھا، اس نے روز کی طرح سلطانہ کو سلام بھی کیا اور بڑھ کر آدھ کھلے پھاٹک کو کھول بھی دیا مگر مسکرایا نہیں اور پھر جا کر اسٹول پر بیٹھ گیا۔۔۔۔ گم سُم، اداس، اکیلا۔۔۔۔ سلطانہ نے سر جھکا لیا اور آگے بڑھ گئی۔ دراصل اسے خود ہی رام اوتار سے آنکھیں چار کرنے کی ہمت نہیں پڑ رہی تھی، آخر وہ بھی عورت تھی اور ایک عورت ہی تو وہ بھی تو تھی جو آج رام اوتار کو دغا دے کر بھاگ گئی تھی۔ البتہ سلطانہ نے اتنا ضرور محسوس کیا کہ چپراسی، اردلی، مالی وغیرہ جو ادھر رام اوتار سے ذرا کھنچے کھنچے رہنے لگے تھے، آج اس کے قریب بیٹھے تھے اور ان کے چہرے کسی نامعلوم خوشی سے کھلے جا رہے تھے اور وہ رام اوتار کو بہلانے کی کوشش کر رہے تھے۔

سڑک تک پہونچتے پہونچتے سلطانہ کو شاملی سے نفرت محسوس ہونے لگی "بے چارہ رام اوتار، تو یہ ٹھیک ہی تھا کہ نیچ ذات۔۔۔ افوہ! پھر اسے نیچ ذات کا خیال آیا۔۔۔۔ چلتے چلتے رستے میں اسے جتنی عورتیں ملیں سب کے بارے میں وہ

یہ اندازہ لگانے کی کوشش کرتی رہی کہ کیا یہ بھی نیچ ذات ہیں اور اگر یہ ہیں تو کیا یہ بھی اپنے چاہنے والوں کو دغا دے کر بھاگی ہیں ـــــ ناحق اس نے شالی سے اتنا پیار کیا، فضول اس کو اتنا سر چڑھایا، سچ مچ کم اوقات نکلی ـ ـ ـــــ نیچ! اس نے زور سے زمین پر تھوکا اور آگے بڑھ گئی!

بھلا اتنے دن بعد اور وہ بھی اتنی دور سے وہ شالی کو کیسے پہچان لیتی، لیکن شک اسے پہلی ہی نظر میں ہو گیا تھا کہ سر پر امردودں کی چھابڑی رکھے، پیلی ساری باندھے، جو یہ عورت سکندر باغ کے پھاٹک میں مڑی ہے، یہ شالی ہی ہے، اس نے اپنے رکشا والے سے کہا کہ اس کا پیچھا کرے اور برابر سے رکشا نکالے تاکہ وہ اچھی طرح دیکھ سکے۔ اپنے بالکل پیچھے رکشے کی کھڑ بڑاہٹ سُن کر عورت نے مڑ کر دیکھا اور ایک مرتبہ پھر سُرمئی بادلوں میں کوندا سا لپک گیا ـــــ تو وہ شالی ہی تھی!

رکشا بڑھواتے وقت سلطانہ نے سوچا تھا کہ اگر وہ شالی نکلی تو اس کی ایسی خبر لے گی کہ وہ سات جنم تک یاد کرے گی، چنانچہ اس نے فوراً شالی کو پھٹکارنا شروع کر دیا "شالی تو کتنی بُری ہے، تو بھاگ کیوں آئی؟ بے چارہ رام اوتار اتنا روتا ہے، آدھا بھی نہیں رہ گیا، سب اس کی ہنسی اڑاتے ہیں ـــــ تو نے بہت بُرا کیا، بھلا ایسا کرنا تھا تجھے؟"

سلطانہ کے اس طوفان کا جواب شالی نے صرف ایک جملے سے دیا "مگر وہ اپنی سرکاری نوکری سے تو الگ نہیں ہوا نا بی بی جی؟"

سلطانہ کی سمجھ میں کچھ نہیں آیا ـــــ اور جب شامی پھر سے ٹوکری اٹھا کر سر پر رکھنے لگی تو وہ حیران ہو کر بولی "مگر شامی یہ کیا بات ہوئی ـــــ؟"

شامی نے پھر ٹوکری اتار کے زمین پر رکھی، کمر پہ دونوں ہاتھ رکھے جیسے اس نے سلطانہ کا چیلنج قبول کر لیا ہو، غصے سے بولی "مگر کیا بی بی جی ـــ مگر یہ کہ وہ بار بار مجھ سے کہتا تھا کہ تیرے کارن میری سرکاری نوکری چھوٹنے والی ہے، مجھ پر احسان دھرتا تھا، آپ بتائیے کیا میں نے اُس سے کہا تھا کہ تو سرکاری نوکری کر یا مت کر، مجھے اس کی نوکری سے پریم تھا کیا؟ ہونہہ جانے اپنے کو کیا سمجھتا تھا۔ بار بار یہی کہ نوکری چھٹ جائے گی تو تجھے کیا کھلاؤں گا ـــ اگر اس کے گھر بیٹھ جاتی نہ تو عمر بھر یہی طعنے دیتا ـــ اور کھانے کا کیا ہے، اس جیسے دس کو کھلانے کی ہمت رکھتے ہیں ہم"

اتنا کہہ کے اس نے ٹوکری اٹھا کے سر پر رکھی، ایک پل خاموش رہی پھر سلطانہ کی طرف دیکھا، اس کی بڑی بڑی کٹیلی آنکھوں میں لبالب آنسو بھرے تھے، دھیرے سے بولی "رام ادتار ٹھیک تو ہے بی بی جی۔ اس سے میرا... میرا سلام کہہ دیجئے گا۔"

سلطانہ نے سر جھکا لیا، اتنی ہی دھیرے سے بولی "کہہ دوں گی، ضرور کہہ دوں گی" شامی مسکرائی جیسے کہتی ہو "ہاں ٹھیک ہے اب کی بار آپ سمجھ گئیں۔"

# نگوڑی چلے آوے ہے

میں اپنے رشتہ کی ایک خالہ کا حال آپ کو بتانا چاہتی ہوں جن کو سب جلّو کہتے تھے۔ ویسے ان کا اصلی نام جلیل فاطمہ تھا، مگر میں نہیں کہہ سکتی کہ وہ جلیل فاطمہ سے جلو کب ہوئیں کیونکہ ظاہر ہے اپنے بچپن میں ہوئی ہوں گی اور اُن دنوں میرا وجود کہاں تھا، البتہ جب میں نے اُن کو دیکھا تو بڑے سب ان کو جلّو کہتے تھے اور چھوٹے اس میں خالہ، ممانی، پھوپی وغیرہ کا دُم چھلّہ لگا دیتے تھے۔

کچھ کردار ایسے ہوتے ہیں جنھیں ہم بچپن میں دیکھتے ہیں اور کبھی نہیں بھول سکتے ـــــ زمانے کی تہیں جمتی جاتی ہیں، وقت کی دھول پڑتی جاتی ہے، عمر کی دُھند گہری ہوتی جاتی ہے، مگر ان کے متعلق جب بھی سوچیے تو ان کی تصویر پہلے سے زیادہ صاف اور اُن کی شخصیت کی لکیریں اور بھی زیادہ روشن محسوس ہوتی ہیں۔ اور اس کی وجہ یہ ہوتی ہے کہ اُن میں کوئی ایسی بات ہوتی ہے جو اُن کو

ہزاروں دوسرے کرداروں سے ممیز اور ممتاز کرتی ہے۔

اب میری عمر پچپن سال کے قریب ہو رہی ہے مگر میں نے اپنی زندگی میں اس طرح ہنسنے والا کردار نہیں دیکھا جیسی جلّو خالہ تھیں ——— موقع، بے موقع جب دیکھو ٹھٹھے لگ رہے ہیں، خود ہنس رہی ہیں، اوروں کو ہنسا رہی ہیں، اگر کوئی انھیں ٹوکتا تو کہتیں، ''اب کیا کروں بھنّو، میرے بس کی ہی بات نہ ہے، ہنسی نگوڑی چلی ہی آوے ہے۔''

اُن کا یہ جملہ اتنا مشہور ہوا تھا کہ بچے اُن کو دُور سے آتا دیکھ کر پکارنے لگتے، ''جلّو خالہ، جلّو آپا، نگوڑی چلی ہی آوے ہے ———'' وہ ہنستی ہوئی بچوں کے پیچھے دوڑتیں ''اب دیکھ لے اختری، سگے تیرے دونوں لونڈے نہ مان رے، ایک سے ایک شیطان کا پوت۔''

ویسے تو میں چپ چاپ ان کو دیکھتی رہتی، پر ایک دن مجھ سے نہیں رہا گیا سو میں نے اپنی اماں سے پوچھا کہ جلّو خالہ کے میاں کہاں ہیں؟ کیوں کہ میاں قسم کی کوئی چیز ان کے آس پاس کبھی دکھائی نہیں دیتی تھی۔ میری اماں ہنسنے لگیں، پھر میں نے بڑی خالہ سے پوچھا، وہ بھی ہنسنے لگیں، پھر چھوٹی ممانی نے بھی میرے سوال پر ایک قہقہہ لگایا۔ شام کو جلّو خالہ کسی کام سے آئیں تو بڑی خالہ بولیں۔ ''ارے جلّو، سگے رُقن کی دھی پوچھے تھی، تمہارے میاں کاں ہیں؟''

جلّو خالہ نے آنکھ دبا کر میری طرف دیکھا، پھر اپنی پیٹھ پر لٹکی ہوئی، لمبی کالی ناگن ایسی چوٹی کا جوڑا لپیٹتے ہوئے بولیں۔ ''پورا قصہ سُنے گی؟'' ——— جوڑا

بنا کے انھوں نے میری بانہہ پکڑی اور جس پلنگ پر بیٹھی تھیں، اسی کی ادوائن پر مجھے بٹھاتے ہوئے کہا" یہاں بیٹھ، تجھے پورا قصہ سناؤں ـــــــ گرمیوں کے دن تھے، صبح ہی صبح کمری پہن دھوتی باندھ کھیت پر گیا۔"

" کون جلّو خالہ؟" میں نے پوچھا۔

" ارے وہی تیرا خالو، اور کون ـــــــ ململ کا کرتا اُتار کے کپل میں کو ٹانگ گیا، کھیت پر سے شام کو آیا، اچھے خاصے نہا دھو کے پجامہ پہن کے نکلا، میں ہُوئیں آنگن میں پیڑھی پر بیٹھی روٹی پکاؤں تھی۔ گرمی کے مارے باہرے اینٹوں کا بنالیا تھا چولہا۔ تو بھتو میں نے بہتر اہی کہا کہ تازی روٹیاں پکائی ہوں، گرم گرم کھالیو، پھر جہاں جی چاہے جیّو، پر وہ گے ہی کہے گیا کہ ابھی نہ کھانے کا ہوں، کپڑے میں لپیٹ چنگیر میں دھر دیجیو، کھالیوں گا۔ تو پکا کے سو جیّو، میرا انتظار مت کیجیو، میں تو کوے پر جار یاہوں، پنچایت سننے، میرا کرتا کوٹھری میں سے نکال کے لا۔"

" پنچایت کس کی تھی جلّو؟ مجھے یاد نہیں رہا۔" بڑی خالہ گوشت کے لیے آلو چھیلتے ہوئے پیڑھی پر بیٹھی بیٹھی بولیں۔

" ارے وہی، شبراتی کی لونڈیا بھاگ گئی تھی نہ، فضلو دادا کے یہاں جو بلاہا تھا اِس کے ساتھ ـــــــ کچھ بھلا سا نام تھا، دین پہ۔" جلّو خالہ بولیں۔

" وہی تھا کرم دین۔" میری اماں نے ٹکڑا جوڑا۔

" اُرے ہاں ہاں، کرم دین۔" جلّو خالہ کو یاد آگیا ـــــــ " تو بس بیٹی،

میں نے اندر سے کرتا لا کے تیرے خالو کو پکڑا دیا، پھر پیڑھی پر بیٹھی اور راتتے لوئی بنا کے چنگیر بناؤں تھی کہ کیا دیکھوں ہوں اے کہ مردوا آنگن بھر میں ناچتا پھر رہا ہے۔ ایسا ایسا اچھل رہا کہ جیسے وہ سرکل آیا تھا نہ، وِس میں ایک آدمی نہ تھا جسے سب کوئی جوکر کئے رہے تھے —— اور میں کمبخت ہنسنے لگی۔ بس اور لگا چیخنے ——"

"پر ہوا کیا تھا جلّو خالہ؟" میں نے پوچھا۔

"ارے ہونا کیا تھا بیٹی، گرمیاں آگئی تھی تو گرمیوں ہی میں تو گے بھڑیں اللہ ماریاں اپنا چھتہ بنانے کو ماری پھریں ہیں تو وس اس کرتے میں کئیں ایک بھر بیٹھی تھی میرے نصیب کی۔ اب خالو نے تیرے نہ دیکھا نہ بھالا جھٹ کرتا گلے میں ڈال لیا۔ تو وہ کاٹے ہی کاٹے —— وہ پھنس گئی اس میں! اور وہ کرتا تو اُتارے نا، بس کودے اُچھلے اور مجھے گالیں دے اور۔۔۔"

"اور تم ہنسو —— ایں ——" اماں نے لقمہ دیا۔

"تو بھنو اب تو ہی انصاف سے بتا، نگوڑی ہنسی تو چلی ہی آوے ہے، جب آنگن بھر میں کوئی ناچتا پھرے گا تو ہنسی نہ آوے گی وہ تو کیو خیریت گزری کہ چولھے میں نہ جا پڑا —— تو پھر اسی بات پر اس نے مجھے طلاق دے دی۔ ویسے وِن نے کیا تھا کہ لکھا پڑھی کرلے پر میں نے کیا مجھے کیا تجھ سے مہر لینا ہے کہ دوسرا خصم کرنا ہے۔ سو گے ہوا بیٹی۔" وہ میری پیٹھ پر دھپ مار کے بولیں "وہ ہے گا اب تک، دوسری شادی بھی اُن نے نہ کی، داڑھی رکھ لی، مولوی ہوگیا۔

ہے۔ نمازیں پڑھے ہے رات دن، یہاں تیرے نانا کی مسجد میں تو آوے ہے گا روز، دیکھ لیجیو کسی دن ـــــــــ بلکہ میں ہی چل کے دکھلاؤں گی۔"

میری اماں افسوس کرتے ہوئے بولیں "ــــ تچ ہا ـــــ اے لعنت ہے تمہاری ہنسی پر جلّو آپا ـــــــ بھلا ساتھ رہتیں تو دو ایک بال بچے ہی ہو گئے ہو گئے ہوتے۔"

وہ سنجیدہ منہ بنا کے بولیں "گے ہی تو شکر ہوا بھنّو، دیکھوں ہوں نہ کہ اچھی خاصی سجیلی پیاری لونڈیئیں اور بیاہ ہوتے سال ڈیڑھ سال گذرا کہ دھترا نیاں بن گئیں ساری جوانی پوتڑے دھوتے ہوئے گذر رئی ہے گی۔"

سب بیویاں قہقہہ مار کے ہنسنے لگیں۔

جلّو خالہ کے سے دانت میں نے کسی دوسری عورت کے نہیں دیکھے، مسی سے بھری ریخوں کے بیچ ایسے چمکتے جیسے اودے کالے بادلوں میں کوندا لپکے، اُن کا سارا وجود ہنستا تھا، ماتھے کے نیچے بڑی بڑی آنکھوں میں ہنسی کی شبنم، چھوٹی سی پتلی ناک، ہنتے وقت بانسے کے پاس سے دونوں طرف کو سکڑ جاتی جیسے ادھ کھلی کلی، چھوٹے چھوٹے ہاتھ اکثر منہ کو ڈھانپ لیتے، پتلی پتلی انگلیوں کی درازوں میں سے ہنسی کی لہریں ابل اُبل کر باہر گرتی ہوئی محسوس ہوتیں، کانوں میں پڑے بالی پتے جھکورے لے لے کر رخساروں کے گڑھوں کو گدگداتے ـــــــــ اور دل کشی کا یہ عالم اس وقت تھا جب عمر چالیس کو بھی پار کر چکی تھی ـــــــــ سوچ لیجیے، جوانی میں کیا روپ رہا ہوگا!

وہ ہر بیاہ بارات، ہر محفل کی رونق ہوا کرتی تھیں۔ لڑکی کی رخصتی ہے، بابل گایا جارہا ہے، سسرال والے براتی تک رو رہے ہیں میکے والوں کا تو پوچھنا ہی کیا ـــــ جلّو خالہ تھوڑی دیر تو ضبط کریں گی، پھر کوئی اشقلہ چھوڑیں گی۔
"اے لوگو، ذرا باہر جاکے کوئی دولہا کو تو دیکھیو، کانا تو نہ ہے، کبھی سہرے میں کسی کو دکھائی نہ دیا ہو۔ آخر گے کائے کا رونا ہو ریا ہے؟"

کوئی ہنستا، کوئی ان کو کوستا، کوئی بڑا بوڑھا ڈانٹ پھٹکار کرتا، بچے کھکھلاتے ـــــ بہرحال موڈ سب کا بدل جاتا۔

محرم کے زمانے میں بھی ان کا یہی حال رہتا تھا، کمال تو اس وقت کرتی تھیں جب کسی مجلس میں ان کو واقعی رونا نہ آرہا ہو تو دوپٹہ منہ پر رکھ اس غضب کی ایکٹنگ کرتیں کہ سب دنگ رہ جاتے۔ ویسے ہماری ذاکری نانی کو اس وقت واقعی اُن پر غصہ آجاتا، چپکے سے کہتیں، "اے ہٹاؤ کوئی اِس اللہ کی ماری کو' خصم چھیٹی مجلس کی رقت بگاڑ رہی ہے گی۔"

جلّو خالہ چپکے سے اُٹھ کر کھسک لیتیں۔

ہماری ایک رشتہ کی دادی بہری تھیں ـــــ پٹ بہری ـــــ عمر بھی بہت تھی! انکی شاید اسی سے سماعت میں فرق آگیا تھا۔ ان کا نام حسینی تھا۔ اور عالم اُن کا یہ تھا کہ چونکہ وہ کچھ سنتی نہیں تھیں اس لیے دیکھتی رہتی تھیں کہ پڑھنے والے کا منہ کب کھلتا ہے، ادھر مرثیہ خواں نے ہونٹ کھولے، اور ادھر انھوں نے رونا شروع کر دیا۔ اس سے بحث نہیں کہ فضائل ہو رہے ہیں کہ مصائب

رباعی کہ سلام کہ منقبت !

جلّو خالہ اُن کو خوب آڑے ہاتھوں لیا کرتی تھیں ــــــ اُن کے کان کے پاس منہ لا کے زور سے کہتیں " اے کیا سمجھو ہو ؟ وہ فضائل پڑھ رہی ہے گی صلوٰۃ بھیجو صلوٰۃ ــــــ اے سنو ہو بھی کچھ ؟ کیوں رو رئی ہو ؟"

حسینی نانی غزا کے جواب دیتیں "مت اترا وے بہت سا جلّو ، لے ، میں کیا سدا کی بہری ہوں ؟ کدھی بھی نہ سنوں تھی کیا ؟ مجھ بڈھی ٹھڈی سے مذاق کرے ہے ۔ خدا ہی سمجھے ۔ جناب امیر کی مار پڑے ۔"

مگر جلّو خالہ کو ایسی بڈھیوں کی گالیاں سننے میں بڑا مزہ آتا تھا ، وہ ڈٹی رہتیں ۔

" تو کیا اگلا پچھلا سب یاد کر کے رو رئی ہوگی ؟"

پھر ہماری نانی اُن کو آنکھیں دکھاتیں ، جلّو خالہ اُن کا بہت رعب مانتی تھیں ، چپکی ہو کے کھسک جاتیں ۔

جلّو خالہ میں ایک خاص بات یہ تھی کہ وہ مَردوں کے سامنے کبھی نہیں ہنستی تھیں ۔ اس زمانے میں غیر مردوں سے عورتوں کا ملنا ہوتا ہی نہیں تھا ۔ اس لیے ان کے سامنے ہنسنے کا کیا سوال تھا ، مگر خاندان کے مردوں میں سے بھی کسی نے گھر میں قدم رکھا کہ جِلّو خالہ کے منہ پر مہر لگ گئی ، ایسی چپکی ہو جاتیں جیسے ان سے کوئی بولا کہ انھوں نے کاٹ کھایا ، " کہتیں ، " ارے میں مردوں کو منہ نہ لگاتی ، ذرا اُن سے ہنس کے بولا کوئی کہ اپنے کو جنے کیا سمجھنے لگے ہیں ۔ وہ

سبز پری والا گلفام اور سوچیں ہیں ہمیشہ اپنے ہی مطلب کی بات ـــــــ بڑے وہ ہویں ہیں مردوے میں سب جانوں ہوں۔"

جلّو خالہ کی زندگی میں کیا تھا، ایک چھوٹی سی اکیلی کوٹھری، اس کے آگے ذرا سا آنگن ـــــــ یہ گھر انھیں اپنی ماں کی طرف سے ملا تھا، تھوڑی سی زمین دَدھیال کی تھی، جس سے اُن کو کھانے بھر کے گیہوں، چنے اور مکّا مل جاتی تھی۔ ـــــــ خاندان کا کارندہ سب کا اناج پہنچاتا تو ان کا بھی لوا لاتا، کبھی کبھی وہ میری نانی سے اس کی شکایت کرتیں۔" سیدہ خالہ اس اللہ مارے بفاتی سے بس اتنا کہہ دیتیں اِئے کہ میرے حصّے کے گیہوں میں کنکر ملاوے تو ذرا بڑے بڑے ملاوے۔ کنکر چھوٹے چھوٹے ہوں ہیں تو بینتے بینتے مجھ دکھیا کا ناک میں دم آجاوے ہے۔"

کنبے کے لوگوں کے چھوٹے موٹے کام کر کے وہ کچھ پیسے بھی کما لیتی تھیں ـــــــ کسی کا جہیز ٹانک دیا، کسی کے لیے ہاتھ کی چکّی میں دلیہ بنا دیا، کسی کے ململ کے کرتے تُرپ دے، گاجر کا حلوہ بنا دیا، دوپٹے رنگ دئے، چن دئے۔ انہی پیسوں سے وہ چراغ کا اور سر کا تیل منگواتیں، شوہر پاس نہ ہونے کے باوجود مسّی ضرور منگواتیں، لگاتیں، چوڑیاں بھی پہنتیں، پھر دیا سلائی، گڑ، پان کا بھی خرچ تھا اور مجلس کا تبرک بھی جو وہ ہمیشہ ایک ہی بانٹتیں ـــــــ مالی حالت کی اونچ نیچ سے اُن کے یہاں کبھی تبرک میں فرق نہیں آیا۔

اپنے کپڑے وہ خود کبھی نہیں بناتی تھیں ـــــــ بات یہ تھی کہ لوگ اُن کی خوش دلی کی وجہ سے اپنے اپنے گھر ان کو گھسیٹ لے جاتے۔ اور مہینوں اپنا مہمان

رکھتے، کپڑے لتے بھی بناتے، اور ضرورتیں بھی پوری کر دیتے۔ اُن کی ضرورتیں ہی کیا تھیں، گنتی کے حساب سے چند روپوں کے اندر اندر ——— اسی لیے ان کی اپنی کوٹھری پر اکثر ایک پرانا سا تالا لٹکتا رہتا ہے۔

اب میں کبھی جلّو خالہ کو یاد کرتی ہوں تو مجھے خیال آتا ہے کہ ہماری زندگی اور ہمارے ادب میں آج کل ایک لفظ کا بڑا رواج ہو گیا ہے ——— فرسٹریشن دھڑا دھڑ ایسے کردار ملتے ہیں ہیں اور قلم سے پیش کیے جاتے ہیں، جو فرسٹریٹیڈ" ہیں اور اپنی سچّی یا خیالی محرومیوں کی بدولت اپنی اور دنیا کی جان عذاب میں کیے ہوئے ہیں ——— کیا جلّو خالہ کی زندگی میں آسودگی تھی؟ یقیناً نہیں تھی ——— پھر کیا وجہ تھی کہ ان کے منہ سے ہمیشہ سنائی یہی دیا کرتا تھا کہ " ہنسی نگوڑی چلی آوے ہے۔"

جلّو خالہ کی عمر بڑی لمبی ہوئی ——— ابھی حال ہی میں ان کا انتقال ہوا۔ ——— اور جب میں ان کے متعلق یہ سطریں لکھ رہی ہو تو مجھے چیکوسلواکیہ کے ایک شہیدِ انقلاب کا آخری خط یاد آتا ہے، جو اس نے اپنے لیے پھانسی کا حکم جاری ہونے کے بعد اپنی بیوی کو لکھا تھا۔۔۔ "تم میرا سوگ نہ منانا، تم میرے لیے آنسو نہ بہانا، تم میری یاد کو غم سے آلودہ نہ کرنا، کیونکہ میں خوشی کے لیے جیا تھا، میرا قصور، میرا گناہ صرف اتنا تھا کہ میں چاہتا تھا سب میرے ساتھ ہنسیں، میری خطا یہی تھی کہ میں سب کو آسودہ، سب کو خوش دیکھنا چاہتا تھا، میں چاہتا تھا کہ میں ہنسوں تو اس دکھ بھری دنیا کا غم، تھوڑی دیر کو سہی، کچھ کم ہو جائے۔"

# معجزہ

ڈھول زور زور سے بجنے لگا۔" ڈر دگڑ دگڑ ڈر دگڑ دگڑ"....

دونوں کھمبوں کے بیچ میں ڈوری بندھ چکی تھی، ڈوری کے دونوں سروں پر کھمبوں کی نوکوں سے لپیٹ کر، پھولوں کے ہار بندھے ہوئے اور ان سے ذرا نیچے کالا دھاگا بھی ڈیڑھ گرہ دے کر بندھا تھا، دہنے ہاتھ والے کھمبے کے نیچے مجوشاہ آلتی پالتی مارے چٹائی پر بیٹھا تھا گلے میں پھولوں کا موٹا سا ہار، لال لنگوٹ، ننگا کرتی، دبلا پتلا، اکہرا جسم، سر کے بال تیل سے خوب چمکتے ہوئے اور ناک اور اوپر والے ہونٹ کے بیچوں بیچ ایک ننھا سا کالا مسہ جو گردن ہر بار گھمانے سے دکھائی دے جاتا تھا۔

چاروں طرف لوگ جمع ہوتے جا رہے تھے، آج مجوشاہ، پھر بہت دنوں کے بعد نٹ بازی کے کمالات دکھانے والا تھا ——— بھیڑ بڑھتی گئی اور ہجوم رسی بندھے کھمبوں کے چاروں طرف ایک دائرے کی شکل میں اکٹھا ہوتا گیا، ڈھول پھر

بجنے لگا اور ساتھ ہی ساتھ اعلان کرنے والے کی آواز " ڈر دگڑ دگڑ ڈر دگڑ دگڑ ۔۔ معجزہ پرور دگار کا ، شکر پالنہار کا ، رب ہی کو سب حمد واجب ہووے ہے ، معجزہ پرور دگار کا ـــــ انسان جو کچھ کر دکھاوے ہے سو سب دیسی کریم کی کریمی ہووے ہے ، شکر پالنہار کا ، ڈوبتے کو تیراوے ، مرتے کو بچاوے ، شکر کھیونہار کا ، آج دیکھیو لوگو مجو شاہ کا کمالات ـــــ ایسا کمال شہر بھر ، ملک بھر ، دنیا بھر میں دیکھنے میں نہ آوے گا ـــــ دیکھیو لوگو ، آئیو لوگو ـــــ پھر مت پچھتائیو لوگو ـــــ ڈر دگڑ دگڑ دگڑ ڈر دگڑ دگڑ "

ایک آدمی گلے میں انگوچھے کا جھولا بنائے ، سب سے ایک ایک آنہ جمع کر رہا تھا!

پھر مجو شاہ کھڑا ہوا ، ایک مرتبہ اس نے نظر اٹھا کر ڈوری کو دیکھا ، لبوں پر ہلکی سی مسکراہٹ آئی ، مڑ کر اپنے ایک ساتھی سے کچھ پوچھا ، اس نے سر ہلا کر حامی بھری ، ـــــ مجو شاہ نے ایک ہاتھ بڑھایا ، کلائی میں پھول اور کچا ناڑہ بندھا تھا ـــــ ہاتھ سے کھمبے کو ہلایا ، پھر ڈوری پر ایک نگاہ ڈالی ، پھر دوسرے ہاتھ کو کھمبے پر اونچا رکھ کر ایک پاؤں کھمبے پر جمایا اور دوسرا اٹھایا ۔

اتنے میں پیچھے بھیڑ سے ایک لڑکا ایک بڑی سی ٹوکری اٹھائے نکلا اس میں بہت سے چھوٹے چھوٹے گھڑے بھرے تھے ، سرخ مٹی کے گھڑے جن پر سفید کھریا مٹی سے پھول بوٹے اور بیلیں بنی ہوئی تھیں ، مجو شاہ کھمبے سے اتر آیا ، گھڑوں کو پاس لانے کا اشارہ کر کے ، ان میں سے ایک کو اٹھا کر سر سے اونچا کر کے گھمایا مجمع میں

اشتیاق کی ایک لہر دوڑ گئی ــــ ۔ ۔

"اب گھڑے آ گئے ـــــ اب دیکھیو کتے کتے گھڑے سر پر رکھ کے چلے ہے۔" فخرو بولا "کیا بات ہے میرے شیر کی ـــــ کمالات کا بنا ہوا ہے۔" اشرف نے جوش میں آ کے ہاں میں ہاں ملائی کھنڈ ساری والے لالہ جی بولے "اجی وہ پچھلے سال جو سرکل آیا تھا۔ ولائت سے اس میں جو میم تھی نہ وہ اس کے کمالات دیکھ کے اس پہ عاشق ہو گئی تھی۔"

"اور کیا" اللہ دیا بولا "اُن نے کتا کتا کیا کہ میرے ساتھ چلا چل پر گے پٹھا گے کئے گیا کہ میں چلا جاؤں گا تو میرا علم کون اٹھاوئے گا، میرے امام باڑے کی تی گل ہو جاوے گی۔"

"جو چلا جاتا تو پو بارے ہوتے، وہ تو ہزار روپے پیدا کرے تھی" ـــــ ایک بڑے میاں بولے جو بستی میں اپنی کنجوسی کے لیے مشہور تھے۔

"اجی ہاں، کاہے کو چلا جاتا وِس کے ساتھ، روپیہ پیسہ ہاتھ کا میل ہووے ہے بڑے میاں، ادھر آیا ادھر گیا چار دن کی چاندنی۔"

"تو یہاں بھی اس کے کون تھا نہ جورو نہ جاتہ اللہ میاں سے ناتہ ـــ جیسے یہاں ویسے ہی کیں اور" ـــــ بڑے میاں نے اپنی بات ثابت کرنے کو دلیل پیش کی۔

"تو جورو ہی بچے سے سب کچھ نہ ہووے ہے، اپنے باپ دادوں کا گھر چھوڑ دیتا؟ زمین چھوڑ دیتا؟ آدمی وہ قسمت والا جو جس زمین سے پیدا ہووے،

وسی میں پیوند ہووے"۔

منوہر ہنس کے بولا "تم تو بڑے میاں بس ہر گھڑی روپے کی ہی سوچو ہو، کل کو ٹیں ہو جاؤ گے تو سب یہاں ہی رکھا رہ جاوے گا، ٹینٹ میں باندھ کر نہ لے جانے کے ہو، ایرے غیرے نتھو خیرے مزے اڑا دیں گے۔"

اتنے میں ڈھول پھر بجنے لگا، ڈر، دگڑ، دگڑ دگڑ ڈر دگڑ دگڑ، معجزہ پروردگار کا، شکر پالنہار کا مجو شاہ نے کھمبے پر چڑھنا شروع کیا ——— دھیرے دھیرے وہ کھمبے کے سرے پر پہنچ گیا اور پھر ایکدم اسی پر کھڑا نظر آنے لگا ——— کھڑے ہو کر اس نے اپنے جسم کو ایک بار تولا اور پھر تن کر کھڑا ہو گیا ——— رسی ایک بار لچکی، اس کا جسم بھی لچک گیا، پھر اس نے دونوں ہاتھ پھیلا کر اپنے توازن کو برقرار کرتے ہوئے ایک قدم آگے بڑھایا ———

ڈھول زور زور سے بجنے لگا۔

مجو شاہ ذرا سا آگے کو جھکا، ایک لمبے بانس پر ایک گھڑا اوندھا کر کے اونچا کیا گیا اور پھر چشم زدن میں وہ گھڑا مجو شاہ کے سر پر پہنچ گیا ——— پھر ایک ایک کر کے سات گھڑے اونچے کئے گئے ——— اور ایک کے بعد ایک، یہاں تک کہ ساتواں گھڑا بھی مجو شاہ کے سر پر پہنچ گیا۔

مجمع کا اشتیاق اور بڑھ گیا "اللہ عمر بڑھاوے ——— پیسے وصول کر دیئے"۔

"اجی اس کے جیسا تو کوئی ہے ہی نہ پوری بستی میں"۔

"اتنا دم رکھے ہے جب ہی تو گزوں لمبا علم لے کے چلے ہے اس شان

سے کہ دیکھو تو بس اتنے ، اسے کہ جیسے کوئی چیتا جارہا ہے۔"

"اور کمال گے ہے کہ ایک ہاتھ سے ماتم بھی کرتا جاوے ہے۔"

"اجی ابھی کیا ہے، جب قلا کھاوے گا، تب دیکھیو لگے ہے جیسے سارے بدن میں ہڈی ہی نہ ہے۔"

رسی پر دھیرے دھیرے چلتا ہوا مجو شاہ اب دوسرے کھمبے تک پہنچ گیا تھا، یکایک وہ ایک دفعہ ذرا سا اچھلا اور پلک جھپکتے میں مڑ گیا، مجمع نے سانس روک لی، پھر بانسوں پر گھڑے چڑھائے گئے، ایک دو تین، ـــــــ پورے چودہ، ـــــــ اب اس کے سر پر اکیس گھڑے تھے۔ سب سے اوپر والا چھوٹا سا لگتا تھا، حالانکہ سب برابر تھے، ـــــــ ڈھول زور زور سے بجنے لگا "معجزہ پروردگار کا شکر پالنہار کا . . . . سہارا کھیونہار کا . . . ."

مجو شاہ نے ایک قدم اٹھایا، رسی لچکی دوسرا قدم اٹھایا، گھڑے ذرا سا ہلے، پھر اس نے دونوں ہاتھ پھیلا دیئے، تیسرا قدم اٹھایا، رسی لچکی اور زور سے تھرتھرانے لگی، اس نے دوسرا پاؤں بڑھانے کی کوشش کی مگر رسی کے ساتھ پاؤں بھی تھرتھرانے لگے، ـــــــ پھر ایکدم سے ہوا میں اکیس گھڑے بکھرتے ہوئے اور دو پھیلے ہوئے، کپکپاتے ہوئے ہاتھ دکھائی دیئے ـــــــ مجمع سے چیخ کی ایک گونج اٹھی

"مر گیا۔"

"پانی لاؤ پانی۔"

"چکر آگیا۔"

ایسا تو برسوں میں کبھی نہ ہوا جی، یہ آج ہوا کیا؟"

"اجی بندے کا ہی تو پاؤں ہے، نہ سنبھل سکا۔"

"گے نٹ بازی کمبخت ہے ہی بری بلا ——— بیڑا غرق ہو اس کا۔"

"جان جوکھم کا کام ہے جی۔"

"ارے تو ذرا ہوا تو چھوڑ دو ——— اوپر ہی چڑھے چلے آ رہو۔"

"ہٹو جی ہٹو، یہاں کیا تھیٹر ہو رہا ہے۔ اس کی جان جا رہی ہے تم لوگ تماشہ بنائے لو ہو۔"

مجو شاہ کے ساتھیوں نے جلدی جلدی سب کو ہٹایا، کوئی دوڑ کر چٹائی پر بچھانے کو دری لے آیا، وہیں۔ ٹوٹے گھڑوں کے پاس اس کو لٹا کر پانی کے چھینٹے دیئے گئے، پنکھا جھلا جانے لگا۔ مجمع میں سے کسی نے اپنے کان میں سے عطر کا پھایا نکال کر سنگھانا شروع کیا، تھوڑی دیر میں اسے ہوش آ گیا ——— ہوش آتے ہی اس نے اشارے سے ایک گھڑا پاس کھسکوایا اور لیٹے ہی لیٹے اس پر ہاتھ پھیرنے لگا۔

"کیسے ہو بادشاہ؟" اس کے ایک ایک ساتھی نے پوچھا۔

"اچھا ہوں" وہ دھیمے سے بولا "مرنے کا تو نہ ہوں، پر رسی پر اب شاید کبھی نہ چڑھا جاوے گا۔" ——— ایک ٹھنڈی سانس بھر کر وہ پھر گھڑے پر ہاتھ پھیرنے لگا اور آنکھیں بند کر لیں۔

"اجی، تم اپنا دل کاہے کو چھوٹا کر دہو ——— ہم لوگ بھی تو ہیں۔ تم بس

زندہ رہو، ہمارے سر پہ ہاتھ رکھو" ــــــــ اس کے ایک شاگرد نے اس کے پاؤں دباتے ہوئے کہا۔ مجو شاہ نے ایک پل کے لیے آنکھیں کھولیں، محبت سے اپنے شاگرد کو دیکھا، دونوں آنکھوں سے ایک ایک بوند ٹپک کر کنپٹی پہ سے ہوتی ہوئی بالوں میں چلی گئی ــــــــ سینہ سے ایک گہری آہ نکلی۔

علاج معالجہ سے جان تو بچ گئی لیکن جس بل گرا تھا ادھر کا پاؤں بالکل بے کار ہو گیا، پھر بھی اس نے ایک طرف سے گھسٹ کر چلنے کو بیساکھی لگانے پر ترجیح دی۔ وہ نٹ بازی کے ہر میدان میں آتا کھمبے کے نیچے چٹائی پر بیٹھا رہتا، ــــــــ جو نٹ رسی پر چڑھنے جاتا وہ اس کے سر چھوتا، اور وہ پاس رکھے گھڑے پر پیار سے ہاتھ پھیرتا، بے خیالی کے عالم میں، کھمبے پر چڑھتے ہوئے نٹ کے پیروں کو تکتا رہتا ــــــــ پھر نظر پھسل کر گھڑے پر آجاتی اور ٹھنڈی سانس کے ساتھ آہستہ سے منہ سے نکل جاتا "معجزہ پروردگار کا ــــــــ شکر پالنہار کا ...."

علم اٹھانا اس نے البتہ اسی طرح اب تک جاری رکھا تھا، ایک ہاتھ اور ایک پاؤں تو اس کا مضبوط تھا پھر وہ کیوں علم اٹھانا چھوڑتا، ہاں اتنا ضرور کیا گیا تھا کہ علم کے بیچ میں دو ڈوریاں باندھ دی جاتی تھیں، جن کو دو آدمی سہارا دینے کے لیے پکڑے رہتے۔ تھے، ــــــــ نیچے سے مجو شاہ بغل میں علم دبائے، اس کے ڈولتے بانس کو اپنی ٹھڈی سے بھینچے، اپنے سینہ میں جکڑے، تعزیہ کے آگے آگے رینگتا ہوا لکیر سی بناتا ہوا چلتا اور علم کا پھریرہ دھیرے دھیرے لہراتا جاتا۔

محرم آتے ہی مجو شاہ کے مفلوج جسم میں ایک نئی جان سی پڑ جایا کرتی تھی۔ گھسٹتا گھسٹتا وہ ہر اس جگہ جا پہنچتا جہاں محرم کی تیاریاں ہوتی رہتیں اور اپنی رائیں اور خدمات پیش کرتا ——

"اجی فاخری بوبو، کیا علم کے پنجے مانج رئی ہوگی؟ —— لاؤ میں مانج دوں"۔

"ابے اللہ دیئے تو لایا ہوگا گے قاغذ؟ جیسے پوریوں کا بھات، ارے مجھ سے کائے کو نہیں کہا —— اچھے سے اچھا منگوا دیتا مردہ بادنے"۔

"لا مجھے چھری دے شبراتی دیکھ کیسی اچھی کھپچیاں نکالوں ہوں کہ طبیعت خوش ہو جاوے گی"۔

"اس لوری سے لئی پکواؤ گے تو بگڑے گی نہ تو کیا سدھرے گی، پھوہڑ جنم جنم کی —— لاؤ مجھے دو، میں ابھی فرسٹ پکا کے لاؤں ہوں"۔

کام کرتے کرتے وہ باتیں بھی کرتا جاتا "اجی کیا بات تھی بڑے میر صاحب کی، اب ویسا مرثیہ کوئی نہ پڑھ سکتا، اجی وہ زبان سے تھوڑا ہی، وہ تو دل سے پڑھیں تھے، دل سے —— ان کی بات ان کے ساتھ گئی —— وہ کیا پہلی کو پڑھیں تھے؟ وہ .... جادیں آپ خلق کی مشکل کشائی کو آدے سبے کربلا سے اجل پیشوائی کو —— کیا پڑھیں تھے کہ کلیجہ پانی ہو جاوے تھا —— کیا کیا لوگ اٹھ گئے" —— پھر وہ ایک ٹھنڈی سانس کھینچتا "معجزہ پروردگار کا —— شکر پالنہار کا"۔

اس سال محرم کی چاندرات کو جب تمام تعزیئے بن گئے، علم جھل جھل کرنے لگے، امام باڑہ رنگ روشنی پھول اور خوشبو سے بھر گیا تو مجو شاہ اپنے علم کے آگے پانچویں شمع روشن کر رہا تھا جو اسے یکایک احساس ہوا کہ لوگوں میں کچھ گھسر پھسر ہو رہی ہے۔

"ابے کیا ہے کیا؟ کیا بات ہے؟" اس نے ماچس کی تیلی بجھاتے ہوئے کہا۔

"اجی کچھ نہیں، وہ تار کا قصہ ہے۔" اللہ دیئے نے جواب دیا۔

"تار؟ کیسا تار؟"

"اجی وہ تار جو لوہے کے کھمبوں میں لگا رہے ہے نہ ——— اجی وہ تار دینے کا تار ہووے ہے نہ ——— وس کے کھمبوں میں کان لگا کے سنو تو سنن سنن سنائی دیوے ہے"۔

کھمبے اور تار کا نام سن مجو شاہ یکایک چونک پڑا، ہاتھ کی جلتی ہوئی شمع سے گرم گرم آنسو اس کے ہاتھوں پر ٹپک رہے تھے مگر اس کی آنکھیں جیسے دور کہیں دیکھ رہی تھیں ——— دو کھمبے ان کے بیچ میں تنی ہوئی ڈوری، اس پر چلتے ہوئے نپے تلے قدم، جسم کو سنبھالنے کی کوشش کرتے ہوئے ہوا میں پھیلے، لہراتے ہوئے دو ہاتھ ——— پھر اس کے کان میں اللہ دیئے کی آواز آئی "تو گے سننے میں آیا ہے کہ نئے جنٹ صاب تار نہ کاٹنے دیویں گے"۔

مجو شاہ ایک دم چونک پڑا اور شمع کو اس کی جگہ پر جما کے، ہاتھ پر گرا ہوا موم چھڑاتے ہوئے بولا "تو تار نہ کاٹا جاوے گا تو علم کیسے جاوے گا؟"

"گے ہی تو بات ہے" لورے نے کہا "وہ کیں ہیں کہ علم کو جھکا کے لے جاؤ، ہر سال اتنا خرچ نہ برداشت کرنے کی ہے گورنمنٹ"۔

"اچھا ـــــ تو اب یہ کوئی نئے آئے ہیں گورنمٹ کے بڑے سگے جو مولا سے بھی بڑھ گئے"؟

"اجی وہ کیں ہیں کہ . . . ." شبراتی نے کچھ کہنا چاہا۔

مجو شاہ بولا" ہاں ہاں ـــــ تو وہ کچھ کہیں ہیں تو ہم بھی کچھ کے سکیں ہیں ـــــ تار کی کٹوائی اور پھر سے جڑوائی میں جو کچھ لگے گا دے لیں، پر علم تو کبھی نہ جھکنے کا ہے ۔ آخر گئی برسات آندھی سے نہ اڑ گیا تھا تار پھر بنوایا تھا کہ نہیں؟"

اس نے چاروں طرف دیکھا۔ سب چپ تھے "تم لوگوں نے کہا تھا کہ ہر سال تار کاٹا جاوے ہے؟"

"اجی، ہم سے بات کاں ہوئی ـــــ بات تو منجھلے میر صاحب سے ہوئی تھی"۔

"چلو میر صاحب کے واں"۔

سب امام باڑے سے نکلے، مجو شاہ سب کے بعد نکلا، اس نے امام باڑے کا دروازہ بھیڑا، دروازے کو دونوں ہاتھ لگا کر اپنی انگلیاں چومیں اور سب کے پیچھے ہو لیا۔ رستے سے اور بھی کچھ لوگ ساتھ ہو لیے اور دھیرے دھیرے گاؤں کی پتلی، پر پیچ گلیوں، کچے، پکے گھروں اور کیچڑ مٹی کے چوکوں سے گزرتا ہوا

یہ قافلہ منجھلے میر صاحب کی پکی شاندار حویلی کے سامنے جاکے رکا میر صاحب باہر کے ہی کمرے میں تخت پر بیٹھے کچھ حساب کتاب کررہے تھے، ان لوگوں کو آتے دیکھ کر پہلے تو کچھ حیران ہوئے، پھر شاید سمجھ گئے، آواز دی " ترابن ____ بڑی دری دے جائیو" ____ دو تین منٹ بعد ترابن دری لیے اندر سے نکلی، سب نے مل کر دری بچھوائی، بیٹھے ____ مجو شاہ دروازہ کے پاس جوتیوں کے نزدیک، دیوار سے ٹیک لگاکر بیٹھ گیا، منجھلے میر صاحب نے اپنے کاغذات کیش بکس میں رکھے اور اس کو تالا لگاتے ہوئے ان لوگوں کی طرف منہ کیے بغیر بولے " کیا بات ہے ؟ تم لوگوں کی مجلس کب ہورہی ہے ؟"

اللہ دیئے نے سب کی طرف دیکھا اور ذرا ہمت کرکے جواب دیا "مجلس تو وہی ہوگی اپنے وخت پر میر صاحب پانچویں کو" ____ پھر ذرا رک رک کے کہنے لگا۔ " ہم لوگ گے پوچھنے آئے ہیں اے کہ وہ علَم کے واسطے جنٹ صاب سے پھر بات چیت ہوئی تھی میر صاحب ؟"

میر صاحب ذرا لاپرواہی سے بولے " اب پھر سے اس میں کیا بات جیت چیت ہووے گی ؟"

" پھر بھی " لورا بیچ میں بولا " ہم لوگ ذرا سننا چاہیں کہ وہ کیا کیں ہیں"۔

" وہ تو میں اللہ دیئے کو بتا چکا ہوں ____ وہ اب کے تار نہ کاٹنے دیویں گے"۔

" آپ سے وِلوں نے خود کہا ؟" ____ کھنڈ ساری والے

لالہ جی نے پوچھا۔

"ہاں ــــــ خود کہا ــــــ کہ ہر سال گورنمنٹ اتنا خرچہ برداشت کرنے کو تیار نہ ہے، یا تو عَلَم چھوٹا بنایا جاوے یا جھکا کے لے جایا جاوے۔"

"پھر آپ نے بھی تو کچھ کہا ہوگا؟" ممدو نے سوال کیا۔

میر صاحب چڑھ گئے" ابے انہوں نے کیا میری رائے پوچھی تھی جو میں کچھ کہتا۔ یا خوامخواہ کو اپنی ٹانگ اڑانے لگتا۔ وہ حاکم ٹھہرے، ان کا کام حکم دینا ہے کہ خدائی بھر سے پوچھتے پھرنا ہے۔"

"پر ان کو گے معلوم ہے اسے کہ ہر سال امام حسین کے عَلَم کے لیے تار کاٹا جاوے ہے؟" لالہ جی نے کہا۔"ارے، تم لوگوں کی کھوپڑی الٹی ہے کیا؟ جب وہ کہہ رہے ہیں کہ ہر سال کی طرح تار نہ کاٹا جاوے گا اس سال تو معلوم ہوگا جب ہی تو کہہ رہے ہیں۔"

"مگر میر صاحب، ایسا تو ہماری سات پشتوں میں کبھی نہ ہوا" اشرف بولا" ابے تیری سات پشتیں ریل گاڑی میں نہ چڑھیں تو تو بھی مت چڑھیو، بیل گاڑی اور ٹھہرد میں ہی چلا کر سدا ــــــ انہہ ـ ـ ــــــ کیا عقل ہے۔"

لالہ جی بولے" تو میر صاحب، اگر خرچے کی ہی بات ہے تو ہم لوگ تار کی کٹوائی اور بنوائی کا پورا خرچا دینے کو تیار ہیں۔ آپ جنٹ صاحب سے کہدلویں کیوں بے نور، چندہ کرلیویں گے؟"

نور جو ہر موقعہ کے لیے بستی سے چندہ اکٹھا کرنے کا کام ہمیشہ کیا کرتا تھا،

سینے پر ہاتھ مار کر بولا' مزدر' اے کہ منٹوں جمع ہو جاوے گا چندہ "۔

"بس ٹھیک ہے " اشرف بولا " آپ معلوم کر لیویں کتنا خرچا ہوگا، ہم پہلے سے پہلے اکٹھا کر لیویں گے "۔

" میں کیوں معلوم کروں ——— تم لوگ اپنے آپ کیوں نہ معلوم کرتے۔ میں ان سب چکروں میں نہ پڑنے کا ہوں" ——— میر صاحب نے کیش بکس دوسری طرف کو سرکاتے ہوئے جواب دیا ——— اس جواب پر سناٹا چھا گیا اور میر صاحب نے سناٹے سے فائدہ اٹھاتے ہوئے آہستہ سے سمجھانے کے انداز میں کہا " کل رات سے گڑھیا کے پاس پولیس کا پہرہ لگ جاوے گا، میری صلاح مانو تو علم چھوٹا ہی بنالو اس سال، چھٹی ہوئی، جھکانے وکانے کا چکر ہی ختم ——— کیوں ناحق ناحق کو حاکموں سے اڑو ہو "۔

مجمع میں کھسر پھسر شروع ہی ہوئی تھی کہ جوتوں کے پاس بیٹھے ہوئے مجو شاہ نے پہلو بدلا، اپنی سوکھی، بے جان ٹانگ کو دہنے ہاتھ سے سمیٹا، ذرا سا مسکرایا، پھر ہونٹ سکیڑے اور پھر میر صاحب کی آنکھوں میں آنکھیں ڈال کر بولا " میر صاحب " ساری نگاہیں مجو شاہ کی طرف مڑ گیئں، صرف میر صاحب تیوری پر بل ڈال کر اپنے کیش بکس کی طرف دیکھنے لگے ——— مجو شاہ ایک پل چپ رہا، پھر اس نے تھوک گھونٹا اور اپنے سوکھے لبوں پر زبان پھیر کر بولا " میر صاحب، مولا نے تو گے نہ سوچا تھا کہ یزید حاکم ہے" ——— پھر وہ دروازہ کے ٹیک کا سہارا لے کر ایکدم اٹھ کھڑا ہوا اور اپنی جوتیاں پہننے لگا اور پہنتے پہنتے بولا " اور دوں کی

تو میں نہ کہہ سکتا پر جب تک میری جان میں جان ہے، نہ تو علم ایک سوت چھوٹا ہوگا اور نہ ایک سوت جھکے گا ــــ ــــ وہ ہم سے خرچا چاہے جتنا لے لیویں پر ہم ایمان کا سودا کبھی نہ کرنے کے ہیں"۔

سب چپ تھے، ڈیوڑھی کا پردہ ہلکے سے ہلا جیسے کوئی اس کے پیچھے کھڑا یہ سب کچھ سن رہا ہو ــــ پھر پردہ برابر ہو گیا۔

سب لوگ اٹھے اور میر صاحب کو سلام کر کر کے چپ چاپ باہر نکل آئے اور خاموشی سے امامباڑے کی طرف چلنے لگے۔ مجو شاہ نے اللہ دیئے کو اشارے سے اپنے قریب بلایا اور گھسٹ گھسٹ کر چلتے ہوئے اس سے سرگوشی کی" گے میر صاحب کب گئے تھے جنٹ صاحب سے ملنے؟"

"شاید.... چار.... چھ.... دن ہوئے ہوں گے"۔

"ہوں ــــ وہ ان کے املاری والے مقدمے کا کیا ہوا؟"

"ابھی تو چل ریا ہے"۔

"ہوں ــــ تو یہ اصل میں کس کام سے گئے تھے صاحب کے پاس؟"

"گے تو خبر نہ ہے"۔

"تو ذرا پتہ لگا ــــ پر دیکھ ذرا ہوشیاری سے کام کیجیو"۔

"اجی نشا خاطر رہو" ــــ اللہ دیا بھیڑ میں سے نکل کر بائیں طرف کو مڑ گیا ــــ بھیڑ امامباڑے کی طرف بڑھتی گئی۔

منجھلے میر صاحب باہر سے آکر، ہاتھ منہ دھوکر، تخت پر کھانا کھانے بیٹھے ہی تھے کہ نیم تلے والی ممانی کوٹھری سے نکل کر آئیں، میر صاحب نے انہیں سلام کیا، انہوں نے دعا دی اور تخت کے ایک کونے پر بیٹھتی ہوئی بولیں "گے سب لوگ کائے کو آئے تھے بھیے ؟ خیر تو ہے ؟"

میر صاحب کی تیوری پر بل پڑ گئے، کسمسا کے بولے "اجی وہی علم کی بات تھی۔"

ممانی چپ رہیں ——

میر صاحب کو مجبوراً آگے کہنا پڑا "اب یہ لوگ تو عقل کے پیچھے ڈنڈا لے کے پھر یں ہیں ممانی —— پوچھو کہاں حاکم ضلع ، کہاں تم دھنیوں، جلاہوں ، نٹوں کی اوقات ، گورمنٹ کی حکومت ہے، کوئی مذاق تو ہے نہ"۔

ممانی چپ رہیں !

میر صاحب کچھ کھسیا کے بولے "آخر گے کہاں کی جہالت ہے کہ باپ دادوں کے وخت سے جتنا بڑا علم نکلتا آیا ہے وتنا ہی بڑا نکلے گا چاہے دنیا ادھر کی ادھر ہو جاوے"۔

اتنے میں گھر کی اور بیویاں بھی اکٹھی ہو گئیں۔

فاخری بو بو بولیں "مگر بھیئے تار تو ہمیشہ ہی سے کاٹا جاوے ہے، گے لوگ کوئی نئی بات کرنے کو تو نہ کئے رئے"۔

"ان اللہ مارے انگریزوں کا بیڑا غرق ہو، گے تو کسی کا دین ایمان سلامت نہ چھوڑنے کے ہیں"۔ مرشدہ آپا نے عاجز ہو کے کہا۔

"پولس والوں کو کچھ دے دلا کے روکا نہ جا سکتا؟" زینت خالہ نے رائے دی۔

میر صاحب بولے "اجی تم لوگوں کی بھی باتیں۔ جس معاملہ کو سمجھو نہ بو اس میں کائے کو بولو ہو، پولس کیا اپنی مرضی سے ہواں گئی ہے"۔

"کیا پولس لگ گئی؟"—— ممانی نے پہلی بار آہستہ سے پوچھا۔

"ابھی تو خفیہ لگی ہے —— باقاعدہ بھی لگ جاوے گی۔ اسام کے سوئم تک پہرہ رہے گا"۔

"ہے ہے، بھلا کتے سپاہی ہوں گے؟"—— فاخری بوبو نے گھبرا کے پوچھا۔

"اب ہوں گے جتے ہوں گے۔ میں تو کوئی گنتی کرنے گیا نہ —— سو دو سو تو ہو دیں گے ہی"۔

"ہے ہے —— اب دیکھو کیا قیامت اٹھے ہے"۔

"ہاں بیوی، قیامت تو اٹھے ہی گی"۔ —— شفو خالہ بولیں۔

شفو خالہ کسی بھی بحث میں ہر شخص کی بات سے اتفاق کرتی تھیں۔

"اب مولا ہی کوئی معجزہ دکھا دیں گے لوگ تو ہرگز علم نہ جھکانے کے ہیں، چاہے جان چلی جاوے"۔

"لو بیوی، بات ہی ایسی ہے، عَلم کیسے جھکے گا، کوئی ہنسی ٹھٹھا ہے" عیدن نانی نے کہا۔

"ہاں ہاں ــــــ بھلا عَلَم کیسے جھک سکے ہے" شفو خالہ نے اتفاق کیا۔

ممانی دھیرے سے بولیں "پر گے لوگ تو کیں ہیں نہ کہ پورا خرچہ دلویں گے"۔

"ایسا ہو جاوے تو سب ہی سے ٹھیک ہے"۔ شفو خالہ نے ہاں میں ہاں ملائی۔

میر صاحب پھر کھسیا گئے" اب تم عورتوں کو کیا سمجھا جاوے، حاکموں کی بات تم لوگ کیا جانو"۔

شفو خالہ نے پھر اتفاق کیا۔" ہاں ہاں 'بھئے' بھلا ہم لوگ کیا سمجھ سکیں ہیں حاکموں کی بات "۔

"پر گے تو ہے بڑا اندھیر" ـــــــ ممانی مختصر سا جملہ کہہ کر کوٹھری میں چلی گیئں ۔جب میر صاحب پان کھا کر باہر نکلنے لگے تو انھوں نے ڈیوڑھی میں ایک ڈولی رکھی دیکھی جس پر پردہ باندھا جا رہا تھا، وہ الٹے پاؤں اندر گئے۔

"گے کون جا رہا ہے اس وخت ؟"

"میں جا رئی ہوں بھئے" ـــــــ ممانی نے کوٹھری سے اپنی گٹھری سمیت نکلتے ہوئے جواب دیا۔"کیوں۔عشرہ یہاں نہ کرنے کی ہو؟"

"نہ بھئے ہواں میری مرغیوں کو کون دیکھے گا۔ میں آئی تھی جب ہی ایک اونگھ رئی تھی۔ دیکھیوں موقعہ ہووے گا تو ایک پھیرا اور کروں گی ـــــ

اتو یہ اللہ ماری کی الگ نکر ہے، جنے کسی نے انے بھوسہ پانی دیا ہوگا کہ نہ...."
یہ کہتی ہوئی وہ ڈولی میں سوار ہوگئیں۔
میر صاحب نے ایک بار ان کو غور سے دیکھا ـــــ باہر کھسک لئے!

آٹھویں محرم کو بڑے امام باڑے کے صحن میں حاضری کا انتظام کیا جا رہا تھا، کچھ لوگ بیٹھے تھے، کچھ کھڑے تھے، کچھ کمریں رومال باندھے، حصے بنا رہے تھے، پکے صحن کی چاروں طرف کچھ حصہ چھوٹا ہوا تھا، اس میں کئی بڑے بڑے درخت تھے، جن کی ڈالیوں میں گیس کی لالٹین ٹنگی ہوئی تھیں جو بار بار ہوا کے جھونکوں سے ڈولتی تھیں اور شکستہ دیواروں پر دوڑتے بھاگتے کام کرنے والوں کی پرچھائیوں کو ہلا ہلا دیتی تھیں، ـــــ دو طرف بنے ہوئے دالانوں میں پردے پڑے تھے جن کے پیچھے عورتیں تھیں، کچھ باتیں کر رہی تھیں کچھ اپنا کھانا کھول کھول کے کھا رہی تھیں، کچھ بچوں کو سلا رہی تھیں اور ایک ٹولی، بیچ میں لالٹین رکھے، نوحے کی بیاض کھولے کچھ نوحے پڑھ پڑھ کر اس کا سوز ملا رہی تھیں۔ بچوں کا کوئی حساب نہ تھا، ہر طرف ہی دس پانچ اونگھتے، سوتے، لڑتے، بھاگتے، کھیلتے پھر رہے تھے اور بار بار کام کرنے والوں سے ٹکرا ٹکرا کر ڈانٹ اور تھپڑ کھاتے ـــ
"اے لو، وہ مرشدہ آپا کی لونڈیا کلچوں کے ٹوکرے میں جا پڑی ـــ ـ ـ ـــ دیکھیوں بھئے کوئی ثابت بچا کہ سب توڑ دیئے چڑیل نے"

"او شبراتی کے پوت، منہ کر دیا ادھر کو مت آ، کیابوں کے جوں رکھے ہیں گے، مانتے ہی نہ ہیں، چڑھے ہی چلے آویں ہیں شیطان کے سگے۔"

"ابے فخرو والے، دو نگا ایک ریپٹ، شربت کے قریب بھی نہ پھٹکیو نہ تو ٹانگ توڑ دیوں گا"___ پھر دو چار دھپوں کی آواز آتی، اندر دالان سے ادرشہ ملتی۔ "مار بھیئے، ضرور مار، ٹانگ توڑ دے، ایک تو توڑ ہی دے پھر دیکھا جاوے گا۔ میرا تو اپنے آپ ہی خون جلا ڈالا اس اللہ ماری اولاد نے۔"

اس تمام چہل پہل، غل غپاڑے سے دور، بالکل الگ، ایک چھوٹی سی کوٹھری میں جو امام باڑے کے اندرونی حصے میں تھی اور اس میں امام باڑے کا سامان سال بھر بند رہتا تھا___ مجو شاہ ایک چٹائی پر، دیوار سے پیٹھ لگائے بیٹھا تھا۔ تین چار ساتھی اس کے آس پاس تھے، اشرف گھٹنے پر ایک تختی اور اس پر ایک کاغذ رکھے، ہاتھ میں کلک کا قلم لئے بیٹھا تھا، شبراتی ہاتھ میں ایک دھواں دیتی لالٹین اونچی کئے ہوئے تھا اور اس کی دھندلی روشنی میں مجو شاہ کا چہرہ زرد لگ رہا تھا___ کئی رات نیند نہ پڑنے کی وجہ سے اس کی آنکھوں میں سرخی آگئی تھی، بال الجھے ہوئے تھے، کالی قمیض جو کندھے پر سے پھٹی تھی، اس کا گریبان کھلا ہوا تھا اور گلے میں پڑی سبز کچے کلاوہ کی ڈوری اندر سے جھانکتی دکھائی دے رہی ہے جس کو وہ بار بار انگلیوں سے کھینچتا___ کوٹھری کا دروازہ بند تھا۔ "ہاں تو کیا لکھا بھیئے" اس نے اللہ دیئے سے پوچھا: وہ اشرف کے کندھے پر سے جھانک کر پڑھ رہا تھا۔

"پڑھ دیوں؟"

"ہاں ہاں، پڑھ دے، سب سن لیویں گے۔"

اللہ دیئے نے پڑھنا شروع کیا ـــــــــ "بحضور فیضِ گنجور، جناب جنٹ صاحب بہادر ـــ جیسا کہ حضور کو معلوم ہوگا عَلم کا معاملہ اب تک طے نہیں ہو چکا ہے، ہم لوگ عَلم کو جھکانے پر تیار نہ ہیں کیونکہ سدا سے یہ عَلم اِتا ہی بڑا بنتا چلا آیا ہے اور اس کے لیے تار ہمیشہ کاٹا جاوے تھا۔ ہم لوگ حضور کی خدمت میں دو درخواستیں روانہ کر چکے ہیں کہ برائے مہربانی حکم تار کاٹنے کا دیا جاوے۔ جو کچھ خرچ تار کٹوائی اور پھر سے لگوائی کا ہووے گا وہ ساکنانِ بستی کی طرف سے دیا جاوے گا۔"

"گے کیا لکھا ہے؟ کون بستی؟" شبراتی نے لالٹین کے پیچھے سے پوچھا۔

"مطلب گے ہے کہ بستی کے رہنے والے" اشرف نے سمجھایا۔

"تو یوں کیوں نہ لکھا؟" محمدو نے پوچھا۔

"ٹھیک ہے، ٹھیک، درخواست میں ایسے ہی لکھا جاوے ہے۔"

مجو شاہ بولے "ہاں تو پھر بھیے ...."

شرفو پڑھنے لگا "اوں .... اوں .... ساکنان بستی کی طرف سے دیا جاوے گا ـــــ عرض قبول ہو تحریری کہ سند رہے اور بہ وقت ضرورت کام آوے ـــــ اور حضور کا کرم ہو تو تھوڑے لکھے کو بہت سمجھا جاوے۔"

"اور گے بھی لکھ دے بھیے کہ اس درخواست کو تار سمجھا جاوے ـــ۔"

رحیمو بولا۔

"نہ نہ، حاکموں کو گے سب نہ لکھا جاتا۔" اشرف نے مجو شاہ کی طرف دیکھتے ہوئے جواب دیا۔

"ہاں، بس اور ضرورت نہ ہے، اتا ٹھیک ہے"۔ مجو شاہ نے کہا۔

"مگر اس میں گے تو لکھا ہی نہ گیا کہ ہم لوگ عَلَم کبھی نہ جھکانے کے ہیں" ٹیلے والے فقیرے چچا بولے مجو شاہ زور سے بولے "لکھا ہے۔"

فقیرے چچا اپنے اعتراض پر قائم رہے۔"کاں لکھا ہے؟ میں نے تو نہ سنا!"

شبراتی جل کے دھیرے سے بولا "اب تم تو بہرے بھنڈ ہو تو کوئی کان تک تمہارے لیے گلا پھاڑے گا۔"

مجو شاہ نے اس کا پہلو دبایا اور چیخ چیخ کر فقیرے چچا کو یقین دلایا کہ ایسا بالکل لکھا گیا ہے کہ ہم لوگ عَلَم کبھی نہ جھکانے کے ہیں —— پھر چاروں طرف دیکھ کر بولے "لے بولو، اب کون کون جاوے گا گے درخواست لے کے —— میں تو جاؤں گا ہی ..... اور ...."

شبراتی لالٹین نیچے رکھ کے بولا "اور میں .... اور منو ہر بھی کہے تھا اور لالہ جی کے آئے تھے، چلیو تو مجھے بھی ضرور لے چلیو اور ...."

اتنے میں دروازہ کھلا اور رمضانی داخل ہوا۔ دروازہ بند کرتے ہوئے خاموشی سے بیٹھ گیا۔ مجو شاہ نے اس کی طرف سوالیہ نگاہوں سے دیکھا، رمضانی نے انکار میں سر ہلایا۔ مجو شاہ نے دھیرے سے پوچھا "جادیں گی؟"

"ہاں"

"تو پھر کب معلوم ہووے گا؟"

"یا آج رات، یا کل صبح تڑکے"

"پرسوں تو عشرہ ہے"۔۔۔۔۔۔ کئی لوگوں کے منہ سے ایک ساتھ نکلا ـــــ مگر پھر مجو شاہ کو چپکا اور سنجیدہ دیکھ کر سب خاموش ہو گئے، مجو شاہ نے پھر سر اٹھایا اور رمضانی سے مخاطب ہوا "جنٹ صاحب آ گئے کہ ابھی شاری ہی میں ہیں؟"

"آ گئے ـــــ تھوڑی دیر ہوئی"۔

"تو یہ درخواست ابھی جاوے" مجو شاہ نے سب کی طرف دیکھ کے کہا۔

سب نے اتفاق کرتے ہوئے سر ہلایا۔

"کیا درخواست لکھ گئی"۔ رمضانی نے کہا۔

"ہاں" مجو شاہ نے کہا "ے اب تو کچھ کھا پی تو لے۔ شرفو، رمضانی کا حقہ لا کے دے"۔

پھر اس نے اپنے باہر نکلتے ہوئے ساتھیوں کو ایک مرتبہ غور سے دیکھا، دیوار سے ٹیک لگاتے ہوئے ایک ٹھنڈی سانس بھری ـــــ "معجزہ پروردگار کا ـــــ شکر پالنہار کا۔

نویں کی صبح کو کوئی چار بجے ہوں گے، ممانی مجلس سے لوٹ کر چو لہا

سلگا رہی تھیں کہ دروازے پر آہستہ سے دستک ہوئی، ممانی نے کیواڑ کے پیچھے سے پوچھا "کون ہے؟"

"میں ہوں ـــــ اللہ دیا۔"

"آ بھیئے آ ـــــ" دروازہ کھل گیا اور پھر بند ہو گیا، اللہ دیا اندر آ گیا اور پھر اپلوں کے دھوئیں سے کھانسنا شروع کر دیا، چولہے کے پاس بیٹھ کر اسنے ادھر ادھر نظر ڈالی مگر کچھ بولا نہیں، ممانی نے غور سے اس کی طرف دیکھا اور آہستہ سے بولیں "چائے بنا دوں، جگہ اتر جاوے گی۔"

"بنا دو" اللہ دیا پڑھی پر بیٹھے بیٹھے بولا۔

ممانی گرم پانی کی پتیلی میں چائے کی پتی ڈالتے ہوئے بولیں "آج فخر د کے داں خوب ماتم ہوا ـــــ ایسا ماتم برسوں سے دیکھنے میں نہ آیا تھا۔"

اللہ دیا چپ رہا، پھر آہستہ سے بولا "میر صاحب گئے تھے؟"

'ہوں گئے تو تھے ـــــ پھر... مگر بھیئے اس آنے جانے سے کچھ کام نہ بننے کا ہے، مولا ہی جانیں کیا بات چیت ہووے ہے۔ تو تو ہوا تھا نہ۔"

اللہ دیئے نے سر ہلا کے حامی بھری۔

"تو میں نے تو ہوئیں کے دیا تھا کہ دونوں باتیں نہ چل سکیں ہیں یا تو جنٹ صاحب سے اپنے مقدمے ہی سیدھے کر ڈالو، یا مولا کا ہی کام کر دالو۔ گے نہ چل سکے ہے کہ دودھ بھی پیارا پوت بھی پیارا، قسم کس کی کھاؤں۔"

اتنے میں چائے ابلنے لگی، ممانی نے پتیلی اتار کے اس میں ذرا سا دودھ

ملایا نتھار کر پیالے میں انڈیلا اور شکر ڈال کر چمچے سے چلاتے ہوئے اللہ دیئے کی طرف بڑھاتے ہوئے آہستہ سے بولیں "تو پھر مجّو کیا کہے ہے"۔

"کہنا کیا ہے، علم جاوے گا بس"۔

"کاں تک؟"

"جاں تک ہم لوگوں کے دم میں دم ہے"۔

"پولیس لگی ہے؟"

" بہتری ہے ـــــــ گڑھیا کے پاس لال ہی لال پگڑیاں دکھ ری ہیں، لگے ہے ٹیسو کا کھیت اگ آیا"۔

"تو کیسے آیا؟"

"مرشدہ آپا کے حالے میں کو ہو کے، شرفو اور رمضانی ادھر گئے ہیں میر صاحب کے واں"۔

ممانی خاموش ہو گئیں، اللہ دیا جانے کو اٹھا تو ممانی نے اس کے کندھے پر ہاتھ رکھا اور آہستہ سے بولیں "دیکھ بیٹے، آپ بل سو ہزار بل کسی کی آس مت دیکھیو تم لوگ، بس جو کچھ کرنا ہے وہ مولا کا نام لے کے اپنے آپ ہی کیجیو"۔

"وہ تو کیا ہی جاوے گا" اللہ دیئے نے جواب دیا۔ـــــــ پھر ذرا رک کے بولا۔

"کل رات ہم دس بارہ آدمی گئے تھے درخواست لے کے جنٹ صاحب کے واں"۔

"پھر؟"

"اجی، ـــــــ وہ بات تک نہ کرتا، دروازہ پر ہی دس کے چپراسی نے کہ دیا کہ صاحب تم لوگوں سے نہ ملنے کے ہیں ـــــــ اور مجھ سے کہنے لگا کہ تم سب سے زیادہ ادھر ادھر شیخی بگھارتے پھر دہو خبر بھی ہے تمہارا وارنٹ نکلا ہوا ہے، جب حوالات میں سڑو گے تو سب پتہ چل جاوے گا۔"

"چپراسی کون ہے؟"

"اجی وہی ہے ـــــــ ترابن کا لونڈا۔ اسے میر صاحب نے ہی تو رکھوایا ہے جنٹ صاحب کے۔"

"پھر کیا ـــــــ خدا گنجے کو ناخون نہ دے جو اپنی گنج کھجاوے، وہ تو..."

باہر کسی کے ڈنڈا پٹکنے اور کنیواڑ بھڑبھڑانے کی آواز آئی ـــــــ اللہ دیئے نے اٹھ کر دروازہ کھولنا چاہا پر ممانی نے فوراً اس کا دامن پکڑ کر پیچھے کی طرف کھینچ لیا اور ایک کونے میں دھکیل کر خود دراز میں لے جھانکیں ـــــــ پورب سے ہلکی ہلکی روشنی نکل رہی تھی اور تین چار پولیس والوں کے سائے ان کو اپنے دروازے کے پاس منڈلاتے نظر آئے، انہوں نے ایک ہاتھ پیچھے کر کے اللہ دیئے کو اشارہ کر دیا، چشم زدن میں وہ بکری کی پیٹھ پر پاؤں رکھ کر بڑے سے نیم کی ایک شاخ پر چڑھ گیا، وہاں سے دیوار پر اور دیوار کود کر امرودوں کے باغ سے ہوتا ہوا، مرشدہ آپا کے حاطے سے ہوتا ہوا اماں باڑے کی حد میں ـــــــ ممانی نے پھر دراز میں سے دیکھا۔ اب پولیس والوں کے پیچھے اور آس پاس بہت سے محلے

والے اکٹھے ہو گئے تھے اور زور زور سے بحث ہو رہی تھی" وس کے نام وارنٹ ہے، ہم نے وسے ادھر آتے دیکھا تھا اور گیا ہے وہ وسی گھر میں ــــــ ہم تلاشی لیویں گے۔"

"اجی ہوش میں ذرا۔" نتھو پہلوان اپنے ڈنٹر بیٹھک چھوڑ کر پولیس اور ممانی کے دروازے کے بیچ میں کھڑا ہو گیا۔ "کس میا کے پوت میں دم خم ہے کہ یہ دہلیز الانگے گا۔"

"میاں خیریت چاہتے ہو تو سیدھے سیدھے چلے جاؤ ــــــ رانڈ بیوہ سیدانی کے گھر کی تلاشی! کچھ سیندھی پی گئے ہو کیا؟" کسی نے کہا۔

لالہ جی کا بڑا لڑکا، ہاتھ میں لوٹا لئے، کان میں جینو لپیٹے بھیڑ میں شامل ہوتا ہوا بولا "ذرا پھر سے کہیو ــــــ تا نو سے جیبھ کھینچ لیوں گا۔"

ممانی اطمینان سے اپنے آنگن میں لوٹ آئیں اور اپنی بکری کو گلے لگا کے پیار کرنے لگیں" اری واہ ری میری بیٹی! ــــــ لے بھوسا کھا ــــــ بچ!"

دسویں تاریخ کی صبح آگئی اور صورت حال بالکل نہیں بدلی، رات بھر تعزیوں نے حسب معمول گشت کی، پولیس کے سپاہی بندوقوں پر سنگینیں چڑھائے ان کے ساتھ گھومتے رہے پانچ بجتے بجتے سب تعزیئے بڑے امام باڑے کے صحن میں پہنچ گئے، الوداع پڑھی جانے لگی، امام باڑے کے دالانوں میں عورتوں کا ہجوم کھچا کھچ بھرا ہوا تھا۔ بستی کے سارے گھر خالی ہو گئے تھے۔ امام باڑے کے صحن میں

سب مرد ننگے پیر ننگے سر ماتم کر رہے تھے "یا حسین، واحسین" کی آوازوں سے سارا ماحول گونج رہا تھا، پھر یکایک صحن کے دوسرے کونے سے علَم اٹھنے لگا. مجو شاہ نیچے سے اسے اٹھائے تھا اور دو آدمی ڈوریوں کو پکڑے اسے سہارا دیئے تھے۔ دھیرے دھیرے علَم آگے بڑھتا گیا اور پھر صحن کے بیچوں بیچ رکھے ہوئے بڑے تابوت سے گلے مل گیا۔ مجو شاہ نے اپنے ہونٹ بھینچے، ادھر ادھر دیکھا اور آواز دی " اجی، گوندنی تلے والے میر صاحب ——— اجی کاں ہو؟"

وہ بھیڑ میں سے کہیں سے بولے "ہاں بھیئے، ہوں گا، گے ہوں گا"۔

" اجی دو چار بند وہ مرثیہ پڑھ دو ۔ جاویں ہیں آپ خلق کی مشکلشائی کو آدے ہے کربلا سے اجل پیشوائی کو"۔

"وہ تو پہلی تاریخ پڑھا جاوے ہے، آج پڑھنے کا نہ ہے"۔

"اجی تم دو ایک بند پڑھ دو، میری خاطری سے"۔

میر صاحب نے مرثیہ شروع کیا ——— علَم اور تعزیئے بہت ہی آہستہ آہستہ کربلا کی طرف بڑھنے لگے ——— ان کے اطراف اور پیچھے ماتم کرنے والوں کا حلقہ. جو تھوڑی دور پر رک کر ماتم کرتا، نوحے پڑھتا اور پھر تعزیئے آگے بڑھنے لگتے. ان کے پیچھے مجمع، اور پیچھے عورتیں بچے ——— اور ان کے پیچھے کچھ لوگ فاقہ شکنی کا سامان اٹھائے اور لالہ جی کے آدمی، کھنڈ ساری شکر، مٹکیاں بالٹیاں لئے ہوئے. تھوڑی دور چل کر عورتوں کا ہجوم امبا مباڑے کو واپس ہوا ——— صحن میں سب جمع ہو گئیں اور سونے، اجاڑا امباڑے کے سامنے کھڑی ہو گئیں، نیم تلے والی

ممانی نے نوحہ شروع کیا ـــــ گھر لٹ گیا زہرا کا قیامت ہوئی برپا اے وائے حسینا، فرزند نبی قتل ہوا، اجڑا مدینہ، اے وائے حسینا۔

نوحے ماتم کے بعد سب ننگے فرش پر بیٹھ گئیں۔

"اب دیکھیو کیا ہووے ہے؟"

"اب مولا ہی کوئی معجزہ دکھادیں۔"

"اللہ ہی مالک ہے ان لوگوں کی جانوں کا، بندوقیں سب پولیس والوں کے ہاتھ میں ہیں۔"

"اجی تو ایسے بندوق نہ مار سکتے۔ اب ایسا بھی کیا اندھیر ہے۔"

"گے نہ کئو، حکومت کا نشہ برا ہووے ہے۔"

"امام ضامن کی ضمانت میں دیا سب کو، وہی بچادیں گے۔"

"آخر ہووے گا کیا؟"

"چھدّو ـــــ ذرا دوڑ لیو تو میرا پوت دیکھیو تعزیے کا تک پہنچے۔ کیا ہو رہا ہے؟"

دو چار ذرا بڑے بچے دوڑے۔

مجمع تعزیئے اور علم لئے آگے بڑھتا گیا ـــــ یہاں تک کہ وہ نشیب آگیا جو گڑھیا کہلاتا تھا، اس کے ہی قریب نالہ تھا اور نالے کے کنارے پر پولیس کا پہرہ، نالے کے اوپر ایک پلیا سی بنی تھی۔ اطراف میں بہت سے درخت اور بہت ہی گھنی جھاڑیاں اور جھاؤ کا اتنا گہرا جنگل تھا اور نرکل کی جھاڑیاں کہ اکثر چور

ان میں چھپ جاتے تھے تو پتہ نہیں چل سکتا تھا۔ ان جھاڑیوں کے درمیان سے ایک پتلا سا راستہ نکلتا تھا اور اسی راستہ پر، گڑھیا کے بالکل قریب دو طرف تار کے کھمبے تھے ـــــ ان ہی کھمبوں پر کھنچے ہوئے دو تین تار دوپہر کی دھوپ میں چاندی کی طرح چمک رہے تھے، ایک مری ہوئی چمگادڑ تاروں میں پھنسی، لٹکی ہوئی فضا کے بھیانک پن کو بڑھا رہی تھی۔

بستی کی طرف سے تعزیئے اور عَلَم اور ان کے پیچھے پیچھے لوگوں کا ہجوم پتلے سے راستے پر ہولیا اور تار کی طرف بڑھنے لگا، جیسے جیسے عَلَم بڑھتا جاتا تھا، تعزیہ اس کے ساتھ ساتھ پیچھے پیچھے، آہستہ آہستہ آرہا تھا اور علم ہراول کی طرح آگے ہوتا جاتا تھا، زمین پر مجو شاہ کے گھسٹتے ہوئے جسم سے لکیر بنتی جاتی تھی، جھاڑیوں کے تنکے اس کے سیاہ کپڑوں سے الجھتے جاتے تھے، سر پر گرد و غبار اور بھوسے کی تہہ اور موٹی ہوتی جاتی تھی ـــــ اور اس کے وجود پر پھیلے ہوئے عَلَم کا پھریرہ ڈولتا جاتا تھا ـــــ یہاں تک کہ بڑا علم تار کے بالکل نزدیک پہنچ گیا اور باقی اور تعزیئے کوئی چالیس پچاس گز دور رہ گئے۔ مجو شاہ نے پیچھے کو ہاتھ ہلا کر رکنے کا اشارہ کیا، سب تعزیئے علم رک گئے، صرف وہ بڑا علم لئے اور آگے بڑھتا گیا۔

پھر وہ ایک منٹ کے لئے رکا اور نظر اٹھا کر اس نے تاروں کو دیکھا ـــــ دو اونچے اونچے کھمبے اور ان کے بیچ میں تنا ہوا، کھنچا ہوا تار ـــــ اس کے لبوں پر ایک ہلکی سی طنزیہ مسکراہٹ آئی، پھر ایک ٹھنڈی سانس اور اس کے منہ سے دھیمے سے نکلا "معجزہ پروردگار کا شکر پالنہار کا" ـــــ اور

اس نے پھر ایک ٹھنڈی سانس بھری لب بھینچ لیے ایک پل کو اس کی نظر جھکی اور پھر اٹھی، اب کی بار علم کے پھریرے پر ایک لمحہ کو ٹکی، وہاں سے پھر تار پر گئی اور واپس لوٹ کر انگریز پولس افسر کی نگاہوں سے مل گئی۔

اس نے زور سے صدا دی۔" تار کاٹ دو۔"

"تار نہیں کٹے گا۔ علم کو جھکا کے لے جاؤ۔" پولیس کی طرف سے آواز آئی. جو اتنی ہی اونچی تھی۔

"علم تو نہیں جھکے گا۔" مجو شاہ نے پھر اتنے ہی زور سے کہا۔

اب کے پولس کی طرف سے کوئی جواب نہیں آیا ـــــ انکار کی مکمل خاموشی!

مجو شاہ نے مجمع کی طرف گردن پھرائی اور زور سے آواز دی" سب علم تعزیئے رکھ دو، جب تک بڑا علم نہیں جائے گا، ہم لوگ یہیں رہیں گے۔"

تمام تعزیئے تابوت کندھوں پر سے اتار کے زمین پر رکھ دیئے گئے، علم درختوں سے ٹکا کر کھڑے کر دیئے گئے چشم زدن میں بڑے اما مباڑے میں خبر پہنچ گئی کہ تعزیئے اور علم رک گئے ہیں، تار نہیں کاٹا گیا ــــــ ساری بستی میں ہراسانی پھیل گئی کیونکہ امید کے خلاف سب امید لگائے بیٹھے تھے کہ جب تعزیئے گڑھیا پر پہنچیں گے تو تار ضرور کاٹ دیا جائے گا ــــــ یا ممکن ہے کوئی معجزہ ہو اور تار اپنے آپ ہی کٹ جائے!

جب شام کے چار بج گئے، فاقہ شکنی کا وقت آ گیا لیکن کوئی تبدیلی نہیں

ہوئی تو عورتوں کا ایک جم غفیر بستی سے نکلا اور گڑھیا کی طرف چلا ، ان کے ہاتھوں میں کڑوا ساگ اور جو کی روٹیاں تھیں ، سروں پر دریاں اور بستر تھے گودیوں میں چھوٹے بچے ، بڑے بچوں کے ہاتھوں میں سات قسم کے بھنے اناج کی پٹلیاں لالٹین ، دواؤں کی شیشیاں ، نوحے مرثیوں کی بیاضیں ، بچے طرح طرح کے کھلونے اور مٹی چیتھڑے کی گڑیاں ہاتھوں میں لئے ——— لالہ جی کی طرف سے سب کو شربت پلایا گیا ، ست نجے ( سات قسم کے بھنے ہوئے اناج ) سے فاقہ شکنی کی گئی ، بچوں کو بہلانے کے لئے گڑ چنے تقسیم کئے گئے ، لالٹین روشن کی گئیں مجلس شروع ہوئی ۔

گڑھیا پر نگر آباد ہوگیا ۔

ممانی اپنی بکری دوہ کے اٹھ ہی رہی تھیں کہ ان کے کان میں ماتم کی آواز آنے لگی ——— انہوں نے گھبرا کر مرشدہ آپا کی طرف والی کھڑکی کھولی اور زور سے پکارا " مرشدہ ، اے مرشدہ "

مرشدہ آپا شائید پہلے ہی سے سن رہی تھیں ، جواب میں بولیں " ہاں ہاں ——— ماتم کی آواز آرئی ہے گی ، گڑھیا کی طرف سے . لگے ہے عورتیں ماتم کرری ہیں "

" کیا عورتیں بھی ہواں چلی گیئں ؟ "

" لگے تو کچھ ایسا ہی ہے "

ممانی نے بے قرار ہو کر سامنے والا دروازہ کھولا، لالہ جی کا سب سے چھوٹا لڑکا سر پر بستر رکھے ہاتھ میں جلتی لالٹین جھلاتا ہوا، تیز تیز چلتا سامنے سے گزرا، انہوں نے گھبرا کے اسے آواز دی "منوہر، اے بھیئے منوہر، اے ذرا سن تو۔"

وہ رک گیا۔

"گے کیا معاملہ ہے بھیئے؟ کیا عورتیں بھی گڑھیا پہ چلی گیئں۔"

وہ بولا "لو کب کی ــــــ باپو بھی وہیں، مائی بھی اور اب دادی بھی ان کا ہی تو گے دری تکیہ اور کھیس لے جا رہا ہوں" ــــــ اور وہ چلنے لگا۔

"ارے تو ٹھہر تو ــــــ میں بھی چلوں ہوں۔ ذرا تھم۔"

"چلنا ہے تو جلدی کرو، ابھی مجھے ہواں سے لوٹ کر اور شکر بھی لے جانی ہے، باپو نے کہا ہے جد تو ڑی امام حسین گڑھیا پہ رہیں گے، روز شربت بٹوایا جاوے گا ــــــ لو چلو ہو؟"

"اے ہے چلوں ہوں، ذرا تو چھری تلے دم لے، ریل تو نہ چھوٹی جا ری جو ہولائے لے رہا ہے۔"

ممانی جلدی سے اندر آئیں، الگنی پر سے چادر کھینچی، بکس دھڑام سے بند کیا، دونوں کوٹھریوں میں تالا دیا، پیچھے کے دروازے کی کنڈی چڑھائی اور چوڑی دار پاجامہ کی موہریوں پر موزے چڑھا کر جوتی پہن رہی تھیں کہ مرشدہ آپا گھبرائی ہوئی سامنے کے دروازہ سے گھسیں اور ان کو روانگی کے لیے تیار ہوتے دیکھ کر حیران رہ گیئں" ممانی، اے گے تم کاں جا رئی ہو گی؟ اے کاں؟"

"مولا کے دربار میں" انہوں نے جلدی سے جواب دیتے ہوئے، چولھے میں بھر لوٹا پانی ڈالا اور کھاروے کی دوپاٹ والی چادر اوڑھنے لگیں۔ مرشدہ ان کو دیکھ دیکھ کر بدحواس ہوئی جارہی تھیں "پرواں دھنوں، جلاہوں، نٹوں میں کاں جادگی؟ اے کیا بادلی ہوئی ہو، ہواں پردہ کاں رے گا؟"

"میرے مولا اور ان کے مولا دو نہ ہیں ——— اور جب میری بنی زادیوں کا پردہ نہ ریا، سب کو قید کرکے، ننگے سر شام لے گئے موذی تو میرا پردہ کیسا، صدقے کیا ان پر"۔

چادر اوڑھ کر وہ باہر نکلیں، مرشدہ آپا تیز چلتی ہوئی اپنے گھر کی دہلیز پر جا کھڑی ہوئیں، ممانی نے دروازے میں تالا دیا اور پھر چلتے چلتے مرشدہ آپا کو پکار کے کہا "مرشدہ میری مرغیوں کو دانہ دے دیجیو، تیری طرف والی کھڑکی بند نہ ہے بس بھڑی ہے گی، دانے کی کونڈیلی لکڑیوں کی بخاری میں رکھی ہے گی اور چولھے کے جو مٹکا ہے دس میں بھوسی ہے، اتوریہ (بکری) کو ڈال دیجیو، کبھی بے زبان بھوکی مرے ——— اے ذرا تھم کے چل بھیئے تو تو ہوا سے باتیں کر ریا ہے، چلتی تو چلوں گی، انجن تو نہ لگ ریا میرے پیروں میں،

---

اللہ دیا دوڑتا ہوا اس گروہ میں پہنچا جہاں اس کی بہنیں اور بستی کی کچھ اور عورتیں بیٹھی تھیں۔ ارے، چادریں دو، چادریں"۔

اے ہے کیوں، اللہ خیر۔ چادریں کس واسطے چاہیں؟ اب کیا آفت

ٹوٹی، کیا ہوا بھیئے؟" اس کی ماں نے ہول کھاتے ہوئے پوچھا۔
"اب دو بھی ہو کر پوچھے ہی جاؤ گی، خبر بھی ہے نیم تلے والی سیدانی ممانی آپہنچیں"۔ سب کے منہ سے ایک ساتھ نکلا "ہے ہے"۔
کچھ جھاڑیوں کے بیچ میں ذرا سی جگہ صاف کرکے یہ سب عورتیں اندھیرے میں بیٹھی تھیں، بس ادھر ادھر دسویں تاریخ کا چاند کچھ روشنی بکھیر رہا تھا، دور ایک پیڑ میں ایک چندھی سی لالٹین لٹکی تھی ــــ اللہ دیئے کی ماں نے جلدی سے اپنی اور اپنی چھوٹی بہن کی چادریں پھٹکار کے، تہہ کرکے اللہ دیئے کے حوالے کردیں شبراتی کی ماں نے بھی گھبرا کر اپنی کھیس بڑھادی اور محمد دی پوپلی دادی بھی اپنی کالی گوٹ والی مونگیا رنگ کی دوہرے کے لڑکھڑاتی ہوئی لپکیں" گے بھی لیتا جائیے کھیو بالکل پاک صاف ہے، نماز بھی پڑھ سکیں ہیں، اس پر۔ میرے پاس تو گوموت کا ٹنٹا ہی نہ ہے"۔
قریب قریب لگے ہوئے تین درختوں میں کھیس چادریں باندھ کر ممانی کے لیے آڑ کی گئی، اندر ممانی نے منوہر کی مدد سے اپنی دری بچھائی، تکیہ رکھا، اس پر مونگیا دوہر تہہ کرکے بچھائی اور پھر اس پر مرثیوں نوحوں کی بیاضیں رکھ کر ان کو الٹنا پلٹنا شروع ہی کیا تھا کہ عورتوں کی ایک بھیڑ ان کے خیمے میں داخل ہونی شروع ہوئی۔ جب سب بیٹھ گئیں تو ممانی سے مجلس شروع کرنے کی درخواست کی گئی۔
ممانی کی آواز اپنی جوانی میں بڑی پاٹ دار اور زبردست تھی، وہ جوانی ہی میں بیوہ ہوگئی تھیں، اسی مشغلہ میں عمر کٹی، لیکن اب ان کو سہارے کی ضرورت

ہوتی تھی، اکیلی نہیں پڑھ سکتی تھیں، اب ان کے دہنے پر مرشدہ آپا اور بائیں پر زہرا خالہ بیٹھتی تھیں کیونکہ اب نہ ان کی آواز میں اتنی طاقت تھی نہ کلیجہ میں اتنا دم ـــــ انہوں نے ادھر ادھر دیکھا، ـــــ نہ مرشدہ آپا تھیں نہ زہرا خالہ ـــــ یہاں ان کو کون سہارا دے گا؟ ـــــ پھر انہوں نے ایک پل کو سر جھکایا، کچھ سوچا، سر اٹھا کر ادھر ادھر دیکھا، بہت سی آنکھیں انہیں کتنے احترام، کتنی امید سے دیکھ رہی تھیں ـــــ ان کی نگاہیں اللہ دیئے کی بہن اختری پر جا کر ٹھہریں۔

"اختری، تجھے تو پڑھنا آدے ہے نہ ـــــ مجھ سے تو قرآن شریف پڑھا تھا تو نے، پھر قصص الانبیا بھی تو پڑھے تھی ـــــ آ میرا ساتھ دے"۔

اختری لوکھلا کے رہ گئی! وہ مرثیہ کیسے پڑھے گی، مجلس تو سیدانیاں پڑھیں ہیں مگر اس کی ماں نے بڑے فخر کے ساتھ اسے آگے ٹھوکا دیا۔

"اور اسے بھی آدے ہے پڑھنا" شبراتی کی ماں نے اپنی بہو کے متعلق اطلاع دی "لا، لونڈے کو مجھے دے دے ـــــ سو گیا؟"

"ہاں، سو گیا" ـــــ شبراتی کی بہو نے ہرے دوپٹہ کے گھونگھٹ کے اندر سے جواب دیا ـــــ پھر اس نے لڑکے کو اپنی ساس کی گود میں لٹایا اور گھونگھٹ ٹھیک کرتی ہوئی ممانی کے بائیں ہاتھ پر جا بیٹھی ـــــ ممانی نے سلام شروع کیا ـــــ اعدا حرم کو مثلِ گنہگار لے گئے ـــــ مجرائی سر کھلے سر بازار لے گئے۔

تعزیوں کو گڑھیا پر رکے تیسرا دن ہو رہا تھا ——— بارھویں تاریخ کا چاند اپنی اداس کرنیں اس چھوٹے سے قافلے پر برسا رہا تھا جو اس گھنے جنگل کے بیچوں بیچ ڈیرہ ڈالے پڑا تھا۔ بڑے علم کے نیچے اللہ دیا بیٹھا، ہاتھ میں ایک چھوٹی سی لکڑی لیے، زمین پر مٹی میں کچھ یوں ہی نشانات بنا رہا تھا، کبھی کبھی ادھر ادھر سے گھاس نوچنے لگتا کبھی نظر اٹھا کر علم کے پھریرے کو دیکھتا اس وقت ہوا بند سی تھی مگر پھریرا پھر بھی بہت ہی دھیمے دھیمے ہل رہا تھا، دور سے کبھی کسی چڑیا کی تیز سیٹی کی آواز آتی، کبھی بستی کی طرف سے کسی کتے کے رونے کی پہرہ داروں کے پاؤں کی آہٹ، چاندنی میں بندوقوں پر چڑھی ہوئی سنگینوں کی چمک اور لہک ——— اور پھر سناٹا!

پھر اللہ دیئے کو محسوس ہوا کہ قدموں کی چاپ قریب آرہی ہے پھر محمد دا اور اشرف آئے، پہلے انہوں نے ادھر ادھر دیکھا، اللہ دیئے سے مخاطب ہوئے "گے کیا معاملہ ہے؟ استاد کاں گئے ہیں"۔

"بستی" اللہ دیئے نے سر جھکائے مختصر جواب دیا۔

"پر بستی کائے کو گئے ہیں"۔ محمد دے نے پوچھا۔ اس کی پیشانی پر ایک دو بل آگئے تھے، اشرف کی بھی تیوری چڑھی ہوئی تھی، اللہ دیا چپ چاپ سر جھکائے زمین کریدتا رہا۔

"وہ کل بھی تو گئے تھے بستی" محمد دے نے پوچھا۔

"ہاں گئے تو تھے" اللہ دیئے نے آہستہ سے جواب دیا۔

"تجھے کچھ نہ معلوم کیوں گئے تھے؟"

"نہ اللہ قسم مجھے کچھ خبر نہ ہے۔"

"وہ رمضانی کے ریا تھا کہ اس نے ونکو پھگنا لوہار کی دوکان پر دیکھا تھا۔"

"دیکھا ہووے گا۔" اللہ دیا بے نیازی سے بولا۔

اشرف اور محمدو ایک منٹ خاموش رہے پھر بولے "اچھا پھر تو تو چل، مجلس شروع کریں۔"

"میں نہ چل سکوں ہوں، مجھ سے کے، گے ہیں کہ جد تو ڑی میں لوٹ کر آؤں تو ہیاں ہی بیٹھا رہیو علم کے پاس، ایک سوت مت کھسکیو، کبھی علم کو اکیلو چھوڑ دیوے۔"

"اچھا تو ہم لوگ چلیں ہیں، استاد آجاویں تو ان کو بھیج دیجیو ـــــ یا پھر وہ ہیاں بیٹھیں تو تو آجائیو۔"

"اچھا" ـــــ اللہ دیئے نے کہا اور پھر سر جھکا کے زمین کریدنے لگا۔

محمدو اور اشرف بڑبڑاتے ہوئے، ممانی کے خیمے سے کچھ دور پر بچھی ہوئی دری پر جا بیٹھے، مجلس شروع ہوئی۔

---

تھوڑی ہی دیر ہوئی تھی کہ اللہ دیئے نے دیکھا کہ مجو شاہ دور سے چلے آرہے ہیں، ان کے ایک ہاتھ میں ایک ہرے کپڑے میں بندھی ہوئی چھوٹی سی

پوٹلی تھی، عَلَم کے نزدیک آکر انہوں نے اس پوٹلی کو بہت آہستہ سے زمین پر رکھا اور اللہ دیئے سے مخاطب ہوئے۔ "تو مجلس میں نہ آگیا اللہ دیئے؟"

"کیسے جاتا، ہیاں عَلَم جو اکیلا ہو جاتا، تم ابھی تو کے گئے تھے کہ جد تو ٹی میں نہ آؤں، تو ہیاں ہی بیٹھا رہیو، عَلَم کو چھوڑ کر ہٹو مت۔"

وہ مسکرائے مگر بولے کچھ نہیں، پھر علم کے نیچے بیٹھ گئے ایک بار سر اٹھا کر انہوں نے پھر یرے کو دیکھا اور بولے "لے اب تُو مجلس میں جا ایں ہیاں بیٹھوں ہوں۔"

پھر ذرا رک کے بولے "کوئی تجھے مجلس میں بلانے آیا تھا؟"

"ہاں، اشرف اور محمود آئے تھے۔"

"مجھے بھی پوچھتے ہوں گے"؟

"ہاں"

"پھر تو کیا بولا؟"

"میں نے کیا بستی گئے ہیں۔"

"پھر وہ بھی تو کچھ بولے ہوں گے۔"

"نہ، بولتے کیا ــــــــ" اللہ دیئے نے ایک منٹ چپ رہ کر کہا، پھر زمین کریدنے لگا۔ استاد مسکرائے "اللہ دیئے مجھ سے چھپا مت، میں سب دیکھ رہا ہوں ــــــ ویسے، ویسے ٹھیک بھی ہے، آخر لوگ کب تک ہیاں پڑے رہیں گے ــــــ اپنے اپنے گھر ہیں محنت مزدوری،

روز گار ہے، بال بچے ہیں، میرا تو کوئی آگے پیچھے ہے نہیں، اکیلا آدم ہوں، اللہ کا خادم ـــــــ " وہ ذرا سا ہنسے، پھر ایک ٹھنڈی سانس بھری، پل بھر کو چپ رہے، پھر ایک دم سر اٹھا کے بولے " لے اچھا، اب تو مجلس میں جا۔"

" کیوں تم نہ چلنے کے ہو مجلس میں ــــــ اچھا، میں جا کے کسی کو بھیجے دوں ہوں، ہیاں بیٹھے، تم آجائیو۔"

" نہ رہنے دے، آج کی رات میں کیں نہ جانے کا ہوں، عَلَم کے ساتھ اکیلا ہی رہنا چاہوں ہوں، ــــــ تو جا۔"

اللہ دیا حیران ہو کر ان کا منہ تکنے لگا، وہ مسکرا دیئے، پھر ایکبارگی انہوں نے اپنے دونوں بازو پھیلا دیئے، اللہ دیا ان کے سینے سے لگ کر سسکیاں بھرنے لگا ــــ وہ اس کی پیٹھ تھپتھپاتے ہوئے بولے " ارے واہ رے میرے مٹی کے شیر، باؤلا ہوا ہے، بہادر مرد کیں رو دیں ہیں۔"

پھر آہستہ سے بولے " دیکھ اللہ دیئے، آج سوئم کی رات ہے نہ "

اللہ دیا بولا " ہوں "

" تو مولا چاہیں تو آج کچھ ہووے گا ضرور، ــــــ تو دیکھ لیجیو، معجزہ پروردگار کا ــــــ اچھا چل جا اب۔"

اللہ دیئے جانے کے لیے اٹھا، مجو شاہ اسی پیڑ کے تنے سے پیٹھ لگا کے بیٹھ گئے جس سے عَلَم ٹکا ہوا تھا، ــــــ ان کی نگاہیں دونوں کھمبوں پر جمی تھیں اور ان کے بیچ میں تنے جھلملاتے ہوئے تار پر بار بار ٹھہرتی تھیں!

مجلس بارہ بجے کے قریب ختم ہوئی، اللہ دیا لوٹا تو مجو شاہ دہیں دری بچھائے آڑے لیٹے، جاگ رہے تھے، اس نے ان کا حصہ انکو پکڑایا، مراحی سے ایک گلاس پانی انڈیل کر انکو دیا ـــــــ انہوں نے حصہ کھایا، پانی پیا، پھر بستر کرتے ہوئے اللہ دیئے سے بولے "تو ہیاں سوئے گا بھیئے؟"

"تو اور کاں؟ روز ہیئں سوؤں ہوں"

"وہ میں پاؤں پھیلاؤں ہوں تو مجھے اڑچن لگے ہے، ذرا ادھر کو کھینچ لے بیری کا تلے"

اللہ دیئے نے چپ چاپ اپنا بستر بیری تلے کھینچ لیا۔

دھیرے دھیرے سب لالٹین بجھ گیئں، صرف ممانی کے خیمے والی جل رہی تھی، زنانی مجلس ختم ہوئے بھی دیر ہوئی تھی لیکن ممانی ابھی تک اپنے بستر پر آڑی لیٹی، مناجات گنگناتی ہوئی، تمباکو، چونا اور چھالیہ، تھیلی پر مل مل کر پھانک رہی تھیں ـــــــ ان کو نیند نہیں آرہی تھی، سرہانے کی طرف اختری لیٹی گہری نیند سو رہی تھی اور پائنتی شبراتی کی ماں پوتے کو بغل میں چادر میں دبائے سو رہی تھی۔ اور بھی کئی عورتیں اور بچے نیند میں غافل پڑے سو رہے تھے۔

تمباکو پھانک کر ممانی دبے پاؤں باہر نکل آیئں، ـــــــ یہاں سے وہاں تک سب لوگ سو رہے تھے، تار کے پاس پہرہ دینے والے سپاہی تک سو گئے تھے۔ ـــــــ صرف چاند جاگ رہا تھا ـــــــ وہ ایک منٹ کھڑی یہ منظر دیکھتی رہیں، خاموش، اداس! پھر اپنے چادروں سے گھرے خیمہ میں

لوٹ آئیں، دو ایک منٹ چپ چاپ بستر پر بیٹھی رہیں، پھر ایک ٹھنڈی سانس بھر کر اپنے تھکے، درد کرتے ہوئے پیر پھیلائے، چادر کو پھٹکار کر اوڑھا تکیہ کو ایک بار اور ٹھیک کیا اور لیٹتے ہوئے ہاتھ بڑھا کر لالٹین کی بتی نیچے کھسکا ہی رہی تھیں کہ ایک دم چونک پڑیں، چادر جلدی سے ہٹا کر وہ کان لگا کے سننے لگیں اور پھر چلائیں ـــــ "اختری، اے اختری، اٹھ تو سئی، گے کون کودا۔"

اختری ہڑبڑا کے اٹھ بیٹھی "کیا ہوا، کیا ہوا ممانی ـــــ کوئی کودا؟ کاں؟"

"جانے کیا تھا، ایسا لگے ہے کہ کوئی بڑے اونچے سے کودا۔"

شبراتی کی بہو بھی چونک کے اٹھ بیٹھی "محمد دبھیئے کو آواز دوں؟"

"اے نہ، وہ تو مردوں سے شرط باندھ کے سوئے ہے اللہ مارا، اس کے سر پر تو فرشتے ڈھول تاشے بجا دیں تب بھی وہ خبر نہ لیوے گا ہے ـــ منوہر کو پکار" ـــــ پھر ذرا رک کے بولیں، "دیکھ ذرا سن تو سہی، کراہنے کی بھی تو آواز آرہی ہے گی ـــــ گے ہے کیا معاملہ، یا اللہ خیر کیجیو۔ منوہر، اے منوہر بھیئے" ـــــ وہ ہراساں ہو کر خود ہی خیمے سے نکل پڑیں اور زور سے چلانے لگیں، ـــــ اتنے میں سب عورتیں اٹھ گیئں اور حلقہ باندھ کر فریادی ماتم ہونے لگا، امداد کو آؤ، فریاد کو پہنچو!

شور سے اللہ دیئے کی آنکھ کھلی، وہ وہیں سے چلایا "اجی کیا بات ہے؟ کیا ہوا؟"

"بھیئے ذرا اٹھ کے دیکھ تو، میں نے کسی کے گرنے کی آواز سنی جیسے کوئی

بڑے اونچے سے دھم سے کودا کہ جنے گر پڑا ــــــــ کراہنے کی بھی آواز آرہی ہے، سن" ــــــــ

"کدھر سے آئی آواز؟"

" ادھر، تار کی طرف سے۔"

اللہ دینے کی نظریں فوراً تار کی طرف اٹھ گئیں اور پھر ــــــــ کھلی کی کھلی، پھٹی کی پھٹی رہ گئیں، وہ سکتے کے عالم میں اپنی جگہ پر جما کا جما رہ گیا۔۔۔ اس نے دیکھا کہ بڑا علم دھیرے دھیرے تار کی طرف بڑھ رہا ہے اور بس اب پار ہوا ہی چاہتا ہے، جھاڑیوں اور لمبی لمبی گھاس کی وجہ سے یہ نظر نہیں آسکتا تھا کہ پیچھے سے اسے کوئی پکڑے تھا مگر کوئی نہ کوئی پکڑے تھا۔ ہوگا ورنہ وہ چل کیسے رہا تھا ــــــــ ساتھ ہی ساتھ، ادھر ہی سے کراہنے کی آواز بھی آرہی تھی، جو لمحہ بہ لمحہ تیز تر ہوتی جارہی تھی جیسے کسی کا اب دم نکلا، تب نکلا!

اللہ دیا پاگلوں کی طرح نجو شاہ کا بستر ٹٹولنے لگا، بستر خالی تھا، تکیہ ایک کو لڑھکا ہوا تھا اور وہ کپڑا کھلا پڑا تھا ــــــــ وہ ہرے رنگ کا کپڑا جس میں وہ رات ایک پوٹلی سی باندھ کے لائے تھے ــــــــ

اللہ دیا ایک دم چیختا ہوا، زور زور سے روتا ہوا تار کی طرف، آوازیں دیتا ہوا دوڑنے لگا" محمد، شرفو، لورے، ابے دوڑیو، معجزہ ہوا، ــــــــ تار کٹ گیا، تار کٹ گیا، معجزہ ہوا۔"

ساری لالٹین ایک ساتھ جل اٹھیں، سناٹے کی چادر چرچرا کے پھٹ

گئی، سب دوڑنے لگے، میدان میں بھاگتے ہوئے قدموں کے علاوہ کسی دوسری آواز کا گزر نہ تھا ـــــ دھپا دھپ، دھما دھم، بھدا بھد، ـــــ عورتیں ماتم کرتی رہیں، بچے نیند سے اٹھ کر رونے لگے، درختوں میں بیٹھے دبکے ہوئے پرندے چاندنی میں ادھر ادھر نکل کر اڑنے اور پیڑوں سے ٹکرانے لگے ـــــ منٹوں میں سب کچھ یوں بدل گیا جیسے مردہ جسم میں یکایک پھر لیکن سے زندگی کی لہر دوڑ گئی ہو۔

جب اللہ دیا سب سے آگے دوڑتا ہوا تار کے پاس پہنچا تو مجو شاہ عَلَم لئے تار سے چار پانچ قدم آگے بڑھ چکے تھے۔

آس پاس پولیس کے کچھ سپاہی بھونچکا کھڑے ان کو تکے جارہے تھے۔

اللہ دیے کو دیکھتے ہی مجو شاہ نے ایک دردناک کراہ کی آواز بلند کی اور پھر زور سے بولے "اللہ دیئے، عَلَم کو سنبھال، یہ گرنے نہ پائے، اسے سنبھال بھیئے۔"

اللہ دیئے نے ایک ہاتھ سے عَلَم کو پکڑا اور دوسرے سے مجو شاہ کو سہارا دے ہی رہا تھا کہ اور لوگ آ گئے اور انہوں نے ہر طرف سے عَلَم کو پکڑ لیا ـــــ آگے کو ذرا سا جھکا ہوا، ڈولتا، کپکپاتا ہوا عَلَم کئی ہاتھوں کا سہارا پا کر پھر سیدھا اور سربلند ہو گیا۔

اللہ دیئے نے مٹی میں پڑے ہوئے مجو شاہ کو سیدھا کیا، ان کے منہ سے خون جاری تھا، گردن پھرا کر انہوں نے ایک بار مڑ کر عَلَم کو دیکھا اور پھر اسے

۱۰۱

سیدھا پاکر اطمینان کی ایک گہری سانس لی۔ اللہ دیئے نے ان کے کندھوں کو سہارا دے کر ان کا سر اٹھاکر اپنے زانو پر رکھ لیا ـــــــ ان کی سانس اکھڑ چکی تھی۔

اللہ دیئے کی طرف دیکھ کر وہ ایک بار مسکرائے، پھر ایک دم کان لگاکے سننے لگے، علم تعزیئے اب اور آگے جارہے تھے اور ماتم ہو رہا تھا۔ شبیر اٹھائے ہیں اب حق کا علم حسینا، ہے راہ صداقت میں حضرت کا قدم تنہا ـــــــ

مجو شاہ کی آنکھوں کے کونوں سے دو آنسو ڈھل پڑے، دھیمے سے بولے ''اللہ دیئے، تو نے دیکھ لیا نہ .... معجزہ، معجزہ پروردگار کا ... شکر، شکر پالنہار کا ـــــــ شکر .... ش ....''

اور ان کی گردن ایک طرف کو ڈھل گئی۔

# رئیس بھائی

رئیس بھائی نویں جماعت میں اس اسکول میں پڑھتے تھے جس میں میرے ابا ہیڈ ماسٹر تھے۔ حساب ان کی خاص کمزوری تھی، اور شام کو وہ کاپی کتاب لے کے ہمارے یہاں آجاتے اور میں اور وہ ایک ہی میز پر بیٹھ کر سوالات نکالتے۔ سوال نکالنے کے بعد ابا اور میں اور رئیس بھائی میں کچھ اس طرح کی گفتگو ہوتی۔

"کیوں بھئی رئیس سوال نکال لیا، کیا جواب آیا۔"

"جی نکال لیا۔ منافع آیا۔ پندرہ فی صدی۔"

"ہوں ——— ٹھیک ہے۔ دوسرا حل کرو۔ مگر.... ابا کی نظر ان کی کاپی پر جا پڑی۔ "ایں، یعنی کہ یہ ایک بٹا سات اور تین بٹا پانچ یہ آپس میں کیوں کٹ گئے۔"

"لاحول ولاقوت۔ اماں یہ کوئی تربوز ہے کہ جیسے چاہا کاٹ دیا یعنی کہ

سوال سارا غلط اور جواب صحیح۔ پیچھے سے یہاں نقل کر دیا۔ ایں۔"

میں سہمی ہوئی رئیس بھائی کو تکتی رہی۔ آنکھوں میں آنسو بھر بھر آئے۔ دراصل بات یہ ہے کہ میں اور وہ دونوں ایک ہی کشتی میں سوار تھے۔ ہمیں بھی حساب میں اکثر صفر ملا کرتا تھا۔ اس لیے ہمدردی بالکل فطری بات تھی۔

کئی سال تک برابر اپریل کے آخری ہفتے میں اماں ابا سے بحث کرتیں۔

"میں کہتی ہوں تم نے اس دکھیا رئیس کو اب کے پھر فیل کر دیا؟"

"میں نے فیل کیا ہے اس کو۔" ابا بگڑ کر جواب دیتے ہیں۔"میں ..... آخر مجھے اِس سے کیا کوئی دشمنی ہے۔"

"ایک آدھ نمبر اس غریب کا بڑھا دیتے تو۔"

"ایک آدھ نمبر! وہ دس نمبر سے فیل ہے۔"

ویسے رئیس بھائی نے ایک نکتہ مجھے یہ سمجھایا کہ دس نمبر بڑھانے کے معنی آخر ایک پر صفر ہی ہوتے ہیں اور صفر کی چونکہ کچھ قیمت نہیں ہوتی۔ اس لیے اگر کوئی ایک نمبر بڑھانا چاہے تو بغیر بے ایمانی کے دس بھی بڑھا سکتا ہے۔ مجھے یہ بات نہایت معقول معلوم ہوئی لیکن ابا سے جو کہا تو وہ ایسا گرجے گویا صفر کے برابر قیمتی چیز ہی دنیا میں نہیں۔ اور پھر جو انھوں نے کاپی پر ایک لکھوا کر اس کے آگے صفر پر صفر لگوا لگوا کر مجھ سے گنوانا شروع کیا ہے تو مجھے دن میں تارے نظر آنے لگے۔

جب کئی بار حملہ کرنے کے بعد رئیس بھائی میٹرک کا قلعہ فتح نہیں کر سکے تو انھوں نے بمبئی جا کر نوکری ڈھونڈھنے کی سوچی۔ غریب آدمی تھے۔ کرایہ کا سوال

سب سے بڑا تھا۔ لہٰذا انھوں نے پیدل بمبئی جانے کا پلان بنایا اور سب سے پہلے مجھ کو اس پروگرام سے آگاہ کیا میں اس نادر تجویز پر اچھل پڑی اور چونکہ تاریخ میں کافی تیز تھی اس لیے رئیس بھائی کا حوصلہ بڑھانے کے لیے میں نے اُن کو یہ معلومات بہم پہنچائیں کہ اکبر بادشاہ بھی کبھی کبھی دہلی سے اجمیر شریف پیدل جایا کرتا تھا تو کوئی وجہ نہیں کہ وہ اجمیر سے پیدل بمبئی نہ جائیں۔ اماں کو بھی ہم لوگوں نے سکھا پڑھا کر اپنی طرف ملا لیا۔ رات کا کھانا رئیس بھائی ہم لوگوں کے ساتھ کھاتے تھے۔ لہٰذا کھانے کے وقت یہ تجویز ابا کے سامنے رکھی گئی۔

"کتنے میل روز چلو گے۔" ابا نے حسب دستور سوالات شروع کیے۔

"جی پانچ میل تو ضرور چل سکتا ہوں۔"

"اچھا بمبئی کتنے میل ہے؟"

"جی شاید پانچ سو سے کچھ ذرا زیادہ ہے۔"

"اچھا خیر پانچ سو سہی تو گویا سو دن میں پہنچو گے۔"

"جی! ـــــــ جیسا آپ کہیے۔"

"ارے جیسا میں کیا کہوں۔ وہ تو پہنچ گے ہی۔"

"ہاں ہاں پہنچ جاوے گا۔" اماں نے بیچ میں لقمہ دیا۔ جیسے بھلا سو دن میں بھی نہ پہنچے گا۔"

"اور کتنا روز کھاؤ گے؟"

"جی کم از کم ـــــــ آٹھ آنہ روز تو ضرور خرچ ہو گا۔"

۱۰۵

"ٹھیک! تو گویا پچاس روپے خرچ کروگے۔ تو پچیس کا ٹکٹ لیکر کیوں نہیں جاتے۔"

ابا کے حساب پر میں اور رئیس بھائی دنگ رہ گئے۔ بہرحال چندہ ہوا۔ ہم لوگوں نے اپنے جیب خرچ نکالے۔ اماں، ابا، دادامیاں اور دادی جی نے روپے دیے۔ رئیس بھائی بمبئی گئے۔ پندرھویں دن انھوں نے وہاں سے ابا کو خط لکھا:

"جناب ماسٹر صاحب تسلیم!

خوشخبری یہ ہے کہ مجھے نوکری مل گئی ہے، سو روپیہ تنخواہ ہے، پانچ روپیہ سالانہ ترقی اور آٹھ سو تک جائیگی انشا اللہ آپ کی دعا سے جب میں آٹھ سو روپے پانے لگوں گا تو حاضر خدمت ہوں گا۔ بی بی (یعنی خاکسار) کے لیے بہت سی گڑیاں اور کھلونے لاؤں گا۔ والدہ صاحبہ کی خدمت میں دست بستہ تسلیم۔

خادم

رئیس

# سورج مل

کتنا آسان ہے کسی پھول، کسی آبشار، کسی وادی، کسی باغ کی تصویر کھینچنی اور کسقدر مشکل ہے کسی انسان کے متعلق بیان کرنا۔ کہنے کو آدمی خاک ہے اور خاک میں مل جانے والا، مگر اس کے مٹی میں مل جانے کے بعد بھی اگر اس کی تصویر بنائیے تو بناتے وقت وہ جیسے جی اٹھتا ہے، زندہ ہو جاتا ہے، اُس میں جان پڑ جاتی ہے۔ کیا کیا جھکائیاں دیتا ہے، کس کس طرح آپ پر ہنستا ہے، کتنے مزے میں کہتا ہوا معلوم ہوتا ہے کہ میں الفاظ کے گھیرے میں، روشنائی اور قلم کے دائرے میں، کاغذ کے قید خانے میں محبوس نہیں کیا جا سکتا۔ بھلا کہاں تک پہونچیئے گا، کتنا کچھ 'لکھیئے گا'۔۔۔

یہ کیفیت مخصوص اُن کرداروں میں ہوتی ہے جو دیکھنے میں اتنے اہم کبھی نہ لگے ہوں گے۔ نہ وہ کوئی بڑے شہنشاہ یا حاکم ہیں یا سیاست داں، نہ مصور نہ شاعر نہ

ادیب! وہ زندگی کے وسیع صحرا کا ایک ذرہ ہیں، حیات کے بے پایاں سمندر کا ایک قطرہ ہیں ــــــ مگر یہ کون نہیں جانتا کہ ان قطروں کے بغیر نہ تو سمندر رہے اور نہ ان ذرّوں کے بغیر صحرا ــــــ یہ وہ چھوٹی چھوٹی حقیقتیں ہیں جن کو ملا کر زندگی کی عظیم حقیقت کا بے پایاں کینوس تیار ہوتا ہے۔

سورج مل بھی ایسا ہی ایک کردار ہیں۔

جب ہم لوگ اجمیر میں تھے تو سورج مل اُس کالج میں چپراسی تھے جس کے پرنسپل میرے ابا مرحوم تھے۔

بقول اُن کے خود کے وہ ذات کے اصل اور کھرے راجپوت اور اس بات پر اُن کو بے حد فخر تھا۔ اُن کا قد تو زیادہ لمبا نہیں تھا، درمیانہ ہی سمجھئے مگر خوب چوڑے چکلے تھے اور اس لئے اُن کی شخصیت بڑی بارعب تھی۔ اُن کے سر کے بال میں نے نہیں دیکھے کیونکہ ان کے سر پر ہر وقت ایک بڑی سی پگڑی بندھی رہتی تھی۔ شاید رات کو اتارتے ہوں۔ البتہ جس چیز کا نقش میرے دل و ذہن سے آج تک کبھی نہ ہٹ سکا وہ اُن کی ڈاڑھی تھی۔ دو حصوں میں بٹی ہوئی، سفید گھنی ڈاڑھی جس کے بیچ میں ٹھڈی پر ایک لمبی سی پگڈنڈی بنی رہتی تھی جس کا ایک سرا، اُن کے نچلے ہونٹ کے نیچے اور دوسرا گردن کے بالکل اندر تک تھا۔ جب میں بہت چھوٹی تھی تو مجھے اُن کی گود میں بیٹھ کر اپنی داہنی کلمے کی انگلی اِس پگڈنڈی میں چلانے کا بڑا شوق تھا اور چلاتے چلاتے پوچھا کرتی "سورج ماما۔ یہ سڑک کہاں جاتی ہے ــــــ" وہ ہنستے اور کہتے "بی بی' یہ سڑک سیدھی چتوڑ گڑھ جاتی ہے"۔۔

وہ اپنے جسم پر موٹی سُرخ بانات کی وردی پہنتے تھے، اور اس کے نیچے ایک ڈھیلا سا چوڑیدار پاجامہ جو ہمیشہ کسی ہاتھ کے بنے ہوئے کپڑے کا ہوتا تھا، وردی پر چپراس جو کندھے پر آڑی لٹکی رہتی تھی اور اُس پر پیتل کا چمکدار گول بلا لگا ہوا تھا جس پر کالج کا نام ہوتا تھا۔ انہیں اِس بلّے سے بہت پیار تھا جب موڈ میں ہوتے تو اس پر ہاتھ پھیرتے اور ساتھ ساتھ کہتے جاتے "اسلامیہ ہائی اسکول وانٹر کالج"، اُن کی کمر میں ہمیشہ ایک تلوار سیاہ رنگ کی نیام میں پڑی لٹکتی رہتی تھی۔

ہم لوگوں نے ایک بار یہ بھی سُنا تھا کہ کوئی انگریز انسپکٹر اسکول آیا تھا تو اُس نے میرے ابا پر اعتراض کیا کہ چپراسیوں کو کام کے وقت تلوار نہ لگانا چاہیے، لیکن میرے ابا اُس سے لڑ پڑے اور انہوں نے کہا کہ وہ راجپوت سے تلوار اُتار کے رکھ دینے کو کبھی نہیں کہہ سکتے۔

سورج ماما اپنی ڈاڑھی کے چاروں طرف کبھی کبھی ایک ڈھاٹا سا باندھ لیتے تھے، جو دو یا تین دن بندھا رہتا، پھر غائب ہو جاتا۔ بعد میں ہم لوگوں کو پتہ چلا کہ وہ دراصل سرکاری روپیوں کی گڈّیاں ہوتی تھیں کیونکہ سرکاری روپیہ فیس کی صورت میں آتے اور پھر بینک میں رکھوائے جانے کے درمیان جو وقت ہوتا تھا اُس میں میرے ابا، اُس روپے کی حفاظت کے لئے سورج ماما کے علاوہ اور کسی کا بھروسہ نہیں کرتے تھے۔ اور ظاہر ہے کہ سورج ماما جس طرح روپیوں کی حفاظت کرتے تھے، اُس صورت میں تو کوئی اُن کی گردن کاٹتا، تب ہی روپیہ لے سکتا تھا۔

یہ بھی آپ کو بتا دوں کہ اُس زمانے میں پرانے نوکروں کو خاص کر صرف نام

لے کر نہیں بلایا جاتا تھا بلکہ اس نام میں کوئی رشتہ بھی لگانا پڑتا تھا مثلاً کریمن نام ہے تو کریمن نام ہے تو کریمن نانی یا دادی، چنانچہ ہم لوگ سورج مل کو سورج ماموں کہتے تھے۔ مجھکو بچپن سے کہانی سننے کا شوق جنون کی حد تک تھا۔ چنانچہ جہاں وہ کالج نمٹا کر ہمارے گھر آئے ـــــ وہ روز شام کو ایک پھیرا ہمارے گھر کا ضرور کرتے تھے۔ تو بس میں فوراً ان کو چمٹ جاتی، گود میں چڑھ بیٹھتی اور ڈاڑھی والی پگڈنڈی میں انگلی پھیرتی ہوئی کہتی "سورج ماموں بھئی، کہانی سناؤ۔"

وہ مجھے رانا پرتاب سنگھ کی کہانی سناتے اور رگھوپت سنگھ کی اور پنا دائی کی اور راجہ اودے سنگھ کی جس کے بستر کے نیچے چٹائی بچھتی ہے کیونکہ وہ اپنے قول و قسم کو پورا نہ کر سکا ـــــ راجپوتوں کی بہادری، وعدہ وفائی، دوستی پرستی اور آن پر مر مٹنے کے ایسے ایسے قصے اُن کو آتے تھے کہ میں سُن سُن کر حیران رہ جاتی تھی، کبھی کبھی میں کہتی "جھوٹ کہتے ہو سورج ماموں" ـــــ تو وہ بہت بگڑتے۔ مجھے اپنی گود سے دھکیل کر ایکدم کھڑے ہو جاتے اور چپراسی کے بلّے پر ہاتھ پھیرتے ہوئے کہتے "اسلامیہ کالج ـــــ اسلامیہ کالج ـــــ مسلمان ہو کر راجپوت کو جھوٹا سمجھتی ہے۔"

یہ مسلمان اور راجپوت کا بھی عجیب تصور تھا ان کے ذہن میں۔ اُن کا خیال تھا کہ دنیا میں دو ہی قومیں اونچے کردار کے معاملے میں باہمی مقابلہ کر سکتی ہیں۔ ایک راجپوت اور دوسرے مسلمان۔ باقی سب یوں ہی ہیں۔

جہاں تک بہادری اور عزت داری کا سوال ہے میں سورج ماما کا صرف ایک قصہ آپ کو سنانا چاہتی ہوں۔

ایک بار ہم لوگ کہیں میلاد شریف میں جارہے تھے یا شاید خواجہ غریب نواز کی درگاہ جارہے تھے یا وہاں سے آرہے تھے بہرحال یہ تفصیل مجھے یاد نہیں، میری اماں سخت پردہ کرتی تھیں اور ہر کہیں نگرانی اور حفاظت کے خیال سے سورج ماما کو ساتھ لے جاتی تھیں۔ ہم چار بچے بگھی کے اندر تھے اور کوچوان کی پاس والی سیٹ پر سورج ماما اکڑ کر بیٹھے ہوئے اپنی چپراس پر ہاتھ پھیر رہے تھے کہ یکایک ایک دھماکہ ہوا، چار پہیوں کی گاڑی کا ایک پچھلا پہیہ نکل کر گول گول گھومتا ہوا دور جا گرا۔

ہم سب بچے اماں سے ٹکرائے اور اماں بے جاری "یا علی" کہتی ہوئی ایک سیٹ سے دوسری پر لڑھک گئیں، کوچوان اوپر سے نیچے آرہا لیکن اگر کچھ نہیں ہوا تو سورج ماما کو، وہ دھماکہ ہوتے ہی زمین پر کود پڑے اور جب میری اماں نے چاہا کہ گاڑی کا دروازہ کھول کر باہر جست کریں تو سورج ماما کے بوڑھے مگر مضبوط ہاتھوں نے اُن کو روک دیا۔ پھر چشم زدن میں انہوں نے نکلے ہوئے پہیہ کی جگہ اپنا کندھا لگا دیا اور گاڑی سیدھی کھڑی ہوگئی۔ اور پھر وہیں گاڑی کے نیچے سے چیخ چیخ کے اماں سے کہنے لگے کہ اترنے اور بے پردہ ہونے کی کوئی ضرورت نہیں کیونکہ عزت دنیا میں سب سے بڑی چیز ہے وغیرہ وغیرہ۔ دس پندرہ منٹ میں بہت سے اور آدمی جمع ہوگئے اور گاڑی کو سب نے ملکر سنبھال لیا اور معاملہ درست ہوگیا۔ جب سورج ماما گاڑی کے نیچے سے نکلے تو میں نے کھڑکی میں سے، جس پر چک پڑی تھی، اُن سے پوچھا "سورج ماما، کیسے ہو، کندھا تو ٹھیک ہے؟"

جواب ملا "ہو بی بی، گھنو چوکھو" یعنی بہت ٹھیک ہے بی بی

ویسے میری سمجھ میں آج تک یہ نہیں آیا کہ اُن میں اسوقت اتنی طاقت کہاں سے آئی کہ اتنی بڑی اور بھاری گاڑی، پھر اماں اور ہم چار بچّوں کا بوجھ وہ تقریباً پندرہ بیس منٹ تک اپنے کندھوں پر اٹھائے رہے۔ اور پھر اوسان اتنے قائم رکھے کہ برابر اماں کو پردہ داری کی خوبیوں پر اور عزت کے سب سے قیمتی چیز ہونے کے مسئلہ پر لکچر بھی دیتے رہے۔

کبھی سورج ماموں ذرا اُداس اور رومانٹک موڈ میں ہوتے تو راجستھان کی چندَنا کے گیت ہم لوگوں کو سناتے۔ چندَنا کی حیثیت راجپوتانہ کی روائتوں میں وہی ہے جو پنجاب میں ہیر کی اور دکن میں بھاگ متی کی۔ ان گانوں میں ایک عجیب درد، کسک اور تنہائی کا غم ہوتا تھا، کچھ ایسی کیفیت ہوتی تھی جس میں صحراؤں کی تپش اور صحراؤں کے ذرّوں پر چمکنے والی چاندنی کی ٹھنڈی لطافت۔ دونوں کا میل ہوتا تھا۔ اور جب وہ ذرا ہنسنے ہنسانے کے موڈ میں ہوتے تو ایک مخصوص گانا گاتے جس کے دو ایک مصرعے مجھے یاد رہ گئے ہیں ؎

بچھوڑو کی کھائی، پیہر چالی رے عالی جاہ
میں نے لاڈُو تو منگا یو، کاندو لایو رے عالی جاہ

یعنی اے میرے عالی مرتبہ محبوب، میں نے تو تم سے لڈّو منگوایا تھا اور تم اٹھا لائے پیاز۔ جب ہی تو مجھے تمہارے یہاں 'بچھو کاٹتے ہیں' میں تو اپنے میکہ کو جاتی ہوں۔

ایسے گیت گاتے وقت وہ بڑے مزے میں ہنستے تھے، ننھے بچوں کی سی معصوم اور پیاری ہنسی۔

سورج ماموں کے انتقال کے وقت میں کافی بڑی ہو چکی تھی، کوئی سولہ سترہ سال کی اور اُن کی موت کی خبر سن کر میں بڑی دیر تک سوچتی رہی کہ شاید اُس دنیا میں بھی وہ تلوار لگا کے پہونچے ہوں گے۔ خدا کو جس چیز کی سب سے زیادہ حفاظت کرنی ہوگی وہ اُن کے ڈھاٹے میں بندھ جائے گی، آسمان چندنا کے گیتوں سے گونج جائے گا، لڈو کی جگہ پیاز لانے والے محبوب ان کو دیکھ کر مسکرائیں گے، اور جب کسی حور کی عزت بچانے کا سوال ہوگا تو سورج ماموں بڑے مزے سے اپنے کندھے پر جنت کو اٹھا لیں گے اور پوچھنے پر کہیں گے "ہو گھنو، چو کھو"۔

# دل کی آواز

شبانہ نے ڈاک دیکھی تو دو خط تھے۔

پہلے خط میں لکھا تھا: "میں شرمندہ ہوں کہ میں اپنے پہلے خط میں آپ کو یہ بتانے کی ہمت نہ کر سکا کہ میں بہرا ہوں۔ اور بتا بھی کیسے سکتا تھا. آپ کو جانتا ہی کتنا تھا؟ بہر حال اب میں آپ کو یہ بتا دینا ضروری سمجھتا ہوں کہ لوگ میرے بہرے ہونے کی وجہ سے مجھ سے ملتے گھبراتے ہیں اور اسی وجہ سے میں بھی یہ ٹھیک نہیں سمجھتا کہ لوگوں کے لیے خواہ مخواہ پریشانی کا باعث بنوں ـــــــ اس لیے میرا کوئی دوست نہیں ہے ایک بھائی ہیں، بھابی اور ان کے بال بچے، انہیں کے ساتھ رہتا ہوں پڑھنے کا بہت شوق ہے اور ادب سے بہت دلچسپی رکھتا ہوں، اسی طرح مجھے آپ کی کہانیاں پڑھنے کا اتفاق ہوا اور پھر آپ کو خط لکھنے کا خیال آیا۔"

اس کے آگے کچھ اور ادھر ادھر کی باتیں لکھی تھیں اور آخر میں دستخط تھے۔

"راجندر شرما"

دوسرا خط رمیش کا تھا ـــــــ وہ بھی بھگوان پور سے آیا تھا۔ لکھا تھا "جلسے کی تمام تیاریاں مکمل ہو چکی ہیں، اپنے کام کا سارا پلان بنا چکے ہیں، امید ہے کہ پورے صوبے سے ادیب آئیں گے، آپ کا آنا بہت ضروری ہے، امید ہے کہ آپ نے اپنا پیپر تیار کر لیا ہوگا، میں اس کانفرنس کے مشاعرے اور کوی سمیلن میں پڑھنے کے لئے ایک نئی نظم کہہ رہا ہوں ـــــــ باقی بر وقت ملاقات،

آپ کا، رمیش۔

مکرر یہ کہ کل ایک صاحب آپ کو پوچھتے ہوئے آئے تھے اور میں آپ کو بتا دینا چاہتا ہوں کہ کبھی کبھی آپ کے کارن، آپ کے بیچارے دوستوں کو بڑی مصیبت بھگتنی پڑتی ہے (خوش قسمتی سے ان دوستوں میں میرا بھی نام ہے) ـــــــ وہ صاحب بالکل بہرے ہیں، پٹ بہرے، اور میں نے انہیں بڑی مشکل سے اشاروں سے سمجھایا کہ آپ چار تاریخ کو آئیں گی اور تین دن رکیں گی ـــــــ آخر انہیں اپنے پروگرام کی معلومات دینے کے لیے آپ نے مجھ غریب کو کیوں انتخاب کیا۔ وہ کہتے تھے کہ آپ نے انکو لکھا ہے کہ وہ آپ کا پروگرام مجھ سے معلوم کریں۔ ویسے وہ کانفرنس کے لیے پچیس روپے چندہ دے گئے ہیں اتنا ہی غنیمت ہے۔"

خط پڑھ کر شبانہ کو ریش پر غصہ آنے لگا، اچھا اگر فرض کیجئے کہ کسی شخص کی معذوری کی وجہ سے آپ کو تھوڑی تکلیف بھی اٹھانی پڑی تو الیا کونسا غضب ہو گیا ــــــ اُنہہ ! اور شبانہ نے فیصلہ کر لیا کہ چاہے کچھ بھی ہو اس کے دوست جو چاہیں سوچیں یا کہیں، وہ ضرور راجندر شرما سے ملے گی اور اسے یقین دلائے گی کہ .... لیکن وہ اسے یقین دلائے گی کیونکر ؟ کیوں نہیں اگر وہ سن نہیں سکتا تو لکھ کر یقین دلایا جائے گا کہ وہ اس کی دوست بنے گی اور ہمیشہ اس سے خط کتابت کرے گی، اسے اپنی کتابیں بھیجے گی اور .... اس نے سادہ کاغذ اٹھایا اور اس کے کئی برابر برابر ٹکڑے کیے۔

ایک ٹکڑے پر لکھا "مجھے آپ سے مل کر بہت خوشی ہوئی"

دوسرے پر لکھا "جی ہاں۔ آپ کا خط مل گیا تھا، آپ ضرور مجھ سے خط کتابت کریں"

تیسرے پر لکھا تھا "جی نہیں، اب کل نہیں ٹھہروں گی، رات کی گاڑی سے چلی جاؤں گی"

چوتھے پر لکھا "مجموعہ چھپ رہا ہے، ابھی کوئی مجموعہ نہیں ہے۔ فلاں فلاں رسالے میں لکھتی ہوں"

پھر وہ ایکدم رک گئی ــــــ اگر ان باتوں کے علاوہ شرما نے کوئی بات پوچھی تو ؟

توکیا ہے، پنسل ہاتھ میں رہے گی، کاغذ کے سادے ٹکڑے بیگ میں رہیں گے، بس نکالا اور لکھ دیا ــــــ رکھ کے لکھنے کو بڑی ڈائری ہے جو ہمیشہ بیگ میں پڑی رہتی ہے ــــــ

پھر اس نے سوچا کہ رمیش نے ضرور مبالغہ کیا، شاعر تو وہ ہے ہی اب ایسا بھی کیا بہرا ہوگا ــــــ اس نے اپنی بچی کو آواز دی "بی بی ذرا یہاں آؤ، دیکھو ہم ادھر ڈرائنگ روم میں کچھ کہیں گے۔ اگر سنائی دے تو بتانا۔"

"کیوں ممی"؟ بچی نے حیران ہو کر پوچھا۔

"کچھ نہیں، ویسے ہی"

پھر وہ ڈرائنگ روم کے بیچوں بیچ میں کھڑی ہو گئی اور زور سے چیخی "مجھے آپ سے مل کر بہت خوشی ہوئی"

پھر دروازہ کھولا۔ "سنائی دیا؟"

"نہیں ممی، کچھ نہیں سنائی دیا" بچی نے معصومیت سے سر ہلا کے انکار کیا اس نے پھر دروازہ بند کر لیا اور زور زور سے چیخی "جی ہاں، آپکا خط مل گیا تھا"

پھر دروازہ کھولا "کیوں؟"

"تھوڑا سا سنائی دیا تھا پر کچھ سمجھ میں نہیں آیا۔ آپ کیا کہہ رہی تھیں؟"

"اچھا رہنے دو، جاؤ کھیلو"

بچی چلی گئی اور وہ کرسی پر بیٹھ کر سوچنے لگی کہ کبھی اپنی آواز تو اتنی تیز بھی نہ نکلی کہ بند دروازے سے سنی جاسکے، دو ہی بار چیخنے میں گلا بھی دکھنے لگا تھا، جب ہی رمیش اتنا جھنجھلا گیا ہوگا ـــــــ خیر، کوئی بات نہیں ہو۔ وہ لکھنے والا طریقہ ہی سب سے ٹھیک ہے!

آج رات کی گاڑی سے اسے بھگوان پور جانا تھا، شام کی ڈاک سے اسے شرما کا ایک اور خط ملا۔ "میں آپ سے ملنے اور آپ کو دیکھنے کا بہت مشتاق ہوں، نہ جانے کیوں مجھے کچھ یقین سا ہو چلا ہے کہ میں چاہے دنیا میں کسی کی آواز نہ سن سکوں، پر آپ کی آواز ضرور سن لوں گا، لیکن رہ رہ کر یہ بھی خیال آتا ہے کہ اگر ایسا نہ ہو سکا تب کیا ہوگا، میں آپ کا بہت ممنون ہوں کہ آپ نے مجھے علاج کے لئے لکھنؤ آنے اور ایئر فون استعمال کرنے کا مشورہ دیا ہے۔ لیکن میں چار سال کی عمر میں چیچک کی بیماری سے بہرا ہوا تھا، خدا کا ہی شکر ہے کہ آنکھیں بچ گئیں۔ میرے بہرے پن کا بہت علاج ہو چکا ہے، لیکن ایئر فون سے بھی مجھے کوئی فائدہ نہیں ہوا۔ چنانچہ مجھے یہ بھی معلوم نہیں کہ آواز کیسی ہوتی ہے اور کسی کی آواز سن کر کسی کے دل و دماغ پر کیا اثر ہوتا ہے۔ میں نے بہروں کے طریقے سے لکھنا پڑھنا سیکھا ہے اور یہ پڑھا ہے کہ آواز میں بڑا جادو اور دل فریبی ہوتی ہے اور جو لوگ دُور ہوتے ہیں ان کی آواز کی جب یاد آتی ہے تو وہ بالکل نزدیک محسوس ہونے لگتے ہیں ـــــــ لیکن میری

زندگی میں ایسی کوئی یاد نہیں ـــــ شاید یہی وجہ ہے کہ میں اپنے آپ کو ساری دنیا سے دور اور سب سے الگ محسوس کرتا ہوں۔"

یہ خط پڑھ کر شبانہ کانپ گئی! ایک لمحہ کے لیے اس نے اپنے آپ کو مجرم سا محسوس کیا۔ اس نے ایک مایوس انسان کو ایک ایسی امید دلائی تھی جس کا پورا ہونا اب تو بہت ہی مشکوک نظر آتا تھا ـــــ مانا کہ اس نے کاغذ کے ٹکڑے اور پنسل بیگ میں رکھ لی تھی، لیکن شرما تو اس کی آواز سننے کو منتظر بیٹھا تھا ـــــ اب کیا ہو؟ کیا ہو اب؟

صبح پانچ بجے گاڑی بھگوان پور پہنچتی تھی۔ اس کی آنکھ چار بجے سے ہی کھل گئی ـــــ وہ اٹھ بیٹھی، اسے اپنے پیپر میں ابھی کچھ اور باتیں بڑھانی تھیں۔ بیگ کھولا تو کاغذ کی وہ چٹیں ہاتھ میں آئیں اور پنسل! اس کے ذہن پر پھر فکروں کا ہجوم ہونے لگا، پیپر ویپر سب بھول کر وہ یہ سوچنے لگی کہ اب اس میں اور شرما میں صرف ایک گھنٹے کا فاصلہ رہ گیا تھا! خدا کرے شرما سے اس کی ملاقات ہی نہ ہو، کاش امید کا آسرا لگا ہی رہے ـــــ لیکن شاید، کون جانے، وہ اس کی آواز سن ہی لے، ـــــ پر کیسے؟ جہاں ایئرفون ناکام ہوگیا، بڑے بڑے ڈاکٹر ہار گئے تو اس کی آواز کیا کوئی صور تھی۔ کہ کامیاب ہو جائے گی؟ ـــــ اور شبانہ ہاتھ میں کاغذ پنسل لیے بیٹھی سوچتی رہی، سوچتی رہی، چھوٹے چھوٹے اسٹیشن ایک کے بعد ایک نکلتے گئے، اور وہ سوچتی رہی ـــــ یہاں تک کہ بھگوان پور کی عمارتیں دور سے صبح کے دھندلکے میں

نظر آنے لگیں، چنگیاں گزرنے لگیں، پٹڑیوں کا جال بڑا ہوتا گیا، پھر ریل آہستہ ہونے لگی اور آہستہ ہوتے ہوتے پلیٹ فارم سے لگ گئی ——— بھگوان پور آ گیا!

اسٹیشن پر اس کا رشتے کا ایک بھائی اسے لینے آیا تھا ——— جو وہیں بھگوان پور میں یونیورسٹی میں پڑھاتا تھا۔ جب وہ اس کے گھر پہنچی تو چائے کی میز پر بیٹھتے ہوئے وہ بولا، "باجی، کل ایک صاحب آپ کو پوچھتے ہوئے آئے تھے، بھئی کیا بتاؤں، بے چارے بالکل ہی بہرے ہیں، یعنی کہ اتنے بہرے کہ بس کیا کہوں ——— میں اتنا چیخا، اتنا چیخا . . . . .

شبانہ کا منہ کھلے کا کھلا رہ گیا، اس کے ہاتھ سے اخبار گر گیا۔ اگر ابھی شرما آ گیا تو؟ ——— وہ بوکھلا کے اٹھ کھڑی ہوئی اور اپنی گھبراہٹ چھپاتی ہوئی بولی، "بھیا میں سمجھتی ہوں، تم .... تم ابھی مجھے رمیش کے یہاں پہنچا دو ——— میں بس جلدی سے نہا لوں، چائے تو میں نے پی ہی لی ہے۔"

"لیکن آپ کی میٹنگ تو گیارہ بجے سے ہے۔" اس کی بھاوج نے احتجاج کرتے ہوئے کہا، "میں ابھی ناشتہ بنا کے لاتی ہوں، آپ نے خالی چائے ہی تو پی ہے، کچھ کھا کے تو جائیے گا، ایسے کیسے؟"

"وہ سب ٹھیک ہے بھئی۔" شبانہ نے سوٹ کیس سے اپنے کپڑے نکالتے ہوئے جواب دیا۔ "تم کو تو معلوم ہے میں صبح کو کچھ کھاتی نہیں ہوں، اب وہی کھاؤں گی بارہ ایک بجے، میٹنگ میں بھی تو چائے وائے ہوگی ہی ———

اصل میں رمیش سے میرا ملنا بہت ضروری ہے بھئی .....
اس کے بھائی بھاوج چپکے ہو رہے!

آٹھ بجے سے پہلے پہلے وہ تیار ہو کر رمیش کے یہاں پہنچ گئی! دستک دے رہی تھی کہ پیچھے سے کسی نے پھاٹک کھولا، مڑ کر دیکھا تو ایک نوعمر آدمی بائیسکل لیے کھڑا تھا ——— اس کا دل زور زور سے دھڑکنے لگا ——— شرما؛ وہ آدمی اور آگے بڑھ آیا اور اس نے شبانہ کو جھک کر سلام کیا۔ شبانہ کی زبان لکنت کرنے لگی۔ "آپ .... آپ؟"

"جی، مجھے نول بہاری کہتے ہیں، میں ہندی میں کویتا لکھتا ہوں اور کانفرنس کی انتظامیہ کمیٹی کا ممبر ہوں۔ اس سمے رمیش جی سے اسی کے بارے میں کچھ پوچھنے آیا تھا ——— اگر میں غلطی نہ کرتا ہوں تو آپ شاید شبانہ آپا ہیں؟"

شبانہ نے اطمینان کا سانس لیا! افوہ!

دو تین دستکوں کے بعد دروازہ کھلا اور شبانہ نے اپنی کیفیت چھپانے کے لیے فوراً رمیش سے لڑنا شروع کر دیا، "اچھا تو ابھی آپ کے گھر میں صبح نہیں ہوئی، سینکڑوں میل سے چلے آرہے ہیں، کب سے دروازہ پیٹ رہے ہیں۔ کوئی جواب نہیں ——— کیا مُردوں سے شرط لگا کے سویا تھا بھائی؟"

نول بہاری نے رمیش سے دو چار منٹ کانفرنس کی گیارہ بجے والی میٹنگ

کے بارے میں کچھ بات کی، پھر میٹنگ ہی میں ملنے کا وعدہ کر کے شبانہ کو سلام کر کے چلا گیا۔

پھر رمیش کا نوکر چائے اور ناشتہ لے آیا، شبانہ چائے بنانے لگی، بناتے بناتے اس کی نظر کمرے کے دروازہ پر پڑی جو لولو بہاری کھلا چھوڑ گیا تھا، گھبرا کے بولی، رمیش، دروازہ بند کر دو بھئی۔"

رمیش نے اُسے ذرا حیرت سے دیکھا، لیکن پوچھا کچھ نہیں، اٹھ کے چپ چاپ دروازہ بند کر دیا۔ گھنٹے بھر تک کانفرنس کی باتیں، آپس کے جھگڑے قصے، ادیبوں کی لڑائیوں کے حالات، یہ سب سننے کے بعد شبانہ بولی، "بھئی اب بس کرو کانفرنس کی باتیں اور یہ جھگڑے، تم نے تو اِدھر نئی کویتائیں بہت سی لکھی ہیں، ـــــ وہ سناؤ، ایسی کی تیسی ان جھگڑوں کی۔"

"جی ہاں، کویتائیں تو ادھر کئی ہوئی ہیں۔" رمیش نے جواب دیا۔

"گڈ ـــــ تو ایک پیالی چائے اور بنا دو اور سناؤ۔"

رمیش نے اس کے لیے چائے بنائی، پھر لکھنے کی میز پر سے کاغذوں کے ڈھیروں میں سے دو چار کاغذ اٹھائے، ان کو برابر کیا اور آ کر اس کے سامنے والی کرسی پر بیٹھ کر اس نے نظم سنانی شروع کی۔

"ایسے نہیں بھئی، گا کے سناؤ۔" وہ بولی۔

رمیش نے اپنی کویتا سامنے رکھ لی، اور مدھم سروں میں گانے لگا، اس کی آواز بڑی صاف ستھری اور درد بھری تھی۔ شبانہ کھوسی گئی آواز کی

ئے کے ساتھ اس کا ذہن کبھی اوپر جاتا تھا۔ کبھی آہستہ آہستہ نیچے اترتا تھا۔
یکا یک رمیش گاتے گاتے رک گیا۔ شبانہ آنکھیں بند کئے تھی۔ ایکدم چونک کر اس نے آنکھ کھول دی پھر رمیش کی طرف دیکھا، وہ جالی لگی ہوئی کھڑکی کی طرف دیکھ رہا تھا۔ شبانہ کی نظریں بھی ادھر ہی کو گھوم گئیں —— ایک نوجوان سائیکل تھامے کھڑا تھا —— گہرا سانولا رنگ، چہرے پر چیچک کے بہت سے داغ، آنکھوں پر عینک، بھورے رنگ کا قیمتی گرم سوٹ پہنے تھا، اس کا بھی چہرہ کھڑکی ہی کی طرف تھا۔ لیکن چہرے سے صاف ظاہر ہو رہا تھا کہ جیسے اس کو ان دونوں کی موجودگی کا کوئی علم نہیں ہے۔ حالاں کہ اندر کافی زوروں سے کویتا گائی جا رہی تھی اور وہ کھڑکی کے بالکل پاس آ کے کھڑا ہوا تھا، رمیش بولا "یہ دیکھئے، آ گئے نا —— اب بتلایئے کیا کیا جائے؟"

"توبہ ہے بھئی تو ذرا دھیرے تو بولو —— اچھا ہاں ٹھیک ہے وہ تو .... اچھا تو میں اس سے مل لیتی ہوں —— ایں، کیوں؟"

رمیش پہلے تو چپ رہا، اس کے چہرے پر ناگواری کے آثار تھے۔ پھر ذرا سا رک کے بولا، "جیسی آپ کی مرضی —— ملنا چاہتی ہیں تو ادھر سے آیئے۔"

شبانہ اٹھی اور دروازے کی طرف قدم بڑھایا —— دو قدم اٹھانے کے بعد پھر اس نے گھوم کر کھڑکی کی طرف دیکھا اور رشرما کو دیکھ کر اس کی ہمت جواب دے گئی، نہ جانے کتنی امیدیں لے کر آیا ہوگا وہ، کہیں یہ سارے کا سارا محل ڈھے نہ جائے۔ وہ پاس رکھی ہوئی کرسی پر گر گئی اور سر جھکا کے کمزور آواز

میں بولی، "بھیّا ریش ان سے کہہ دو کہ میں آج اور کل تو بہت مصروف ہوں، پرسوں شام کو کانفرنس کے بعد جو کلچرل پروگرام ہو رہا ہے، اس میں یہ آجائیں وہیں مل لیں گے۔"

ریش نے ایک بار پھر حیران ہو کر اسے دیکھا، اور باہر چلا گیا ——— اور شبانہ اپنے احساسات کا پوسٹ مارٹم کرنے لگی ——— کیا وہ بزدل تھی، کیا وہ حقیقت کا سامنا کرنے سے گھبراتی تھی؟ آخر یہ کیا تھا کہ وہ اس سے ملنا بھی چاہتی تھی اور نہیں بھی ملنا چاہتی تھی۔ اس نے پھر کھڑکی سے جھانک کر دیکھا ریش نے اس کی بات کسی نہ کسی طرح شرما کو سمجھا دی تھی اور وہ بائیسکل کو موڑ کر روانہ ہو رہا تھا ——— اور شبانہ یہ دیکھ کر حیران رہ گئی کہ شرما کے چہرے پر بھی مایوسی اور خوشی دونوں کے ہی آثار تھے ——— کیا وہ بھی اس سے ملنا بھی چاہتا تھا اور نہیں بھی ملنا چاہتا تھا؟ یا وہ اپنے ہی خیالات اور جذبات کا عکس شرما کے بھی چہرے پر دیکھ رہی تھی ——— افوہ، یہ سب تو بڑی ہی گڑبڑ تھی، بیٹھے بٹھائے یہ اچھا گھپلا اس نے اپنی جان کو لگا لیا ——— کیا تھا یہ سب افوہ۔ وہ گھبرا کے اٹھ کھڑی ہوئی، "چلو بھئی ریش، گیارہ بجنے ہی والا ہے۔"

اس رات کلچرل پروگرام میں پہنچنے میں اسے کچھ دیر ہو گئی، بھیڑ کافی تھی گھس پل کے بڑی مشکل سے دوسری طرف کی ایک کھڑکی کی ٹوک پر جگہ ملی۔ شبانہ نے ادھر ادھر دیکھا اور اطمینان کا سانس لیا، وہاں سے پروگرام خوب اچھا دکھائی دے سکتا تھا۔ وہ بیٹھی ہی تھی کہ انتظام کرنے والوں میں سے ایک ———

دوڑتا ہوا آیا۔ "شبانہ آپا، اِدھر آ کے بیٹھئے، آپ کے لیے کرسی ہے سامنے آئیے۔"

"نہیں بھئی۔" اس نے انکار کرتے ہوئے جواب دیا، "ہم یہیں ٹھیک ہیں، وہ وی آئی پی والی جگہ ہمیں پسند نہیں ہے۔" اور وہ جم کر بیٹھ گئی۔ نہ جانے کیوں اس کا جی چاہتا تھا کہ ایسی جگہ نہ بیٹھے کہ کوئی پہچان سکے۔ وہ بھیڑ میں گم ہو جانا چاہتی تھی، سارا ہال کھچا کھچ بھرا تھا، دروازوں تک میں لوگ اڑے ہوئے تھے!

پردہ اٹھا ہی تھا کہ شبانہ کو ایک نامعلوم سا احساس ہونے لگا، ایک عجیب سی کیفیت، کہ جیسے اسے کوئی ڈھونڈ رہا ہے۔ اور اس کی نظریں خود بخود چاروں طرف گھومنے اور بھٹکنے لگیں ——— اور پھر یکایک سامنے والے تیسرے دروازے پر جا کر ٹھہر گئیں ——— شرما کھڑا تھا اور اس کی نگاہیں بھی چاروں طرف بھٹکتی، گھومتی کچھ ڈھونڈ رہی تھیں!

شبانہ نے گھبرا کے سر جھکا لیا۔ حالاں کہ جس شخص نے اُسے کبھی نہ دیکھا تھا وہ اسے پہچان کیسے سکتا تھا اور وہاں تو بہت سی عورتیں تھیں! پھر جیسے کسی نے زبردستی اس کی نگاہیں اٹھا دی ہوں، جیسے وہ دیکھنے پر مجبور کر دی گئی ہو، شرما غور سے اسی کی طرف دیکھ رہا تھا، کچھ اس انداز سے جیسے اس نے پہچان لیا ہو۔

شبانہ جلدی سے اٹھی اور باہر کی طرف نکل گئی، اس نے بغیر کسی سے

بتائے بنا کسی سے کچھ کہے سنے ایک رکشا کیا، اکیلی ہی اپنے ٹھکانے پر پہنچی اور اُسی وقت کی گاڑی سے لکھنؤ کے لیے روانہ ہو گئی۔

تیسرے دن اسے شرما کا خط ملا جو دو دن پہلے کا لکھا ہوا تھا، "یہ میری انتہائی بدنصیبی تھی کہ آپ یہاں آئیں بھی پر میں آپ سے نہ مل سکا لیکن یہ عجیب اتفاق ہے یا شاید میرے دل کی کشش کا اثر ہے کہ مجھے پرسوں ہی ایک ضروری ذاتی کام سے لکھنؤ آنا پڑ رہا ہے، آپ کے دولت خانے پر حاضر ہوں گا! آپ کے حکم کے مطابق میں تیسری تاریخ کی شام کو کانفرنس کے کلچرل پروگرام میں گیا تھا، آپ سے ملاقات تو نہ ہو سکی لیکن جہاں تک میرا اندازہ ہے آپ وہ خاتون تھیں جو جو سامنے والی کھڑکی پر انگوری سبز ساڑی پہنے اور کالی شال اوڑھے بیٹھی تھیں"!

شبانہ حیران رہ گئی ـــــ وہاں تو کتنی ہی عورتیں تھیں، پھر شرما نے اس کے بارے میں بالکل ٹھیک اندازہ کیونکر لگایا ـــــ اور ـــــ اور ـــــ آج تو وہ لکھنو آرہا تھا! ـــــ اس نے گھڑی دیکھی، ایک بج رہا تھا! اور وہ سوچنے لگی کہ اگر آج کی شام وہ کہیں چلی جائے تو وہ آئیگا اور پھر واپس چلا جائے گا ـــــ ٹھیک ہے! اس وقت ذرا سا آرام کر کے تین بجے نکل جایا جائے، تین بجے سے پہلے تو کون آتا ہے!

اس نے خط میز کی دراز میں رکھ دیا اور باہر کا دروازہ بند کر کے پلٹ ہی رہی تھی کہ دروازے پر دستک ہوئی۔ اس کا دل زور زور سے دھڑکنے لگا۔

پنجوں کے بل کھڑی ہو کر اوپر ایک دراڑ سے جھانکی، تار والا کھڑا تھا ــــــ اس نے دروازہ کھولا، باہر نکلی، دستخط کرنے سے پہلے ہی لفافہ چاک کر کے تار کو پڑھا اور ایک دم اس کے چہرے پر خوشی کی ایک لہر دوڑ گئی، اس کے بھائی کے یہاں بیٹا پیدا ہوا تھا ــــــ خوشی خوشی اندر گئی اور تار دالے کو دینے کے لیے ایک روپیہ مٹھی میں دبائے گنگناتی ہوئی نکلی ــــــ اور پھر ــــــ پھر اسے ایسا معلوم ہوا کہ جیسے کائنات الٹ گئی جیسے فضا میں بہت سی چنگاریاں اڑ رہی ہیں، جیسے بہت سے کالے پیلے لال گول گول دھبے چاروں طرف ناچ رہے ہیں جیسے دور کہیں بہت سی سیٹیاں ایک ساتھ بج رہی ہیں ــــــ تار دالے کے پاس ہی شرما کھڑا تھا!

شبانہ کو دیکھ کر وہ ذرا سا مسکرایا اور ہاتھ جوڑ کر جھک کر نمستے کیا، جیسے پوچھتا ہو کہ "ہیں تو آپ وہی انگوری سبز ساری والی پر آپ شبانہ آپا ہیں کہ نہیں؟"

شبانہ کو چکر آرہا تھا۔ کواڑ پکڑے پکڑے اس نے حامی بھرتے ہوئے کچھ یوں سر ہلایا جیسے شرما کے خاموش سوال کا خاموش جواب دے رہی ہو کہ "ہاں میں انگوری سبز ساڑی والی بھی ہوں اور شبانہ بھی ــــــ ہاں آپ کا اندازہ ٹھیک تھا ــــــ ہاں اندر آجائیے۔"

پھر اس نے شرما کو اپنے پیچھے آنے کا اشارہ کیا اور لڑکھڑاتے قدموں سے ڈرائنگ روم کی طرف چلنے لگی، وہ اس کے پیچھے ہو لیا۔ اندر کمرے میں پہنچ کر شبانہ نے آرام کرسی آگے کو کھسکائی اور خود تخت پر بیٹھ گئی۔ وہ آرام

کرسی پر بیٹھ گیا، اور کہنے لگا، "معاف کیجئے گا میں نے آپ کو بہت تکلیف دی۔ دوپہر کو تو شاید آپ آرام کرتی ہوں گی؟"

شبانہ نے منہ کھولنے کی کوشش کی، لیکن اسے ایسا محسوس ہوا جیسے کبھی کبھی خواب میں لگتا ہے کہ کوئی اس کا گلا دبا رہا ہے، وہ زور زور سے پکار تو رہی ہے پر آواز نہیں نکل رہی ہے۔ اسے خود اپنی آواز نہیں سنائی دے رہی ہے۔ خاموشی سے چیختے چیختے اس کا دم رکا جا رہا ہے پر سنائی ایک لفظ نہیں دیتا، اس نے نظریں اٹھا کر شرما کی طرف التجا بھری نگاہوں سے دیکھا اور اس طرح مسکرائی جیسے کوئی پھانسی کی طرف آخری قدم اٹھاتے ہوئے جب کچھ نہ بن پڑے تو مسکرا دے، جیسے کہتی ہو کہ اگر تم اپنی اُمیدوں کا محل خود ہی ڈھا دینے پر آمادہ ہو تو میں کیا کروں ـــــــ اور بولی، "نہیں، مجھے کوئی تکلیف نہیں ہوئی ـــــ آپ بھگوان پور سے آج ہی آئے؟"

اس کے صرف ہونٹ ہل رہے تھے، اس کا خیال تھا کہ وہ بول رہی ہے پر اس کی آواز اتنی مدھم تھی کہ وہ خود بھی نہ سن سکی، چیخنا تو درکنار اس کی معمولی آواز بھی ختم ہو چکی تھی۔

شرما کے چہرے کا رنگ ایک دم بدل گیا، چیچک کے نشانوں بھرے چہرے پر مسرت کی لہریں چھلکنے لگیں، کچی کچی آنکھوں سے روشنی کی کرن پھوٹ پڑی اس نے اپنے دونوں ہاتھ بے قراری کے عالم میں آگے بڑھا دئے اور ایکدم زور سے بولنے لگا، "میں نے آپ کی آواز سن لی ـــــــ آپ مجھ سے یہی

پوچھ رہی ہیں ناکہ میں آج ہی آیا، ایں؟" پھر بے اختیار اس کے ہاتھ اپنے کانوں پر چلے گئے، ایک کالا سا بادل اس کے چہرے پر منڈلایا۔ شک، اور مایوسی کا سیاہ بادل۔" میں نے ٹھیک سنا نہ؟ —— یہ آواز تھی؟ آپ نے ...."

"ہاں، آپ نے ٹھیک سنا۔" شبانہ نے جواب دیا اور حامی بھرتے ہوئے سر ہلایا۔

پاگلوں کی طرح وہ شبانہ کی بات دہرانے لگا۔" نہیں مجھے کوئی تکلیف نہیں ہوئی، آپ بھگوان پور سے آج ہی آئے —— ہاں آپ نے ٹھیک سُنا۔"

شبانہ گھبرا گئی —— پتہ نہیں شرما کو کیا ہو رہا تھا، ایک دم بولی، "آپ گھبرائیے نہیں، میں آپ کے لیے پانی لاتی ہوں۔"

جب وہ اٹھی تو شرما کے ہونٹ آہستہ آہستہ ہل رہے تھے اور وہ اس کی کہی ہوئی بات دوہرا رہا تھا —— وہ بات جو وہ خود بھی نہ سن سکی تھی اتنی دب کر، گھٹ کر رہ گئی تھی اس کی آواز —— اور وہ اسے دوہرائے جا رہا تھا، گھبرائیے نہیں میں آپ کے لیے پانی لاتی ہوں۔"

پانی لاتے وقت، دروازے سے ذرا پہلے، گھبراہٹ میں اس کے ہاتھ سے گلاس چھوٹ گیا شیشے کا کافی بڑا گلاس تھا، بڑے زوروں کا جھناکا ہوا، پر شرما نے جس کی بیٹھ دروازے سے تقریباً ملی ہوئی تھی، پیچھے مڑ کے نہیں دیکھا۔

وہ جلدی سے دوسرے گلاس میں پانی لائی، شرما نے ہاتھ بڑھا کر فوراً اس سے گلاس لے لیا، جلدی جلدی پی گیا اور اٹھ کھڑا ہوا۔

شبانہ بولی، "بیٹھئے بھی۔"

شرما نے پھر اسے غور سے دیکھا اور زور سے بولا "بیٹھئے بھی، بیٹھئے بھی نہیں نہیں، اب میں نہیں بیٹھوں گا ——— اب تک آپ نے جو کچھ کہا وہ میں نے سن لیا اور اب اگر ایسا ہوا کہ آپ نے کچھ کہا اور میں اُسے سن نہ سکا تو میں مر جاؤں گا" ——— رومال سے آنسو پونچھتا ہوا وہ باہر نکل آیا، اور سیڑھیاں اترنے لگا۔

شبانہ نے اوپر کی سیڑھی پر کھڑے ہو کر ہاتھ جوڑے اور اس کے ہونٹ ہلے "نمسکار۔"

وہ ایک دم مڑا، غور سے اس کو دیکھا، ایک بار پھر اپنے دونوں کانوں پر ہاتھ رکھے، پھر مسکرایا۔ "نمسکار۔"

اور پھر تیزی سے سیڑھیاں اترتا ہوا چلا گیا۔

# اللہ دے بندہ لے

جب فخرو سرسی سے سنبھل آیا تو اس نے دھوتی کی جگہ تہمد باندھا، کمری اتار کے کرتا پہنا، سنبھل سے مراد آباد پہنچا تو تہمد کی جگہ پاجامے نے اور کرتے کی جگہ قمیص نے لی۔ سرسی میں وہ الف کے نام لٹھا نہیں جانتا تھا، سنبھل میں ہمارے ماموں نے اس کو اُردو لکھنا پڑھنا اور اے، بی، سی، ڈی سکھائی اور مراد آباد پہنچ کر تو وہ اتنا تیز ہو گیا کہ ہمارے بیرسٹر ماموں جو انگریزی کی کتاب کہتے وہ الماری میں سے نکال لاتا۔ قانون کی ایک ایک کتاب پہچاننے لگا۔ سب قصے، داستانیں، رسالے، ناول اسے معلوم ہو گئے۔

لیکن اس تمام ترقی کے باوجود ایک کمی اس کی شخصیت میں رہ گئی کہ وہ بوٹ جوتا نہیں خرید سکا، بوٹ اس وقت بھی کافی مہنگے تھے، اور پانچ روپیہ مہینے میں سے تین روپیہ گھر بھیجنے اور ایک روپیہ فاخری دادی کے پاس جمع

کرانے کے بعد بچتا ہی کیا تھا جو فخرو بوٹ جوتا بھی خرید لیتا۔ دو آنہ مہینہ مسجد کی چراغی، دو آنہ یتیم خانہ کا چندہ، پھر مہینے میں دو بار حجامت، بیڑی، ماچس سر کا تیل، کپڑے دھونے کا صابن ـــــ یہ سب کوئی مفت تو آتا نہیں تھا ـــــ اسی لیے اس کی شخصیت میں یہ کمی رہ گئی ـــــ اور دوسری کمی اس کی ذہنیت میں رہ گئی ـــــ کہ وہ نماز پڑھنے سے برابر انکار کرتا چلا گیا ـــــ ترقی کے کسی بھی اسٹیج پر اس نے نماز نہیں پڑھی، اس معاملہ میں ہمارے بیرسٹر ماموں کو اس کا یہ ہٹ دھرمی کے اڑیل بیلوں والا رویہ سخت ناپسند تھا۔

بیرسٹر ماموں کئی سال ولایت رہے تھے، سوٹ پہنتے تھے، انگریزی فرّوٹ بولتے تھے مگر نماز پانچوں وقت کی پڑھتے تھے۔ جب وہ نماز کے لیے باآواز بلند اذان دیتے تو باقی گھر والوں کی سٹی گم ہو جاتی تھی اور ہر شخص اُن کی گرجدار آواز کے رعب میں آکر فوراً نماز پر کھڑا ہو جاتا تھا۔ ہمارے نانا جب تک جئے اس بات پر فخر کرتے رہے کہ اُن کے کئی دوستوں کے بیٹے تو ولایت جا کر اپنا دین ایمان بھول گئے۔ مگر ان کا بیٹا اتنے دن انگلستان رہنے کے باوجود بھی پانچوں وقت کی نماز پڑھتا اور تیسوں روزے رکھتا تھا، اجی اس کی نماز کی تو رنڈیاں تک بھی قائل تھیں، ایسی جنے کتی ہی عورتوں کو اس نے نماز سکھا کے اس نے ان گمراہوں کی عاقبت سنوار دی تھی۔ اسی لیے تو ماموں کہتے تھے کہ فخرو کے ہاتھ کا تو پانی بھی نہ پینا چاہیئے، یہ کبھی ایک ٹکرّ نہیں مارتا۔ اس کے دل پر تو اللہ نے مہر لگا دی، خیر وہ بے چارے کیا کرتے، اب اگر کوئی خود ہی جہنم کا کندہ بننا چاہے تو کوئی کر بھی کیا

سکتا ہے۔

فخرو روزے تیسوں رکھتا تھا، رمضان بھر جو کچھ ہو سکتا خیرات کرتا مسجد میں آنے والوں کے لیے باہر کی لالٹین میں دو پیسے روز کا تیل اپنے پاس سے ڈلواتا تاکہ راستے پر روشنی رہے اور لوگوں کو آنے جانے میں آسانی ہو ——— پر خود مسجد کے اندر نماز پڑھنے کبھی نہ جاتا ——— اور کاموں سے پچاس پھیرے مسجد کے کرتا۔

ماموں رمضان کے دوران کئی بار اس سے کہتے، "ابے فخرو، تیرے روزوں سے فائدہ ہی کیا ہے، تو بیکار فاقے کرے ہے، بغیر نماز کے کہیں روزے ہوئے ہیں؟"

"اجی بالسٹر صاب آپ نے جو وہ کتاب پڑھائی تھی، اجی وہی مولی فرمان علی صاب کی لکھی وی دینیات کی پہلی کتاب تو وس میں تو نماز الگ ورق پر لکھی ہے، اور روزہ الگ ورق پر لکھا ہے، اور یوں تو اس میں کہئیں نہ لکھا کہ روزہ بغیر نماز نہ ہو سکتا یا نماز بغیر روزہ نہ ہو سکتا۔"

اب اس صریحی منطق کا ماموں کے پاس کیا جواب تھا۔ وہ اسے دھتکارتے ہوئے کہتے، "چل کمبخت دُور ہو، لاکھ طوطے کو پڑھایا پر وہ حیوان ہی رہا۔"

دلچسپ بات یہ تھی کہ فخرو نے کبھی بیرسٹر ماموں سے انکار بھی نہیں کیا تھا کہ وہ نماز نہیں پڑھے گا پر کچھ ایسا ہو جاتا تھا کہ وہ صاف بچ نکلتا اور پھر بھی مزے میں رہتا۔

مثلاً مغرب کی نماز کے لیے ماموں مسجد جانے لگتے تو فخرو سے بھی کہتے،

"ابے چل مسجد" مغرب کی اور صبح کی نماز وہ مسجد میں پڑھتے تھے۔ پہلے گھر میں اذان دیتے، پھر مسجد میں جا کے نماز پڑھتے، فخرو گھر کے اس کمرے کی طرف اشارہ کرتا جہاں موکل بیٹھا کرتے تھے اور بڑی معصوم صورت بنا کے سرگوشی کرتا۔ "اجی بڑا موٹا موکل بیٹھا ہے گا بالسٹر صاب، جو میں تمہارے ساتھ چلا جاؤں گا تو وہ مچھلی کی تنوں کھسل جاوے گا، تم پڑھ یاؤ نماز جتے میں اسے ذرا چپٹ پٹی باتوں میں الجھاؤں ہوں، اور تم بھی ذرا جلدی ہی لوٹیو۔"

اب اس کے آگے ماموں کیا کہتے۔ جب وہ نماز سے واپس ہوتے تو فخرو کو موکل کے ساتھ گپ شپ کرتے پاتے۔ کبھی کبھی وہ صبح تڑکے فخرو کو پکارتے، "ابے آ چلے ہے مسجد، میں جا رہا ہوں۔"

وہ چائے کی ننھی سی پتیلی مانجتا ہوا صندلے پر بیٹھا بیٹھا ہی بڑے اطمینان سے جواب دیتا، "اجی تم چلو ——— وہ فاخری دادی کو رات لرزہ چڑھ گیا نہ وِن کے لیے دو پتی چائے دم کر کے میں ابھی آؤں ہوں فروٹ، تم چلو میر صاب۔"

فاخری دادی بڑی جلالی سیدانی تھیں۔ گھر کے ہر فرد کی بڑی اور بزرگ ۹۰ سے زیادہ تو اُن کی عمر تھی لہٰذا اُن کو سب کے حالات بھی معلوم تھے ——— ہر ایک کی ماں کا مہر اور اس مہر پر جو جھگڑا ہوا تھا، ہر ایک کے باپ چچا کی ڈالی ہوئی دھوبن یا تیلن، سب کی ہڈی کی عمدگی یا تی ——— ان کو غصہ چڑھتا تھا تو وہ سات پشت تُوم کے دھر دیتی تھیں۔ ظاہر ہے ان کی چائے میں کون اڑچن لگا کے اپنی سات پشتیں تُوموا تا ——— ماموں بڑبڑاتے پیر پٹختے باہر چلے جاتے۔

جاڑوں میں اکثر سب بیرسٹر ماموں کے کمرے میں جمع ہوتے۔ کیوں کہ اسی ایک کمرے میں آتش دان تھا ——— فخرو بھی تھوڑی تھوڑی بعد آتش دان کی آگ ٹھیک کرنے وہاں آموجود ہوتا۔ کبھی کبھی بیرسٹر ماموں اس سے بگڑتے " ابے میں تجھ سے کہوں ہوں کہ تو اللہ کے گھر جانے سے کیوں کنّی کاٹے ہے؟"

فخرو بڑے بھولے پن سے حیران ہوکے جواب دیتا، " اجی لو، اللہ کے گھر جانے سے کون بندہ کنّی کاٹ سکے ہے بھلا؟ ابھی میں وسی دن نہ گیا تھا۔ روزے داروں کی افطار لے کر؟ ——— گھگھنی کا گے بڑا دیگچہ جلّو آپا نے حوالے کر دیا کہ لے جا مسجد ——— ویسے دِلوں نے کیا تھا اے کر پھگنا کو لے لے پکڑانے کو پر میں اکیلے ہی سر پر اٹھا کے منٹوں میں پہنچا ئیا یا کہ افطار ہے ثواب ہووے گا، بھلا دس سیر سے کیا کم رئی ہوگی گھنگھنی؟ کیوں جلّو آپا۔"

" اے نہ، لے، ڈنڈی کی تلی پندرے سیر تھی" ——— جلّو آپا گواہی دیتیں۔

" ابے وہ سب تو ٹھیک ہے پر تو نماز پڑھنے کیوں پندرے؟ تو دعا مانگنے سے کیوں گھبراوے ہے؟" ——— بیرسٹر صاحب نے صاف صاف سوال کیا۔

فخرو بولا، " اجی واہ میر صاحب، اجی اتّے بڑے بھاری بالسٹر ہوکے تم گے ہی انصاف کرو ہو؟ اجی دعا نہ مانگوں ہوں تو کیا اللہ میاں نے یوں ہی سر سی سے مراد آباد پہنچا یا دیا؟ اتی اتی تو دعا مانگی جب اللہ میاں نے گے چار حرف پیٹ میں ڈالے کہ اب داستان امیر حمزہ کی پڑھ سکوں ہوں، مولا کے صدقے سے

نوحے بھی پڑھ لوں ہوں ماتم کے ساتھ میں ....."

بیرسٹر ماموں زچ ہوجاتے مگر بحث کئے جاتے، آخر وہ ولایت پاس بیرسٹر تھے، یہ سری کا لنگوٹی بند کیا ان کو جرح میں ہرا سکتا تھا۔

کہتے،" ابے تو کوٹھری میں بیٹھ کے دعائیں مانگے ہے تو پھر کیا۔ جماعت میں نماز کا حکم ہے نہ؟"

فخرو ذرا سا جھینپ کر جواب دیتا۔" اجی بات گے ہے کہ سب کے سامنے کسی سے کچھ مانگتے ذرا شرم آوے ہے ـــــ اور دعا تو اللہ میاں ہر کہیں کی سن لیویں ہیں، کیا کوٹھری کی نہ سنتے ـــــ مولی صاب وسدن نہ کئے رے تھے کہ حضرت یوسف نے کنوئیں کے اندر دعا مانگی تھی اور حضرت یونس نے تو مچھلی کے پیٹ میں اور ہاجرہ بی بی نے ...."

ماموں کھسیا کے بولے،" اور اور کے بچے، کیا بکتا چلا جاوے ہے استغفر اللہ تیری اور نبیوں کی برابری ہوگئی؟"

فخرو نے کان کو ہاتھ لگایا" اجی توبہ ہے، میں گے تھوڑا ہی کے ریا ہوں، میں تو گے کیے ریا ہوں کہ نیت ثابت ہو گی جبھی تو گے اللہ کے پیارے بندے جو سب کچھ جانیں ہیں وہ سفارش کریں گے ـــــ صلی اللہ صلی اللہ" ـــــ اس نے بار بار اپنی انگلیاں چوم چوم کر آنکھوں سے لگائیں، عقیدت کے مارے اس کے آنسو چھلک آئے تھے۔

بیرسٹر ماموں نے عاجز ہو کر حقّہ طلب کیا اور گڑگڑانے لگے!

یقیناً فخرو کے دل پر خدا نے گہری، کافی گہری مہر لگا دی تھی!

پھر ایک دن گھر میں کافی ہنگامہ ہوا ——— بات یہ ہوئی کہ فخرو کے پاس ایک جوڑا جوتا کہیں سے آ گیا، جوتا نہیں بوٹ، ایک دم عمدہ والا، چماچم کرتا، چاہو تو اس میں منہ دیکھ لو! پھر اکیلا جوتا ہی نہیں تھا۔ ساتھ میں ایک ڈبیہ پالش اور برش بھی۔ سب بچے بیحد جوش میں آ گئے تھے، کوئی ڈبیہ کو گول گول نچاتا، کوئی برش کے بالوں پر ہاتھ پھیرتا، کوئی فیتہ کھینچتا ——— نوری آپا نے تو یہاں تک تجویز کی کہ اس جوتے کا کوئی نام رکھ دیا جائے، بیرسٹر ماموں بھی اس وقت بڑے عمدہ موڈ میں تھے۔ بولے، "ہاں ہاں ضرور رکھو ——— خدا بخش رکھو اس جوتے کا نام۔"

سب تو ہنسنے لگے مگر فخرو بے حد سنجیدگی سے بولے، "اجی گے تو ٹھیک کئیو ہو میر صاب، گے بخشا تو ہے خدا ہی نے ——— میں نے اتی دعائیں مانگی تھیں کہ اللہ میاں تم نے سب کچھ دیا بس اب ایک بوٹ جوتا اور دلوا دو کئیں سے ——— سو میر صاب وہ موکل آیا تھا نہ، اجی وہی جن نے اجھار کی والی تمیزن کی لونڈیا بھگائی تھی اور تم نے وسے صاف چھڑوا لیا تھا تو دِن نے مجھ سے کیا کہ بھائی جب میں آؤں تھا تو تو میری بہت خاطر کرے تھا ——— اب میں باعزت بری ہو کے گھر جا رہا ہوں تو بتا تو کیا لیوے گا۔ سو چٹکی بجاتے میں، چھپڑ پھاڑ کے اللہ میاں نے دلوا دیا گے بوٹ ——— اچھا ہے نہ میر صاب!" اس نے بڑے پیار سے جوتے کو دیکھا۔

"ابے ہاں، بہت اچھا ہے۔" بیرسٹر ماموں بولے، "اب آج تو مسجد چل، نماز شکرانہ تو ادا کر۔"

فخرو چپ ہو گیا، جھک کے اس نے جوتے اٹھائے، بڑی احتیاط سے ڈبے میں رکھے، برش جوتوں کی آڑ میں فٹ کیا، پھر ڈبہ ایک کونے میں بٹھائی، ڈھکنا ڈھک کے اسے سُتلی سے باندھا، ڈبہ بغل میں دبایا —— اور کھسک لیا۔

شام کو مغرب کے وقت بیرسٹر ماموں مسجد میں داخل ہو ہی رہے تھے کہ انھیں فخرو کا سایہ گلی میں نکڑ پر دکھائی دیا —— نئے جوتے پہنے نئی قمیص کا دامن اڑاتا، نئے پائجامے کے پائنچے پھٹکارتا، ایک دوست کے ہاتھ میں ہاتھ دیے وہ گلی میں مڑنے ہی والا تھا کہ بیرسٹر ماموں نے للکارا، "فخرو —— ابے او فخرو —— یہاں آ —— ابے آ یہاں۔"

فخرو پھنس چکا تھا —— اس کا دوست اور وہ دونوں آئے۔

"چل وضو کر۔" ماموں نے حکم دیا۔

فخرو کسمسا کے بولا، اجی پان کھا رہا ہوں بالسٹر صاب، اور پھر گے بھی تو بات ہے کہ ...."

"کہ پان گے اس کو سسرال والوں نے کھلایا ہے، تھوک نہ سکے ہے بچارہ۔" اس کے دوست نے ٹکڑا جوڑا

ماموں ہنسنے لگے "سسرال؟ ابے چپکے ہی چپکے یہ سسرال کیسی؟"

فخرو تو چپ رہا پر اس کا دوست بولا، " اجی کوئی ایسی ویسی بات نہ ہے، اشراف ہیں گے وہ لوگ بھی، اپنی برادری ہے بالسٹر صاب، لڑکی بھی قبول صورت ہے گی، نماز پڑھے ہے، کلام پاک ختم کر چکی ہے، ہم لوگوں نے سوچا کہ بیوی کے مرنے سے اس دکھیا کا گھر بھی اجڑ گیا ہے سو بس جاوے گا۔"

" اچھا اچھا ـــــ وہ دیکھا جاوے گا، پہلے تم دونوں آدمی چلو، وضو کرو ـــــ چلو ـــــ" ماموں نے اصل بات پر پھر زور دیا۔

فخرو نے بے بسی سے دوست کو دیکھا، دوست نے اُسے دونوں نے باری باری سے مٹی کا بدھنا اٹھایا، وضو کیا۔ مغرب کی نماز کے بعد مولی صاب روز وعظ کہتے تھے، آج بھی کہا ـــــ فخرو اور اس کے دوست نے کئی بار پہلو بدلا پر بیرسٹر ماموں نے ان کو ایسا گھورا کہ وہ پھر دبک کے بیٹھ گئے۔

آخر کار وعظ ختم ہوا اور پھر فخرو کو ایک ہی پل بعد معلوم ہو گیا کہ اس کا نیا بوٹ جوتا غائب ہے! سب لوگوں میں ہراسانی پھیل گئی۔ بیرسٹر ماموں بھونچکا رہ گئے، اُن پر ایک منٹ تو بالکل سناٹا طاری رہا پھر فخرو کو سمجھاتے ہوئے بولے " چل جانے دے ـــــ ہوگا ـــــ میں ابھی تجھے دوسرا لے دوں گا، وِس سے بھی اچھا ـــــ سمجھ لے جس اللہ نے دیا تھا وسی نے لے لیا۔"

فخرو پر اب تک تو سکتہ طاری تھا مگر یہ بات سن کر وہ بپھر گیا۔ بھنا کے بولا، " اجی گے تو میں کبھی نہ ماننے کا ہوں کہ اللہ نے میرا بوٹ جوتا لیا ـــــ اُن نے تو مجھے اتی دعائیں مانگنے پر دیا تھا، پھر وہ لے کیوں لیوے گا خوامخئی کو اللہ

کو بیچ میں گھسیٹو ہو بالسٹر صاحب ——— لیا تو ہے کسی نمازی نے۔"

اب بیرسٹر ماموں کیا کہتے، وہ تو صاف ہی ظاہر تھا کہ کسی نمازی نے لیا ہے!

کھسیا کے بولے، "نہ جانے کون تھا شیطان کی اولاد۔ لوجی مسجد میں نماز کے بہانے آویں ہیں بھلے آدمیوں کے جوتے چرانے ——— ابھی پولیس میں رپورٹ کر کے بندھواؤں ہوں۔"

پولیس میں رپورٹ ہوئی بیرسٹر ماموں نے انعام کا اعلان کیا، دوسرے دن وعظ میں بڑے مولی صاب نے بھی خوب لعنت ملامت کی، محلّے میں بھی ایک ایک سے کہا گیا سنا گیا ——— پر بوٹ کو نہ ملنا تھا نہ ملا۔

چوتھے یا پانچویں دن ایک اور واقعہ ہوا، مغرب کی نماز کے وقت فخرو مسجد میں پہنچا اور جیسے ہی مولی صاب وعظ کہنے بڑھے وہ بڑے ادب سے بولا، "اجی مولی صاب، اُئے کہ میں کچھ کہنا چاہوں ہوں۔"

مولی صاحب کو اس سے بیحد ہمدردی تھی، فوراً ایک طرف کو ہوتے ہوئے بولے، "ہاں بھائی ہاں، کہو کہو۔"

فخرو لوگوں کو مخاطب کر کے بولا، "بھلے آدمیو، نرسوں یہاں سے میرا نیا بوٹ چوری ہو گیا، نمازیوں کے سوا تو کوئی یہاں آتا نہ ہے سو کسی نمازی نے ہی لیا ہووے گا۔ خیر، پر میں نے سوچا کہ جس مسجد میں جوتا گیا، سو ہوئیں گے پالش کی ڈبیہ اور برش بھی چلا جاوے سو وہ میں لیتا آیا ہوں اور آپ نمازیوں کو بخشے دوں ہوں، اللہ سے دعا مانگوں گا کہ ایک بار دیا تھا سو دوسری بار بھی دیوے

اور وِس کی کریمی سے کچھ دُور نہ ہے، دیوے گا اور پھر دیوے گا، ضرور دیوے گا!'
اس تقریر کے بعد اس نے اپنے کرتے کی ایک جیب سے پالش کی ڈبیہ اور دوسری جیب سے برش نکالا اور مسجد کے ایک کونے میں اُچھال دیا۔ پھر اپنی پرانی سلیپریں پہنیں اور روانہ ہوگیا۔

جب میں چھوٹی سی تھی تو فخرو کافی بوڑھے ہو چکے تھے، ڈیوڑھی میں پلنگ پر بیٹھے کھانسا کرتے تھے۔ مگر ہر بار جب ہم لوگ ننھیال جاتے تو یہ قصہ ضرور سنتے۔ فخرو دادا سے کبھی پوچھو تو نماز کے ذکر پر تو وہ چپ رہتے پر اگر کوئی کہہ دیتا کہ جی اللہ کا کرنا یونہی تھا، تب وہ بہت بگڑتے، " واہ جی، اچھی کہو ہو اللہ کا کرنا تھا ـــــ اجی وہ تو دیوے ہے، وسے لے کے کیا کرنا ہے، لے تو ہے انسان، چھینے تو ہے بندہ ـــــ اور نمازی بندے کی تو جب نیت بدلے ہے تو ایسی بدلے ہے اے کہ جس کی کچھ ٹھیک نہ ہے۔ سمجھے ہے نہ کہ نماز پڑھوں ہوں تو سات خون مجھ کو معاف ہو جاویں گے، جانے ہے کہ اللہ کچھ کہنے کو آنے سے رہا، وہ گواہی دینے سے رہا، بس اپنی ساری کی کرائی، اگلی پچھلی، گوڑی سمیٹی اور اللہ کے سِر تھوپ دی ـــــ کیا انصاف ہے جی ـــــ واہ!"

# اب پہچانو

ویسے تو میں بڑی کہانی کار بنتی ہوں کہ میں . . . اور اس بات کا ڈھونڈورا پیٹتی ہوں کہ میں ہی کیا، کوئی بھی فن کار کسی انسان سے نفرت نہیں کرسکتا مگر واقعہ یہ ہے کہ اس بھکارن سے مجھے نفرت تھی۔ جب میں حضرت گنج جانے کا پروگرام بناتی تو اس کا ایک دم خیال آجاتا اور اس کی شخصیت آنکھوں تلے منڈلانے لگتی اور مجھے ایسا لگتا کہ نفیس، تازے، صاف ستھرے سفید دودھ کا گلاس میں اپنے منہ سے لگانے ہی والی تھی کہ اس میں ایک دم مکھی گر پڑی!

کمر پر اپنے ننھے سے بچے کو لادے، بچے کی ناک بہتی کالا اور میلا جسم بالکل ننگا، ریں ریں کرتا ہوا، ہاتھ میں ایک المونیم کا بڑا سا کٹورا، جگہ جگہ سے پچکا، اسی میں کچھ میلے، گندے پیسے پڑے ہوئے، جسم پر ایک بیٹی کوٹ، میل کی وجہ سے جا بجا سے گلا ہوا، خدا جانے کس کا اترن، ڈھیلا ڈھالا اور خلخل بلاؤز

جو شاید کبھی عنابی یا اودا رہا ہوگا اور اب کالا ہو گیا ہے۔ سر پر لیری لیری دوپٹہ جس کی جھرّیوں میں سے چاندی کی کثیف بالیاں جو کان میں پہنی ہوئی تھیں، گلے میں پہنے ہوئے کالے موتی جن کی لڑیاں جا بجا سے ٹوٹی ہوئی، گردن پر رکھا، سُتلی سے کس کر بندھا ہوا جوڑا۔ یہ سب چیزیں بار بار دکھائی دے جاتیں!

لیکن یہ نہ سمجھئے گا کہ سب بال جوڑے میں ہوتے تھے ——— جی نہیں! زیادہ تر تو دھول اور پسینے سے بڑ کی جٹاؤں کی طرح جمے، چکٹے، ادھر اُدھر بکھرے رہتے تھے، آنکھوں میں چیپڑ دانتوں پر سفید، پیلی اور لال گندگی!

ویسے میں نے اب تک اُس کے متعلق جو کچھ کہا ہے، اس سے مجھے کوئی خاص واسطہ نہ ہونا چاہئے۔ آخر کسی کو اس سے کیا لینا کہ کوئی کتنا گندہ رہتا ہے، مجھے دراصل اس کے طور طریقے بے حد ناپسند تھے۔ وہ جوان تھی، مضبوط تھی، محنت مزدوری یا کوئی بھی کام کر سکتی تھی تو پھر وہ کیوں بھیک مانگتی تھی؟ اور لطف یہ کہ اگر بھیک نہ دو تو کچھ دیر تو منت کرتی، گڑگڑاتی، دعائیں دیتی ——— اور اس کے بعد کوسنوں پر اتر آتی! ایسے فرمائشی کوسنے کہ یا تو انسان سب کام چھوڑ کر کانوں پر ہاتھ دھر کر بھاگ کھڑا ہو یا جلدی سے کچھ دے دلا کر اپنا پنڈ چھڑائے۔

اس کے سامنے اگر کسی مجبور یا معذور کو کچھ دے دیجئے تو وہ دینے والے اور لینے والے دونوں کو وہ گالیاں دیتی کہ تارے نظر آنے لگتے دونوں کو———

بے انتہا حاسد اور حریص تھی وہ!

جب کسی کا پیچھا کرتی اور وہ کچھ نہ دیتا تو تھوڑی دیر اس کا پیچھا کرنے کے بعد دھم سے پھسکڑا مار کے وہیں فٹ پاتھ پر بیٹھ جاتی اور اپنے گود والے بچے کو دودھ پلاتے ہوئے گالیاں بکنے لگتی ــــــ پرلے درجے کی بے حیا بھی تھی وہ!

ایک بوڑھی بھکارن نے مجھے چپکے سے بتایا تھا کہ کوئی نہیں جانتا تھا کہ اس کا شوہر کون ہے، کہاں ہے مگر اس کے بچے برابر ہوتے رہے تھے جن میں سے سب سے چھوٹے کو تو وہ لٹکائے رہتی، باقی سب کو خوب دھنکتی۔ ایک بار میں نے بھی دیکھا تھا کہ ایک چھ سات برس کی بچی کے سر پر اسی المونیم کے پچیٹے کٹورے سے مارے جارہی ہے یہاں ایک دوکان دار نے اسے بڑی زور سے ڈانٹا، تو وہ دوکان دار پر اپنے چیپڑ بھرے دیدے نکالتی بھاگ گئی ــــــ بے حیا اور لالچی ہونے کے علاوہ ظالم بھی تھی وہ!

پیسے تو خیر پیسے تھے اسے اپنے جمع کئے ہوئے کاغذوں، چیتھڑوں اور پرچیوں تک سے عشق تھا، گھورے پر سے بٹورے ہوئے بٹنوں، شیشوں، سگریٹ، دیاسلائی کی خالی ڈبیوں دھاگے کی خالی ریلوں وغیرہ کو وہ پیسوں کے ساتھ، ایک گٹھری میں باندھے، ہر وقت اپنی جان کے ساتھ لٹکائے رہتی تھی۔ کنجوسی میں کمال حاصل تھا اسے!

ایک نیا پیسہ دے کر ڈیڑھ نئے پیسے کی چیز جھپٹ لینا تو کوئی اس

سے سیکھتا۔ میں نے کئی بار دیکھا کہ اس نے پان لیا، پھر ڈلی کے لیے منت کی، اور پھر تمباکو مانگا، پھر کتھے چونے کی کمی کی شکایت کی، پھر تمباکو مانگا، یہاں تک کہ پان والے نے تمباکو کے دوچار ذرّے اس کے ہاتھ میں ڈلتے ہوئے زور سے اس کو دھتکارا ——— تو وہ دانتوں کی لال پیلی گندگی دکھاتی ہوئی کھسک لی۔ حد کی ڈھیٹ تھی وہ!

ایک دوبار میں اپنے گھر کو دیر سے لوٹی تو میں نے یہ نظارہ دیکھا کہ وہ کسی دوکان کے تھڑے کے نیچے بیٹھی، سڑک کی دُھندھی روشنی میں اپنی آنکھیں پچکا پچکا کے پیسے گن رہی ہے، ایک بار میں نے علی الصباح کہیں سے واپس آتے ہوئے اسٹیشن سے گھر کی سڑک پر اسے ایک موڑ پر گیراج کی آڑ میں سوتے دیکھا۔ گٹھری کس کر ستلی سے اس کی کلائی میں بندھی تھی اور وہ منہ کھولے اس طرح سو رہی تھی جیسے عورت نہیں، کوئی بھتنی، کوئی ڈائن کوئی چڑیل جادو جگاتے جگاتے تھک کر پڑ رہی ہو۔

اس کو شاید اس بات کا کچھ اندازہ ہوگیا تھا کہ میں اس سے گھبراتی ہوں، چنانچہ جہاں کہاں مجھے دیکھتی، میری طرف ضرور لپکتی اور مجھ سے کچھ نہ کچھ اینٹھ کر ہی رہتی، جس کے بعد اس کے چہرے پر ایک عجیب سی خوشی ظاہر ہوتی ——— سود کھانے والے مکاروں کی سی خوشی جو کسی کی مجبوری سے فائدہ اٹھا کر پھولے نہیں سماتے۔

اسی لیے تو میں نے سب سے پہلے ہی آپ سے یہ بات کہی کہ مجھے اس سے

نفرت تھی۔ کبھی کبھی تو مجھے یہاں تک محسوس ہوتا کہ یہ انسان بھی ہے کہ نہیں؟

کوئی دو ہفتے ہوتے ہیں کہ جو میں نے اسے دیکھا ——— پان کی دوکان پر لگے ہوئے ریڈیو پر خبریں آرہی تھیں۔ ملک پر حملہ ہوا تھا اور ایک ایک شہری بلبلا اٹھا تھا، ریڈیو کے سامنے، سڑک پر آدمیوں کے ٹھٹ لگے تھے

وہ بھیڑ کے ایک کنارے پر کھڑی خبریں سُن رہی تھی۔ بچے کو کمر پر لادے، لیری دوپٹہ کو سر سے لپیٹے وہ ریڈیو کی طرف تکے جارہی تھی۔ المونیم کا پچکا ہوا پیالہ اس وقت بھی اس کے ہاتھ میں پکڑا ہوا آگے کو بڑھا ہوا تھا اور اس میں کچھ کثیف ریزگاری بھی پڑی ہوئی تھی لیکن وہ اتنی کھوئی ہوئی تھی کہ اگر کوئی اس وقت اس پیالے میں کچھ ڈالنے کے بجائے اس میں سے کچھ نکال لیتا تب بھی اس کو خبر نہ ہوتی۔ اس کی مچی مچی آنکھیں بار بار جھپک رہی تھیں۔ منہ حیرت سے کھل گیا تھا ——— پہلی بار ایسا ہوا کہ اس نے مجھے دیکھا تو ضرور، مگر میرا پیچھا نہیں کیا!

ابھی چند گھنٹے ہوئے ہیں کہ میں نے اسے پھر دیکھا تھا۔ عورتوں کے ایک بڑے سے جلسے میں ——— وہ کسی نہ کسی طرح اندر تو آگئی مگر اب اس کی سمجھ میں نہیں آرہا تھا کہ کدھر جائے، دروازہ کے پاس ہی، دیوار سے ٹک کر کھڑی ہوگئی، حسب دستور اس کے کپڑے وہی تھے جو ہمیشہ ہوتے تھے، کمر پر اسی طرح بچہ تھا مگر ہاتھ میں المونیم کے پچکے ہوئے پیالے کے بجائے ایک گٹھری تھی — بغیر پیالے کے اس کی شخصیت نامکمل لگ رہی تھی جیسے ہمیشہ لپ اسٹک لگانے

والی عورت کے ہونٹ بغیر لپ اسٹک کے ـــــ نامکمل، پھیکے!

ایک بیوی ریشمی ساڑی پہنے، نوکدار پنسل والی ایڑی کٹ کٹ کرتی، بڑا سا نگین بیگ جھلاتی ناک بند کئے اس کے پاس سے گذریں اور بڑبڑائیں ـــــ

"اُں ہوں گندی یہاں بھی یہ لوگ پیچھا نہیں چھوڑتے۔"

اس نے آنکھیں مچمچائیں، ہونٹوں ہی ہونٹوں میں دو چار گالیاں ان بیوی کو دیں، پھر پیلے اور لال دانت دکھائے ـــــ کھڑی رہی۔

پھر سب اسٹیج پر جا کے چندہ دینے لگے۔ ہر نام پر تالی بجتی!

جب ریشمی ساڑی والی کٹ کٹ کرتی اسٹیج پر پہنچیں اور پانچ سو روپے چندہ کا اعلان کروایا تو ہال تالیوں سے گونج اٹھا۔ پھر جب وہ بڑی شان سے بیگ جھلاتی کٹ کٹ کرتی اتر رہی تھیں تو ان کا بیگ ایک گندی میلی گٹھری سے ٹکرایا اور پھر ایک کثیف پیٹی کوٹ اور لیری ڈوپٹہ کمر پر ننھا سا بچہ لادے تیزی کے ساتھ دروازہ سے باہر نکل گیا۔

کسی نے پکارا، "یہ گٹھری کس نے دی ہے؟"

کوئی نام نہیں سنائی دیا۔

"ارے بھئی یہ کون دے گیا ہے؟" چندہ اکٹھا کرنے والی بی بی نے پھر پکارا ـــــ کوئی نام نہیں ـــــ کوئی تالی نہیں! وہ گٹھری کسی گمنام سپاہی کی دین تھی، اس کا نام کون جان سکتا تھا؟

میز پر رکھی گٹھری کھولی گئی، اس میں سگریٹ، ماچس کی خالی ڈبیاں تھیں،

شیشیاں، چاندی کی بالیاں، کالے، چھوٹے چھوٹے موتیوں کی جگہ ٹوٹی ہوئی بالیاں اور لڑیاں، اور سب سے نیچے المونیم کا ایک پچکا ہوا کٹورا تھا جس میں ایک روپے کے میلے میلے ملے دلے کئی نوٹ تھے!

آج پہلی بار ایسا ہوا تھا کہ میں اس سے کافی قریب کھڑی تھی مگر اس نے میری طرف نہیں دیکھا، پیچھا کرنا تو دُور کی بات ہے۔ ویسے اچھا ہی ہوا اس نے نہ میرا پیچھا کیا اور نہ میری طرف دیکھا۔ مجھے نہ دیکھ کر اس نے میری عزت رکھ لی تھی، ورنہ میں کس طرح اس سے آنکھیں چار کرتی ــــــ میں جو اس سے نفرت کرتی تھی!

# تلی تال سے چینا مال تک

کشتی سے اتر کر میں رینگتی ہوئی بازار کی طرف بڑھی بازار سے ہو کر ابھی مجھے اوپر جانا تھا، اوپر کا خیال آتے ہی دم فنا ہو گیا، کتنی اونچی تھی وہ جگہ جہاں اتفاق سے مجھے بسیرا مل گیا تھا۔ لمبی سی سڑک، چھوٹے چھوٹے پتھروں سے پٹی ہوئی، جو دم بہ دم بلند تر ہوتی جاتی تھی۔ جس کے ہر موڑ کے پاس کسی راجہ کے نام کا ایک لمبا چوڑا سا تختہ کھٹ سے اس طرح سامنے آجاتا ہے کہ انسان کی سمجھ میں نہیں آتا کہ اب اس سے بچ کر کدھر جائے۔ جیسے جیسے اوپر چڑھتے جایئے اُن تختوں کی تعداد بڑھتی جاتی ہے تو پھر اگر ہمارے لیڈر بھی نیچے سے اوپر جا کر راجاؤں میں گھر گئے۔ تو اِن بے چاروں کا کیا قصور؟ ضرور کچھ ایسی ہی صورت پیش آئی ہوگی۔

آہستہ آہستہ میں بازار تک پہنچ گئی۔ دونوں طرف سجی ہوئی دوکانیں کشمیر کے کام کے کوٹ، شالیں اور جوتے۔ شیشوں میں سے جھانکتے ہوئے، ڈوریو

پر چھڑیاں، چھتریاں اور بیت کی ٹوکریاں لٹکتی ہوئی، بیچ میں کہیں سے ٹٹوؤں کی قطاریں نکلتی ہوئی، پہاڑی لوگ گھاس کے جوتے پہنے ہوئے، سروں پر گہرے میل خورے رنگوں کے رومال باندھے، انہیں پیچھے سے ہانکتے اور سڑک کے دونوں طرف سمیٹتے، گھوڑوں کی گھنٹیوں کی کھنا کھن اور ان کے پیچھے دوڑتے ہوئے اور ہانپتے ہوئے مسلمان قلیوں کے پیروں کی دھما دھم، ہوا میں اڑتی ہوئی پسینہ میں تر ان کی سفید داڑھیاں، میلے بیچ رنگے تہمد، چھوٹے چھوٹے پہاڑی لڑکے سروں پر چھبیاں اوندھائے، رستوں کے کنارے بیٹھے، سڑک کی طرف دونوں ٹانگیں پھیلائے، آنکھوں سے چیپڑ پونچھتے گوری گداز پنجابی عورتیں پیراشوٹ کی شلواریں پہنے، جالی کے دوپٹے گلے میں لٹکائے، لبوں پر گہرے رنگ کی لپ اسٹک لگائے، کلائیوں میں پلاسٹک کے ہینڈ بیگ جھلاتی ——— ٹوکروں میں لبالب خوبانیاں، سیب اور آڑو ——— میں نے ایک پہاڑی سے خوبانیاں خریدیں، پاس ہی ایک پنجابی صاحب بھی پھل خرید رہے تھے بولے، "آڑو بکواس ہیں" ——— مجھے ہنسی آگئی ——— بیکار کو بکواس کہنا پنجابیوں کا ہی حق ہے۔

اب بازار کا آخری حصہ آگیا تھا، چڑھائی شروع ہوگئی تھی اور میں تلی تال کی سڑک اور بازار کے نکڑ پر ڈانڈیوں کے اڈے تک پہنچ چکی تھی۔ سانس لینے کو کھڑی ہو کر میں نے ادھر ادھر دیکھا۔ اور اپنے آپ کو شاباشی دی۔ اگر میں اتنی چڑھائی چڑھ سکتی ہوں تو ذرا آگے کیوں نہیں چڑھ سکتی،

ضرور چڑھ سکتی ہوں. میں نے ساری کا پلو کمر میں باندھا، کوٹ کندھے پر ڈالا، دونوں پیکٹ سنبھالے اور سپاہیانہ شان سے قدم اٹھایا۔ "بی بی جی ڈانڈی ——— میرے آس پاس پانچ چھ آدمی آکر کھڑے ہو گئے ——— ڈانڈی والے تھے پُل اوور، چیتھڑے کوٹ، کوئی دھوتی پہنے اور کوئی پاجامہ اور میں نے سوچا ہندوستان تقسیم ہو گیا. پر دھوتی اور پاجامہ اب تک ساتھ ہے۔

"بی بی جی ڈانڈی" اور وہ میری طرف دیکھ کر مسکرایا۔ پہاڑیوں کے دانت عام طور پر بہت گندے اور خراب ہوتے ہیں، پر اس کے دانت بہت خوب صورت تھے۔ برابر برابر اور چمکتے ہوئے۔ مجھے اس کی مسکراہٹ بہت اچھی لگی۔ میں نے اپنے کندھے کے اوپر لٹکے ہوئے کوٹ کی جیب ٹٹولی، ڈیڑھ روپیہ کی ریزگاری میرے پاس تھی۔ ایک بھولا بھٹکا دس روپے کا نوٹ بھی پڑا تھا۔ جلدی سے میں نے فیصلہ کیا کہ نوٹ تو تڑوانا نہیں، اِدھر نوٹ ٹوٹا اِدھر سب پیسے خرچ ہوئے۔ اور ڈیڑھ روپیہ میں ڈانڈی ملے گی نہیں، اس لیے پیدل ہی چلنا چاہیئے۔ ضمیر نے فوراً حالات کا ساتھ دیا ——— اور کیا ؟ آدمیوں کے کندھے پر سوار ہونا بھی کوئی بات ہوئی. جیسے مردہ ——— اور پھر یہ بے چارے کتنے تھک بھی تو جاتے ہوں گے۔ یہ کیا کوئی انسانوں کے کرنے کا کام ہے ؟ چلو پیدل۔

"نہیں، ڈانڈی نہیں چاہیئے پر تم میرے ساتھ چل سکتے ہو۔ یہ

سامان لے لو۔" اسے راضی دیکھ کر میں نے اپنا کوٹ اور سب بنڈل اسے تھمادئے۔ اور تیزی سے قدم اٹھانے لگی۔

" اتنی تیز مت چلیے بی بی جی، آپ بہت جلدی تھک جائیں گی۔" میرے ہم سفر نے کہا۔

میں نے چونک کر اس کی طرف دیکھا ور پھر مسکرا دیا اور جیسے کہتا ہو ،" آپ چاہے پڑھی لکھی تو ہوں گی، مگر پہاڑ پر چڑھنے کے معاملے میں آپ بالکل بے وقوف معلوم ہوتی ہیں۔ مجھ سے سیکھیے، آہستہ آہستہ قدم اٹھائیے جمے ہوئے قدم رکھیے، میں صدیوں سے اس طرح چلا آرہا ہوں۔"

میں نے اپنی رفتار اور مدھم کر دی اور اسے غور سے دیکھا۔ وہ ایک پیلی دھاری دار قمیض پہنے تھا، جس کی آستینیں بٹن نہ ہونے کی وجہ سے کہنیوں کے پاس سے جھول رہی تھیں اور اس پر ایک بھورے رنگ کا سوئیٹر جو گلے کے پاس سے بالکل چپکتا تھا، گہری نیلی دھاریوں کا نیلے سے کپڑے کا پاجامہ جو کسی سلیپنگ سوٹ کا لگتا تھا۔ ننگے پیر، عمر کے اس دور میں تھا۔ جب عمر کا اندازہ ہونا مشکل ہوتا ہے۔ گھنے بھورے بال سُرخی مائل مٹیالی جیسی رنگت

" آپ کہاں سے آتی ہیں بی بی جی۔" اس نے مجھ سے پوچھا،" لکھنؤ سے۔" اور میری انتہائی کوشش تھی کہ اسے یہ نہ معلوم ہونے پائے کہ میں نے ابھی سے ہانپنا بھی شروع کر دیا ہے۔

" تو آپ سیزن کے بعد چلی بھی جائیں گی۔"

"ہاں بھئی اور کیا۔" میں نے جواب دیا۔

"میں بھی چلا جاؤں گا، دیس میں ہمارے یہاں کھیتی ہوتی ہے وہاں میری بیوی ہے تین بچے ہیں، ایک چھوٹا بھائی ہے، ماں بھی ہے، میرا چھوٹا بچہ بیمار رہتا ہے۔ ہمارے یہاں سب طرح کا اناج بویا جاتا ہے ہم یہاں سیزن کے لیے آتے ہیں تاکہ لتّا بنوانے کو پیسے مل جائیں۔"

"لتّا؟" میں کچھ نہیں سمجھی کہ اس کا کیا مطلب تھا۔

"ہاں لتّا ——— یہ ———" اس نے اپنی میلی دھاری دار قمیض کا دامن کھینچا۔

"اچھا کپڑے۔" میں نے کہا۔

"ہو کپڑے۔" وہ مسکرایا۔ میں بھی اپنی جہالت پر مسکرا دی۔

اب ہم سکریٹریٹ کے نزدیک پہنچ گئے تھے، سیاہ اور سفید عالی شان عمارت داہنے ہاتھ کو ایک بڑی لمبی سڑک مڑ گئی تھی اور بائیں ہاتھ کو دو پتلی پتلی سڑکیں بیچ میں گھانس کا ایک چھوٹا سا قطعہ تھا، اور اس کے دونوں پہلوؤں میں ہائیڈرینجر کی جھاڑیاں جن میں کاسنی اور گلابی گچھے پھیلے ہوئے تھے۔ پھولوں کے پاس ایک چھوٹی سی چونے کی پلیا پر ایک ننگا بچہ کھڑا تھا، اس کی ماں سر پر گھاس کا بڑا سا گٹھ رکھے اسے گود میں لینے کو ہاتھ بڑھا رہی تھی۔ گھاس کے گٹھے سے اس کی صورت تو بالکل چھپ گئی تھی۔ مگر گردن میں پہنے ہوئے کالے اور پیلے موتی، بھوری صدری میں لگے ہوئے کانسی کے بٹن، اور بچے کو

لینے کے لیے بڑھے ہوئے ہاتھ دکھائی دے رہے تھے جن میں لاکھ کی موٹی موٹی سُرخ چوڑیاں تھیں۔ میں سانس لینے کے لیے سکریٹریٹ کے سامنے والی پلیا پر بیٹھ گئی۔ وہ بھی میرے پاس ہی بیٹھ گیا۔

"یہ بڑے صاحب کا دفتر" میرے ساتھی نے کہا، "جب میں چھوٹا تھا تو میں نے دفتر میں کام کیا تھا۔"

"تم نے دفتر میں کام کیا تھا؟" میں نے پوچھا۔

"ہو بی بی جی۔ میرے سامنے کے کہار .... دیکھئے بات یہ ہے کہ پہلے میں پڑھتا تھا۔" ——— اور پھر وہ کھلکھلا کر ہنسنے لگا۔ مجھے کچھ معلوم نہ تھا وہ کیوں ہنس رہا ہے۔ مگر اس کی ہنسی ایسی سچی تھی کہ میں بھی بے اختیار اس کے ساتھ ہنسنے لگی۔

"تو ہمارے گاؤں میں ایک پنڈت جی رہتے تھے ان کی چندیا بالکل چکنی تھی ایک بھی بال نہیں تھا۔ بس خالی ایک چٹیا تھی۔ وہ ہم بچوں کو جمع کر کے پڑھایا کرتے تھے، اُن کے گھر کے پیچھے ایک خوبانی کا درخت تھا اس میں بڑی میٹھی اور رسیلی خوبانیاں لگتی تھیں۔ میں دن بھر خوبانیاں توڑتا تھا۔ میرا نشانہ بڑا اچھا ہے۔"

اس نے ایک پتھر اٹھایا اور زور سے گھما کر ایک دُور لگے ہوئے درخت کی طرف پھینکا۔ پتھر زوں زوں کرتا ہوا تیزی سے جا کے درخت کے تنے میں لگا۔ تڑاخ کی آواز پھیل کر پہاڑوں سے ٹکرا گئی۔

"تو پھر؟" میں نے پوچھا۔

"تو بی جی وہ پنڈت جی مجھے بہت مارتے تھے پر بھگوان اُن کا بھلا کرے کہ انھوں نے تھوڑا بہت پڑھنا سکھا دیا۔"

"تو تم پڑھ سکتے ہو؟" میں نے دل چسپی سے پوچھا۔

"ہو بی جی۔ لکھ بھی سکتا ہوں۔" اور وہ فوراً پلیا سے اتر کر زمین پر بیٹھ گیا۔ ہتھیلی سے کنکر ایک طرف سمیٹے اور انگلی سے لکھنے لگا۔

"ہمارے دلیش کا نام بھارت ہے۔ یہاں بڑے بڑے دریا بہتے ہیں، اور کھیتوں میں سبزی اناج پیدا ہوتا ہے۔ ہماری دھرتی سونا اگلتی ہے، سب کو اپنے دلیش سے پریم کرنا چاہیئے۔"

اس کی انگلی بڑی تیزی سے ریت پر چل رہی تھی اور مٹی اس کے الفاظ کے آگے آگے کھسکتی جاتی تھی۔ اتنا لکھ کر اس نے سر اٹھایا اور بڑی فتح مندانہ نگاہ سے میری طرف دیکھا۔ اس کے چہرے پر مسرت کی ایک عجیب سی سُرخی تھی۔ کھڑے ہو کر اس نے ہاتھ جھاڑے اور کہنے لگا۔

"پھر میرے باپ نے ہاتھ جوڑ کر پنڈت جی سے کہا کہ اب میرا بیٹا آپ کی سیوا نہیں کر سکے گا۔ اسے کمانے جانا چاہیئے یہاں کا سیزن شروع ہونے والا تھا۔ ہمارے گاؤں سے بہت سے لوگ ڈانڈی اٹھانے یہاں آیا کرتے تھے۔ خوبانیوں کے درختوں میں خوبانیاں پکنے ہی لگی تھیں کہ میں بھی اُن لوگوں کے ساتھ یہاں آگیا۔ یہاں کچھ روز مارکیٹ میں جھلّی لے کر پھرتا تھا

پر پیسے ٹھیک نہیں ملتے تھے۔ پھر یہ دفتر بن رہا تھا۔ یہاں پتھر ڈھونڈنے لگا ـــــــ وہ دیکھئے ـــــــ اُدھر جو کمرہ ہے ـــــــ جہاں لال چپراسی کھڑا ہے ـــــــ میں پتھر ڈھو ڈھو کر وہاں لے جایا کرتا تھا۔"

"ہوں۔" میں نے کہا اور پلیا سے اٹھ کھڑی ہوئی۔ ہم دونوں آگے بڑھنے لگے، "تو تم ہر سیزن میں یہاں آتے ہو۔"

"ہو بی بی جی، ہر سیزن میں، مگر پچھلے سال میں بمبئی گیا تھا۔ ایک انگریز مجھے لے گیا تھا۔ اس کی ماں ولایت سے آنے والی تھی۔ چار روپیہ روز وہ مجھے کھانے کے دیتا تھا اور جب میں آنے لگا تو اس نے کہا، "تمہیں گھڑی لے دوں؟" میں نے کہا، "میں گھڑی کا کیا کروں گا مجھے تو ڈانڈی اٹھانی ہے۔ پھر اس نے مجھ سے جوتے بنوانے کو کہا۔ میں نے کہا، "میں جوتا بھی نہیں پہنتا!"

"ہاں تم لوگ جوتا نہیں پہنتے ہونا۔" میں نے کہا، "کیوں نہیں پہنتے؟"

"جوتے سے پاؤں رپٹ جاتا ہے بی بی جی، کنکر میں ننگے پیر جم سکتے ہیں، امیروں کو اٹھاتے ہیں۔ لے کے گر پڑیں تو؟"

"ہاں یہ تو ٹھیک کہتے ہو تو پھر اس انگریز نے کیا کہا؟"

"کچھ نہیں! بس اس نے جتنے لتے بنوا دیئے! کپڑے!" وہ مسکرایا پھر اس نے مجھ سے پوچھا "خوش؟" میں نے کہا "خوش!"

"یہ پاجامہ اسی انگریز کا ہے۔" میں نے پوچھا۔

" نہیں بی بی جی وہ سب تو میں گھر والوں کو دے آیا۔ اب یہاں کچھ کمائی ہو جائے گی تو اپنے لئے بنواؤں گا۔ میری بیوی نے مجھ سے کہا تھا کہ کالے کنارے کی دھوتی لانا۔ ان کپڑوں میں دھوتی نہیں تھی۔ کل ایک آدمی گاؤں جا رہا ہے۔ میرے پاس نو روپے ہیں کل تک دس روپیہ ہو جائینگے تو خرید کے بھیجدوں گا۔"

" تمہاری بیوی کیسی ہے ۔" میں یہ دیکھنا چاہتی تھی کہ دُور رہنے والے شوہر اپنی بیویوں کو کس طرح یاد کرتے ہوں گے۔

"میری بیوی سب کام کرتی ہے۔ کھیتی بھی دیکھتی ہے، چکی بھی پیستی ہے۔ اسے دلیا بنانا بہت اچھا آتا ہے، گائے بھی دوہتی ہے، جب میں یہاں آجاتا ہوں تو میرے لیے گھی جما کر رکھتی ہے اور جب گھر جاتا ہوں تو اس گھی کے پراٹھے بنا کر مجھے کھلاتی ہے۔" اور اس کی آنکھوں میں محبت کی لو جھلکنے لگتی ہے۔ ہم کالاڈھنگی روڈ کے آخری حصے پر پہنچے تھے کہ بادل گھر آئے دُور دُور کے مکانات اور دیوار اور خوبانیوں کے درخت بادلوں اور کہر کی دھند میں چھپ گئے۔ صرف چوٹیوں پر کی روشنیاں جھلملاتی نظر آتی تھیں۔

" یہ روشنیاں کیسی اچھی لگتی ہیں نا۔" میں نے اس کی طرف مڑ کر پوچھا

"تمہیں بھی اچھی لگتی ہیں نا؟"

" ہو بی بی جی ـــــ بہت سندر! مجھے سب سندر چیزیں اچھی لگتی ہیں، ہمارے گاؤں میں مندر کا جو کلس ہے اس پر جب دھوپ پڑتی ہے تو وہ

بہت سندر لگتا ہے اور وہ خوبانی کا پیڑ —— اس کے ہر سمت ہرے ہرے پتوں میں چھپی ہوئی لال پیلی لگی ہوئی خوبانیاں بہت اچھی لگتی ہیں۔ بی بی جی کیا میں نے ایک دوکان میں پیلے رنگ کی ایک چادر دیکھی تھی۔ اس پر لال لال پھول بنے تھے۔ کانچ کے پیچھے لگے ہوئی وہ بہت اچھی لگ رہی تھی —— پر ان چیزوں کے دام بہت ہوتے ہیں۔ اور میں تو ڈانڈی اٹھاتا ہوں۔"

"ہاں بھئی تم لوگ بڑی محنت کرتے ہو۔ ہم تمہیں جانتے ہیں۔" میری سمجھ میں نہیں آتا کہ اس کی باتوں کا اور کیا جواب دوں۔

"آپ ہمیں کیسے جان سکتی ہیں؟" اور اس نے تمسخرانہ انداز میں میری ریشمی ساڑی کو اوپر سے نیچے تک —— دیکھا۔ اس کی نگاہوں میں ایک زبردست چیلنج تھا۔" آپ۔ آپ ہمیں کیسے جان سکتی ہیں؟ کیا آپ نے بچپن میں پتھر ڈھوئے ہیں۔ جوانی کی امنگوں بھرے زمانے میں ڈانڈی اٹھائی ہے؟ کیا آپ نے میری بیوی کی طرح چکیاں پیسی ہیں؟ کیا آپ کا چھوٹا بچہ بھی بیمار رہتا ہے؟ جاڑوں کی ٹھٹھرتی راتوں میں بارش سی بھیگی کندھوں پر امارت کا بوجھ لیے آپ بھی کبھی کہائیوں کی بلندیوں پر ننگے پیر چڑھی ہیں؟ جھوٹ نہ بولیے۔ مفت کا احسان نہ جتائیے، آپ مجھے نہیں جان سکیں پر میں آپ لوگوں کو خوب جانتا ہوں!"

اس کی نگاہوں کے سامنے میں نے سر جھکا لیا اور تیز تیز قدم اٹھانے لگی، اب میں اپنے مسکن کے پھاٹک کے قریب پہنچ چکی تھی۔ جلدی سے نہانے

اپنا کوٹ اور بنڈل اس کے ہاتھوں سے لے لیے۔ کوٹ کی جیب سے ریزگاری نکال کے اس کے ہاتھ میں پکڑا دی اور مکان کے پھاٹک میں داخل ہو گئی۔ دو چار قدم چل کر مڑ کر میں نے اس کی طرف دیکھا ریزگاری گنتا ہوا وہ نیچے کی طرف جا رہا تھا۔ اس کے ننگے پیروں کی دھب دھب مجھے دُور تک سنائی دیتی رہی اور اس کی وہ چیلنج کرتی ہوئی آنکھیں میری نگاہوں میں پھرتی رہیں۔ وہ آنکھیں جن سے الفاظ پھُوٹ پھوٹ کر نکل رہے تھے: "میں ہر سیزن میں یہاں آتا ہوں لتا بنوانے کے لیے، اگر کل تک دس روپے ہو گئے تو میں اپنی بیوی کو کالے کنارے کی دھوتی بھیجوں گا۔ مجھے سندر چیزیں بہت اچھی لگتی ہیں، پر سندر چیزوں کے دام بہت ہوتے ہیں۔"

# بڑا سوداگر کون

ایک طرف ایک ننھا سا بچہ لمبی ڈوری میں بندھی ربڑ کی تھیلی گھسیٹ رہا تھا۔ دوسری طرف ایک نو دس برس کی ایک چرخا سا چلانے کی کوشش کر رہی تھی، اتنا ہی بڑا ایک لڑکا اس طرح سہج سہج قدم اٹھا رہا تھا جیسے پہلی بار پاؤں پاؤں چلنا سیکھ رہا ہو، پانی سے بھرے ایک برتن کے کنارے ایک بچہ، اس برتن میں دور تیرتی ہوئی بطخ کی طرف ہاتھ بڑھاتا۔ بار بار بطخ قریب آجاتی اور نرس پھر اس کو دور ہٹا دیتی، بچے کے ہاتھ سے پانی میں جو ہلکورے پیدا ہوتے، وہ اسے پھر قریب لے آتے اور نرس پھر دور ہٹا دیتی۔ تین پہیوں والی کئی سائیکلیں تھیں جن پر بیٹھے ہوئے بچے اپنے پاؤں کو کھینچ کھینچ کر پیڈل گھمانے کی کوشش کر رہے تھے۔

یہ جگہ کسی نرسری اسکول کا ایک کمرہ لگتی تھی۔

لیکن دراصل یہ ہسپتال کا وہ حصہ تھی جہاں انسان سے اس کے مفلوج اعضا کو پھر سے کام میں لانے کی مشق کروائی جاتی تھی، یہ کھلونے ہتھیلیاں، چرخے، لکڑی کے بلاک، چھوٹی چھوٹی موٹریں اور عجیب عجیب قسم کے پہیوں اور پیڈلوں والی سائیکلیں یہاں اسی علاج کے لیے اکٹھی کی گئی تھیں، ان سے کھیلنے والوں میں سے ہر ایک کے کسی نہ کسی عضو میں، کوئی نہ کوئی خرابی تھی اور اسی کو دُور کرنے کی کوشش میں یہ سارا انتظام کیا گیا تھا۔

اس اسپتال کے ایک اور حصے میں، مجھے بھی اکثر، اپنا خون جانچ کے واسطے دینے کے لیے جانا پڑتا تھا، آتے جاتے میں اس کمرے میں ضرور رکتی تھی یہاں کی نوجوان اور لائق نگراں سے بھی مجھے محبت تھی اور پھر ——— درد معذوری، مجبوری اور ہمت کوشش اور امید کا یہ حیرت ناک ماحول مجھے بے حد متاثر کرتا تھا۔

یہی وجہ تھی کہ میں اس دن حیران رہ گئی، جب میں نے دیکھا کہ ایک اونچی سی تین پہیوں والی سائیکل پر ایک بوڑھی عورت بیٹھی ہے ——— سلیٹی رنگ کی گھٹیا ریشم کا شلوار سوٹ، سفید ململ کا دوپٹہ، ہاتھوں میں سونے کی میلی میلی چوڑیاں، بال سن سفید، چہرے پر جھریوں کا جال، سانولا رنگ جو کلونس لے آیا تھا۔ آنکھوں پر عینک مگر اس میں سے جھانکتی ہوئی چھوٹی چھوٹی آنکھیں جوانوں کی طرح جاندار ——— پاؤں میں سیاہ جوتے تھے، جن میں سے ایک خاص طور پر اس کے ایک مفلوج پاؤں کے حساب سے بنا ہوا تھا، تین پہیوں

کی اونچی سی سائیکل کی اور بھی اونچی گدّی پر بیٹھی وہ عجیب لگ رہی تھی۔

میں نے نگراں سے آہستہ سے پوچھا، "بی بی، یہاں اتنے سن کے لوگ بھی آتے ہیں؟" وہ مسکرائیں، شاید چاروں طرف معذوری دیکھتے دیکھتے ان کی مسکراہٹ میں بھی ایک عجیب سی اداسی آگئی تھی، بولیں، "جی ہاں، کبھی کبھار آجاتے ہیں۔"

پھر آواز مدھم کر کے کہنے لگیں، "ویسے ان کا پیر ٹھیک ہوگا نہیں، مگر انھوں نے اور ان کے شوہر نے اتنا کہا کہ میں نے سوچا چلو کچھ دن کے لیے داخل کر لیتے ہیں۔"

اس کے بعد وہ بڑھیا سے مخاطب ہوئیں، "کیوں ماتا جی، اکسر سائز نہیں کر رہی ہو؟" ماتا جی نے سر اتنا اونچا اٹھایا جیسے کمرے کی چھت پر اُن کی معذوری کا نسخہ لکھا ہو، پھر سر ذرا نیچے لائیں، اور عینک میں سے جھانک کر بولیں، "اجی، وہ سنترہ لینے گیا ہے نہ۔"

اتنے میں دروازہ کھلا۔ اور ایک بوڑھا آدمی اندر آیا، درمیانہ قد، گٹھیلا جسم، لٹھے کی خوب گھیر دار، بہت اجلی صاف ستھری کلف دی ہوئی شلوار، دھاری دار کپڑے کی گول دامن، ٹینس کالر والی اتنی ہی صاف ستھری قمیض، کالی صدری جس پر ادھر ادھر کارچوب بنا ہوا پاؤں میں بھاری خوب پالش کی ہوئی چپلیں، ننگے سر، چھوٹے چھوٹے سن سفید ترشے ہوئے بال، سُرخ سفید رنگت، بڑی بڑی آنکھیں، ہاتھ میں سنتروں سے بھرا ہوا لفافہ

______ اس کو دیکھتے ہی اندازہ ہوتا تھا کہ بڑی نفیس عمارت تھی جو کھنڈر ہوگئی۔ ______ وہ سیدھا اپنی بیوی کے پاس گیا اور اس کے پاؤں کے پاس زمین پر اکڑوں بیٹھ گیا۔ بڑھیا نے اس کے بیٹھتے ہی پاؤں آگے بڑھا کر پیڈل چلانے کی کوشش کی، اور بوڑھا اس کے پیر پکڑ کر اسے سہارا دینے لگا، بڑھیا آگے کو زور لگا کر پاؤں بڑھاتی، بوڑھا اس کے ٹخنے اور جوتے کو پکڑ کر پاؤں کو آگے کھینچتا اور چکر پورا ہو جاتا۔ تھوڑی دیر بعد وہ ہانپنے لگا، مجھے بھی وہاں کھڑے یہ اندازہ ہوا کہ خاصہ وقت گزر گیا۔ مگر بڑھیا تھی کہ کسی صورت نہیں رکتی تھی بلکہ بیچ بیچ میں شوہر پر جھنجلا بھی پڑتی تھی۔ ایک دو بار پیڈل اس کے پیر کے نیچے سے نکل گیا تو اس نے شوہر کو کافی سخت سست بھی کہا ______ میں اور وہاں کی نگراں، دونوں کھڑے دیکھ رہے تھے، وہ میری طرف دیکھ کر مسکرائیں، میں بھی ہونٹ دبا کر مسکرائی۔ ہم دونوں بھی شوہر والے تھے، بڑا عجیب لگ رہا تھا۔

پھر میں اپنا خون دینے چلی گئی، واپسی میں ایک دم جی چاہا کہ چل کے دیکھیں تو ذرا کہ اب کیا ہو رہا ہے۔ میں کمرے کے اندر نہیں گئی مگر گلیارے میں سے گذرتے ہوئے میں نے کنکھیوں سے دیکھا، وہی منظر جاری تھا۔ اب میں کبھی کبھی آتے جاتے وہاں رکتی۔ بڑھیا اور اس کا شوہر دونوں مجھے پہچاننے لگے، علیک سلیک، مزاج پرسی ہونے لگی مگر دونوں اپنے کام میں اتنے انہماک سے مصروف رہتے تھے کہ میں زیادہ تر ان کی توجہ اپنی باتوں میں لگانا ٹھیک

نہ سمجھتی ——— یہ بھی خیال آتا کہ اگر کبھی موقع ہوا تو الگ الگ دونوں سے بات کروں گی۔

اور اس دن مجھے یہ موقع مل ہی گیا۔

میں نے ادھر سے گزرتے ہوئے دیکھا کہ بڑھیا کا شوہر نہیں تھا، وہ اسی طرح سائیکل پر بیٹھی سنترہ کھا رہی تھی، مجھ سے رہا نہیں گیا، اس کے قریب جا کر بولی، "ماتا جی، آپ کے پتی چلے گئے؟"

"نہیں جی بیٹا، ابھی کیسے جائے گا، میں یہاں سے دو بجے جاتی ہوں تو مجھ کو لے کر جائے گا ——— ذرا کسی کام سے کہیں گیا ہے۔"

"آپ کیسے جاتی ہیں؟" میں نے پوچھا

"اجی باہر تک تو اسپتال کی پہیئے دار کرسی سے جاتی ہوں، پھر وہ اسکوٹر لے آتا ہے۔ ہم دونوں ساتھ ہی جاتے ہیں، ساتھ آتے ہیں۔"

میں نے بے حد متاثر ہو کر کہا، "آپ کے پتی بڑے اچھے آدمی ہیں، آپ کی اتنی سیوا کرتے ہیں، اور کوئی مرد تو ایسا نہیں کر سکتا۔"

اس نے عینک کے شیشوں میں سے بڑی معنی خیز، طنز آمیز، نگاہوں سے مجھے دیکھا پھر ایک پل چپ رہ کر مجھ سے بولی، "اب کسی اور مرد کو تو میں کیا جانتی ہوں بیٹا پر سیوا تو میں نے بھی اس کی کم نہیں کی ہے، پندرہ برس کی یہ مجھے بیاہ کے لایا تھا، میں نے اس کے گھر میں برتن مانجھے، جھاڑو دی، کھانا پکایا، پندرہ پندرہ بیس بیس جنوں کے لیے روٹی تھوپی، کپڑے دھوئے، تے پاپڑ ،

وڑیاں ، اَچار بنا کے بھیجتی تھی، میرے میکے سے جتنی مٹھائی، پھل فروٹ آتے تھے سب یہ اور اس کے سگے کھاتے تھے ——— پچاس برس تک"۔

"پچاس برس" ——— میں نے حیران ہو کر کہا۔

وہ مسکرائی "ہاں، ہاں پچاس برس ——— تے میں نے اس کے لیے بہت سے بچے بھی جنے، جن میں سے بس دو لڑکے ایک لڑکی زندہ ہیں، تے میں نے اس کی ماں بہنوں کی گالیاں بھی کھائیں، کبھی کبھی یہ کسی کسی عورت سے آنکھ بھی لڑاتا تھا۔ میں رات کو ایک ایک بجے تک اس کے لیے دروازہ کھولنے کو جگتی تھی۔ اور یہ شراب پی کے آتا تھا، کبھی کبھی مجھ کو مارتا بھی تھا"۔

غالباً میری صورت پر تعجب کا رنگ دیکھ کر وہ پھر مسکرائی، بولی "یہ جوانی میں بڑا بانکا تھا، لال سفید رنگ تھا اس کا اور میں تو سانولی تھی ...."

پھر ایک آہ بھر کے بولی، " دراصل اس نے کبھی بھی مجھ سے پیار نہیں کیا .... اور کبھی کبھی تو میرا بھی جی چاہتا تھا کہ میں اس کو جان سے مار ڈالوں پر پر .... پر میں اس کی سیوا کرتی تھی .... دیکھنے والے سمجھتے تھے میں بڑی ستی ساوتری ہوں ...." وہ پھر مسکرائی۔

میں نے اس کی بات کاٹی، " مگر اب تو کوئی سوچ بھی نہیں سکتا کہ یہ آپ کو مارتے بھی تھے .... اب تو ...."

وہ بڑے زور سے ہنسی، منہ اتنا کھل گیا کہ اس میں رکھی ہوئی سنترے کی ادھ کچلی ہوئی پھانک دکھائی دینے لگی، " بڈھا ہو گیا ہے نا .... اب کیا

مارے گا.... اور عورت بھی اب کون اس کو منہ لگائے گی۔ بیٹے بھی بہوؤں کو لے کے الگ ہو گئے، اب اسے پتہ چلا ہے کہ اس کی ساتھی بس یہی ہوں!"
مجھے ذرا بُرا لگا، "بولی، ایسا نہ کہیے ماتا جی، اب تو وہ آپ سے بہت پیار کرتے ہیں۔"

اس نے ایک ٹھنڈی سانس بھری، "ہاں، سب یہی کہتے ہیں، تو میں بھی کہتی ہوں جو ہے وہ ٹھیک ہی ہے: لوگ جیسا دیکھتے ہیں ویسا ہی تو سمجھتے ہیں۔ اور جیسا سمجھتے ہیں ویسا ہی ہو تو ٹھیک ہے، جب تک جو کوئی کچھ بھی کر دے۔"

وہ چپ ہو گئی اور سنترے کی باقی پھانکیں ختم کرنے لگی۔

میں باہر نکلی تو اس کا شوہر مجھے باہر کے پھاٹک سے اندر اسپتال میں داخل ہوتا ہوا ملا اور میں ایک دم اس سے مخاطب ہو گئی۔ "آپ بڑے کمال کے آدمی ہیں بھائی صاحب اپنی بیوی کی اتنی دیکھ بھال اور خدمت کرتے ہیں آپ —— بھلا کون مرد ہو گا جو یوں گھنٹوں اپنی بیوی کے پیر پکڑے بیٹھا رہے گا۔"

اس نے پہلے تو مجھے ذرا حیرانی سے دیکھا، پھر کچھ طنزیہ انداز میں مسکرایا پھر ہچکچاتے ہوئے بولا، "اجی بات یہ ہے کہ میرے دو بیٹے ہیں، دو بہوئیں ہیں، بیٹی داماد بھی ہیں، پر آج کل اولادوں کا انیوئیں حال ہے —— اور اب مجھے پتہ چل گیا ہے کہ میرا ساتھ دینے والی یہی ہے، سو کالی، سانولی جیسی بھی ہے، میں اس کی سیوا کر رہا ہوں، کوشش کر رہا ہوں کہ یہ بالکل ٹھیک ہو جائے، اس کے ہاتھ

پیر ٹھیک سے کام کرنے لگیں۔"

مجھے ایک دم اس بڑھیا پر غصہ آنے لگا، دیکھو تو ذرا، یہ ایک بیچارہ ہے کہ اتنے خلوص سے خدمت کر رہا ہے اور ایک وہ ہے کہ اس کے بڑھاپے کا مذاق اڑاتی ہے۔ ــــــ چنانچہ میں نے انتہائی احترام اور ہمدردی کے ساتھ کہا "آپ بہت اچھا کر رہے ہیں بھائی صاحب، ایسا تو ہونا ہی چاہیئے۔"

وہ بولا، "بات یہ ہے جی کہ میری بھی عمر اب ستر بہتر سے بھی اوپر ہوئی، کسی دن بھی کھاٹ پکڑ سکتا ہوں تو یہی میری خدمت کرے گی، ورنہ میرا کیا ہوگا آپ سوچیئے، اپنی سیوائیں اس کے علاوہ کس سے کروا سکتا ہوں۔"

میرے دماغ کا پہیہ ایک دم الٹا گھوم گیا اور اتنا گھوما کہ اتنا گھوما کہ میں خود کوئی فیصلہ کرنے کی بجائے آپ سے یہ پوچھنے پر مجبور ہوئی ہوں کہ ان دونوں میں بڑا سوداگر کون تھا؟

# انتظار ختم ہوا انتظار باقی ہے

اس تحریر کا جو پسِ منظر ہے، اس کے دیکھتے ہوئے ہو سکتا ہے، یہ کہیں کہیں سے بے ربط معلوم ہو —— گھڑی کے ان ٹکڑوں کی طرح جو دیکھنے میں ایک دوسرے سے قطعی میل نہیں کھاتے، مگر جن میں سے ہر ایک اپنی جگہ ایک معنی رکھتا ہے اور سب کو سلیقہ سے جوڑا جائے تو ایک خاکہ بن جاتا ہے۔ مجھے اپنے قارئین سے یہ معافی تو مانگنی ہے کہ میں کچھ متفرق باتیں کہہ رہی ہوں مگر مجھے ان کی ذہانت پر بھروسہ ہے کہ وہ ان کو یکجا کر کے ایک خاکہ بنا لیں گے۔

میں نے اپنے رفیق اور شوہر سجاد ظہیر کے ساتھ پینتیس سال گزارے —— اور یہ کہنے کے ساتھ میں سوچتی ہوں کہ ہماری زندگی میں لفظ "ساتھ" کے کیا معنی تھے۔ ہماری شادی ۱۰ر دسمبر ۱۹۳۸ء کو ہوئی، ۱۲ر مارچ ۱۹۴۰ء

کو وہ گرفتار ہوئے، لکھنؤ سنٹرل جیل میں دو سال قید رہے ـــــــ ۱۹۴۸ء کے اپریل کو پاکستان گئے، ۱۹۵۵ء کی جولائی میں واپس آئے۔ دو سال لکھنؤ میں میرے اور بچیوں کے ساتھ رہنے کے بعد ۱۹۵۷ء میں پارٹی کا اخبار نکالنے دہلی آ گئے، میں بچوں کی تعلیم کی وجہ سے لکھنؤ ہی رہی۔ ۱۹۶۵ء میں میں بھی دہلی آ گئی اور پھر ہم دونوں یہیں رہے۔ اس طرح ہم تقریباً دس سال تو ایک دوسرے سے بالکل الگ رہے، آٹھ سال کبھی کبھار ملتے تھے اور یوں ہماری آدھی سے زیادہ مشترکہ زندگی، الگ الگ رہ کر خطوں پر بسر ہوئی، پھر بھی ہمیں ایک ایسی رفاقت نصیب رہی جو بہت کم میاں بیوی کو ملتی ہے۔

وہ تو اب ہمیشہ کو مجھ سے بچھڑ گئے، میں بھی پا بہ رکاب ہوں، لیکن چونکہ مجھے محسوس ہوتا ہے کہ آئندہ بہت سے سال ہمارے ملک میں ایسے آئیں گے کہ ملک سے متعلق اپنا فرض سمجھنے والے نوجوان میاں بیویوں کو قربانیوں کی راہ اپنانی پڑے گی، اگر شعور اور احساس کو سوشلزم لانے کے لیے بروئے کار لانا ہوگا تو ذاتیات کو پسِ پشت ڈالنا ہوگا ـــــــ اگر ایسے لوگوں کو ہماری زندگی سے کچھ بھی ہمت مل سکے تو میں سمجھوں گی ہمارا کِیا وصول ہوا ـــــــ

آج اپنے ملک بھر سے، دنیا کے گوشے گوشے سے مجھے تار اور خطوط مل رہے ہیں جن میں اُن کی عظمت کا اعتراف ہے۔ اُن کو یہ بات خاص طور پر

ناپسند تھی کہ میاں بیوی ایک دوسرے کی تعریف کریں لیکن اُن میں کچھ خواص ایسے تھے جو میرے خیال میں گھریلو زندگی اور انسانی رشتوں کو پائندگی بخشتے ہیں ــــــ اس لیے میں ان کی کچھ ایسی صفات کا ذکر کرنا چاہتی ہوں جو بادی النظر میں بالکل معمولی بات لگتی ہیں لیکن جن سے ہی دراصل ان کی عظیم شخصیت مرکب تھی۔ مثلاً اچھے کھانے کے حد درجہ شوقین ہوتے ہوئے بھی مجھے یاد نہیں کہ انھوں نے کبھی بھی بدمزہ کھانے پر نکتہ چینی کی ہو۔ اگر سامنے کھانا کم ہوتا تھا تو ضرور پوچھتے تھے کہ سب لوگ کھا چکے نا، یا اور لوگوں کے لیے رکھ لیا گیا ہے نا؟ دوسرے کی بات حیرت انگیز تحمل کے ساتھ سنتے تھے، اپنے خیالات انھوں نے کبھی مجھ تک پر لادنے کی کوشش نہیں کی، بہت ہوا تو کوئی کتاب پڑھنے کی رائے دے دی، بس، کسی عورت کے کردار کو بُرا کہتے میں نے ان کو نہیں سُنا، اُن سے مل کر لوگوں کی خوداعتمادی بڑھ جاتی تھی، اپنی غلطی تسلیم کر لینے میں انہیں ذرا ہچکچاہٹ نہیں ہوتی تھی! احسان فراموشوں کو انھوں نے ہمیشہ معاف کیا۔ ان کا دماغ جدید ترین ترقی پسند مغربی رجحانات سے متاثر ہوتا تھا، دل ہمیشہ مشرقی علوم و فنون کے حسن سے مسحور و متاثر ہوتا تھا ــــــ اور یہ میل اس لیے نہایت متوازن ہوتا تھا کہ اس کی بنیادیں علم پر قائم تھیں۔ جو شخص مشرق و مغرب کے فنون کی تاریخ اور ان کے ہر موڑ اور رجحان کا منطقی علم رکھتا ہو، صرف وہی ایسا رویہ اختیار کرسکتا ہے۔

کیا ان کے نوجوان عقیدت مندوں کو یہ اندازہ ہے کہ ان کی طبیعت کی خاکساری اور مزاج کا حلم کس درجہ مضبوط، حکیمانہ اور عالمانہ تہیں رکھتا تھا کہ علم عظمت کے لیے کتنا ضروری ہے۔

البتہ یہ سوچنا غلط ہوگا کہ اُن کو غصّہ کبھی آتا ہی نہ تھا۔ اگر ہمارے گھر میں کام کرنے والی لڑکی سے کوئی پیالی لوٹ جاتی، ہمارا کتے کا پلا اُن کا کرتا پھاڑ ڈالتا، ان کے لکھتے وقت کوئی فقیر پھاٹک پر کھڑا ہوکر زور زور سے چیخنے لگتا جو اُن کے لکھنے کی جگہ سے چند ہی گز پر تھا، ان کے آرام کرنے کے وقت کوئی صاحب بغیر اطلاع خبر کے آدھمکتے اور پھر گھنٹوں نہ جاتے، کوئی تھرڈ کلاس طالب علم اپنے تھرڈ کلاس کو اپنے مسلمان ہونے کا خمیازہ ثابت کرنے کی کوشش کرتے ہوئے اُن سے سفارش کو کہتا، کوئی ٹیڑھا میڑھا دوست، نشہ میں دُھت ان کے بار بار سوشلسٹ ملکوں کے سفر پر طویل طعنے دیتا ——— اور اسی قبیل کی اور بہت سی باتوں پر اُن کو غصہ نہ آتا لیکن جب کوئی شخص اپنی سیاسی قلابازی کو قوم کے لیے مفید ثابت کرنے کی کوشش کرتا۔ اپنی ذاتی منفعت کو اصول بنا کر پیش کرتا، نئے سرے سے کام میں جٹ جانے کی بجائے پرانی لکیریں پیٹ پیٹ کر ترقی پسندوں کی صفوں میں انتشار پھیلانے کی کوشش کرتا، اور سازش کرتا، شخصی آزادی، مکمل آزادی، آزادی برائے آزادی وغیرہ قسم کے نام پر سوشلزم کو گالیاں دیتا۔ کیوں کہ مگر اس میں پڑتی ہے محنت زیادہ !

——— تو اُن کو غصہ آتا تھا ——— بڑا گہرا، خاموش غصہ اور پھر یہ

خاموشی الفاظ بنتی، یہ گہری خاموشی جس میں اس شخص کی ریاکاری، بےایمانی اور حماقت پر افسوس بھی ہوتا ہے۔ اور جب یہ غصہ الفاظ بنتا تو اکثر حرفِ آخر بن جاتا۔ انہیں جوشؔ ملیح آبادی کی ایک رباعی کے یہ دو مصرعے بہت پسند تھے:

یا احمق بے پناہ، یا مردِ حکیم
یہ دو ہی خوشی سے جی سکتے ہیں

اور اس میں کیا شک ہے کہ وہ جب تک جئے خوب جئے، خوشی سے جئے، مطمئن جئے ـــــ انھوں نے زندگی کی ہر خوب صورت چیز سے پیار کیا، حق کے لئے جستجوئے مسلسل کی، اپنے ضمیر کے خلاف کبھی کچھ نہیں کیا ـــــ کسی سے حسد، کسی سے دشمنی نہیں کی۔ انھیں وہ قلب مطمئنہ حاصل تھا جو ذہنی مسرت کی بنیاد اور روحانی عظمت کا سرچشمہ ہے۔ جدید ادب میں جو کبھی کبھا مایوسی کا ایک مریضانہ عنصر ملتا ہے، اس کو دیکھ کر وہ اکثر حیران رہ جایا کرتے تھے کیوں کہ خود انھوں نے تو زندگی اور زندگی میں نیکی کی قوت پر اعتماد کبھی نہیں کھویا شاید ایسے ہی اعتماد کو مذہبی لوگ حبل المتین کہتے ہیں۔

جہاں تک میں جانتی سمجھتی ہوں، ان کی زندگی میں صرف ایک ہی غم تھا کہ ان کو جم کر ادبی تخلیق کرنے کی مہلت نہیں ملی۔ تعلیم ختم کر کے یورپ سے واپس آنے کے پہلے انھوں نے انجمن ترقی پسند مصنفین کی داغ بیل لندن میں کچھ دوستوں کے ساتھ مل کر ڈالی لیکن ہندوستان پہنچتے ہی آزادی

کی تحریک نے ان کا دامن پکڑلیا ساتھ ہی پارٹی اور پھر انجمن ترقی پسند مصنفین کی تنظیم کے لیے ان کو اپنے ملک کے ہر صوبے میں جانا پڑا۔ تمام تہذیبی اکائیوں کو ایک منظم و متحد لڑی میں پرو کر، شہنشاہیت دشمن تحریک کا ایک حصہ بنانا پڑا، جگہ جگہ کانفرنسیں، زبانوں کے مسئلے، تہذیب و تمدن کے ورثے، ان سب کا موجودہ زندگی سے تعلق، یہ اتنے بڑے مسائل تھے کہ ادب تخلیق کرنے کی فرصت یک قلم موقوف ہوگئی۔

آزادی آنے کے ساتھ تقسیم، مسئلہ پاکستان، قید و بند، روپوشی ــــــ اس سے آزادی کے بعد ہندوستان واپس آکر پھر وہی گردش اور اب کی دفعہ قومی ہی نہیں، بین الاقوامی پیمانے پر بھی اس طرح فرائض منصبی نے ہمیشہ تخلیق سے روکے رکھا ــــــ میری بات کے ثبوت میں "روشنائی" اور "ذکرِ حافظ" ہیں۔ جو دونوں ہی کتابیں، پاکستان کے مختلف قید خانوں میں لکھی گئیں۔ جب کہ زبردستی پابہ زنجیر ہوکر بیٹھنا پڑا۔ میں کبھی کبھی ان سے کہتی تھی کہ "اندرا بی بی سے کہوں گی تمہیں دو چار سال کے لیے قید کروادیں تو ادب کے لیے نہایت مفید ہوگا۔ کچھ نہیں تو دو کتابیں تو ہو ہی جائیں گی۔" وہ مسکرادیتے تھے، ــــــ ان کی وفات کے بعد میرے پاس جو بے شمار خطوط آئے ان میں کئی باتیں چونکہ ایک سی ہیں اس لیے قابلِ غور ہیں۔

اوّل تو یہ کہ تقریباً ہر خط میں لکھا ہے۔ "مجھے بہت چاہتے تھے، مجھ پر خاص شفقت فرماتے تھے، کتنے احسانات تھے اُن کے مجھ پر، کس قدر

محبت تھی مجھ سے ـــــــــ" وغیرہ۔ میں حیران ہوں کہ ایک آدمی نے اتنے بہت سارے انسانوں کو یہ یقین کیسے کروا دیا تھا کہ وہ ان میں سے ہر ایک کو اتنا چاہتا تھا جتنا کسی اور کو نہیں!

دوسری بات جو بہت سے لوگوں نے لکھی ہے وہ یہ ہے کہ "سجاد ظہیر صاحب کے انتقال سے اُردو کو بہت سخت نقصان پہنچا ہے۔"

یہ بات سچ ہے لیکن یہ نہ صرف آدھی سچائی ہے۔ بلکہ ایک ایسی بات ہے جس کا مفصل تجزیہ کیا جانا چاہئے۔ میرے خیال میں ہم اُردو والوں کے لیے یہ سوچنا ضروری ہے کہ صرف سوشلسٹ نظامِ زندگی ہی ہماری مظلوم زبان کو اس کا جائز حق دلوا سکتا ہے، باقی سب طفل تسلیاں ہیں جو کچھ نہ ہونے سے بہتر ہیں۔ لیکن جن سے کبھی کام نہیں چل سکتا اس لیے ہمیں اپنی زبان کے واسطے جدوجہد کرتے رہنے کے ساتھ ساتھ ان قوتوں کو بھی تقویت پہنچانی چاہئے جو صحیح معنوں میں جمہوری ہیں۔ اُردو کے لیے سجاد ظہیر صاحب کی مخصوص اہمیت اسی لیے تھی کہ وہ اس جمہوری دریا کی ایک طاقت ور اور بے باک موج تھے، کوئی مصلحت اندیشی انہیں کسی معاملے میں کبھی بھی باطل سے سمجھوتہ کرنے پر آمادہ نہ کر سکی تو اُردو کے معاملہ میں کیوں ایسا ہوتا۔

الما آتا (قزاکستان کی راجدھانی جہاں اُن کا انتقال ہوا) سے اُن کے جو کاغذات آئے ہیں، ان آخری تحریروں میں (افریشیائی ادیبوں کی بین الاقوامی کانفرنس میں جو رپورٹ ہندوستان کی طرف سے پیش کی جانے والی تھی اور جسے

وہ خود پیش کرنے کے لیے آخری وقت تک درست کرتے رہے تھے۔ اس کے لیے کچھ نوٹس بھی الگ سے موجود ہیں۔) اُردو زبان کے ساتھ ساتھ پنجابی اور سندھی زبانوں کے حقوق پر بھی نوٹ ہیں۔ اس بات کے بعد اب یہ امر غور طلب ہے کہ ہندوستان کی ساری زبانوں کے لوگ ان کے کہے سے کیوں متفق ہو جاتے تھے ان کا فیصلہ کیوں قبول کر لیتے تھے؟ ان کے اٹھ جانے سے صرف اُردو کا نقصان نہیں ہوا، سب زبانوں کا ہوا جیسا کہ مجھے متعدد زبانوں کے لوگوں نے لکھا ہے۔ ایسا اثر صرف اس شخص کا ہو سکتا ہے جس کی بے تعصبی پر لوگوں کو بھروسہ ہو، جس کے کسی اقدام، کسی کلام کی تہہ میں ذاتی منفعت نہ چھپی ہو ــــــ یہ الم ناک سانحہ ایک موقع مہیا کرتا ہے کہ اردو کے عام چاہنے والے اپنے رہنماؤں کا جائزہ لیں اور اُردو زبان کے سلسلے میں سجاد ظہیر کو سب سے بڑا خراجِ عقیدت یہ ہوگا کہ ان کی کسوٹی پر اور بھی کچھ لوگوں کو کسا جائے۔

بہت سے لوگوں نے یہ لکھا ہے کہ سجاد ظہیر کے ساتھ ادب میں ترقی پسندی کا دَور ختم ہو گیا۔

میں یہ پڑھ کر ششدر رہ گئی!

جن لوگوں نے ایسا لکھا ہے ان کے غم اور صدمے کی شدّت کو میں سمجھتی ہوں۔ ان کے جذبات، محبّت و عقیدت میرے لیے ایک قیمتی شئے اور ذریعۂ تسکین و تسلی ہیں۔ لیکن کیا ۱۳ ستمبر ۱۹۷۳ء کو الما آتا میں رک جانے والے جس دل و دماغ نے اور مسلسل گردش کرنے والے جس جسم نے چالیس سال جو محسوس کیا، سوچا

اور ریاض کیا ـــــــ وہ سب کچھ ختم ہو گیا؟ اگر تیرہ سال کی ایک پیڑھی مانی جاتی ہے تو اس عرصے میں جو تین پیڑھیاں پروان چڑھیں، کیا ان سب کی عقل اور احساس بھی ختم ہو گیا؟ انسان پر گذرنے والی مصیبتوں کے لیے ان کے دل میں کرب اور ادب و فن کے لیے ان کی لگن بھی ختم ہو گئی؟ یہ کیسے ہو سکتا ہے؟ بے شک سجاد ظہیر کا غم شدید ہے، لیکن:

موجِ غم پر رقص کرتا ہے حبابِ زندگی
ہے الم کا سورہ بھی جزوِ کتابِ زندگی

اب جب کہ ترقی پسند مصنفین کی انجمن کا بانی موجود نہیں، کیا ہمیں یہ سوچنا زیب دیتا ہے کہ وہ اصولِ ادب و فن بھی نہیں رہے، جن کے لیے وہ جیا تھا۔ بیشتر ادیبوں کے بھی خطوط سے مجھے یہ اندازہ ہوتا ہے کہ اس وقت ان کی وہی کیفیت ہے جو خاندان والوں کی اس وقت ہوتی جب بزرگ خاندان باقی نہیں رہتا ـــــــ چاروں طرف اندھیرا، سمت کا پتہ نہیں، غم کی فراوانی ـــــــ لیکن یہی ہماری آزمائش کا بھی وقت ہے اور ہمیں اس یقین کے ساتھ اپنے کو منظم کرنا اور آگے بڑھتے رہنا ہے۔ کہ ہم پریم چند، اقبال، ٹیگور، ولاٹھول اور سجاد ظہیر کے جانشیں ہیں۔

انجمن ترقی پسند مصنفین اب تک ہندوستان میں جو رول ادا کرتی رہی وہ اب اس کو زیادہ شدت، زیادہ ذمہ داری اور زیادہ لگن کے ساتھ ادا کرنا ہے تاکہ سب پر ثابت ہو سکے کہ افراد مرتے ہیں ادارے اور زندگیاں قائم

رہتی ہیں۔ ہمیں انجمن کی ایک کل ہند کانفرنس کا جلد انتظام کرنا چاہئے ——— زندگی ہمارے ساتھ ہے، مستقبل ہمارا ہے جو خواب سجاد ظہیر نے دیکھے تھے ان کو ہم سے کون چھین سکتا ہے۔ اور یہ تو انسان نے ہمیشہ کیا۔ سجّاد ظہیر نے ہمیشہ کہا کہ

زمیں چیں، بر جبیں ہے، آسماں تخریب پر مائل
تعاقب میں لٹیرے ہیں، چٹانیں راہ میں حائل
رفیقانِ سفر میں کوئی بسمل ہے کوئی گھائل

مگر میں اپنی منزل کی طرف بڑھتا جاتا ہوں ان سے متعلق، میری زندگی میں، ایک خاص عنصر، ان کا انتظار تھا ——— ان کے قید سے واپس آنے کا انتظار، ہندوستان میں کہیں سے واپس آنے کا انتظار، دنیا کے کسی گوشے سے واپس آنے کا انتظار ——— وہ انتظار تو اب ختم ہوا۔

لیکن مجھے ان کے خوابوں کی تعبیر کا انتظار ہے، اور آخر وقت تک رہے گا، پوری اُمید، پورے یقین، مکمل اعتماد کے ساتھ! کہ وہ وہی ہوگی جو انہوں نے خود تصوّر کی تھی!

# اندھیرا

برسات کا موسم، رات کا وقت، کچھ بوندا باندی، پُرانی دہلی کا ریلوے اسٹیشن امرت سر جانے والی گاڑی، کچھ ڈبے اندھیرے ہیں کچھ اجالے ہیں، آٹھ بج چکے تھے، ۹ بجے ریل روانہ ہوگی، مگر ابھی تک ڈبے کے اندر روشنی نہیں آئی تھی، پھر بھی پلیٹ فارم پر اِدھر اُدھر بکھری روشنیوں کی ہلکی ہلکی چھوٹ اس ڈبے پر پڑ رہی تھی، جس سے اس پر لکھا ہوا "ملک" صاف دکھائی دے رہا تھا، جس کا مطلب تھا درجہ اوّل یعنی فرسٹ کلاس — اور ابھی تک کھڑکی کے پاس لگے کارڈ پر صرف اسی کا نام تھا، جتنے قلی آتے، وہ سوچتی اِدھر ہی آرہے ہیں، اسی ڈبے میں سامان رکھیں گے، اگر ان کے ساتھ کوئی اچھے خاصے کپڑے پہنے ہوئے عورت بھی ہوتی تب تو اسے پورا یقین ہوجاتا کہ یہیں آئے گی، مگر وہ عورت، ڈبے پر "ایک" لکھا دیکھ کر آگے بڑھ جاتی اسے اپنے شوہر پر غصّہ آنے لگا، کتنا کتنا کہا تھا، کہ فرسٹ کلاس کا ٹکٹ نہ لینا، سارے

پنجاب سے گذرنا ہے، اکیلا ہوا تو؟ بھلا ایسے آرام سے کیا فائدہ، ساری رات سہم سہم کر کٹے، ریلوے کی وردی پہنے، کاغذ قلم لئے کوئی افسر نظر آتا تو وہ امید لگانے لگتی، شاید ایسا ہو جائے کہ یہ اس کارڈ کے پاس جائے اور کسی اور عورت کا نام لکھدے، اور پھر وہ عورت بھی آجائے اس کے ساتھ ساتھ ضرور کوئی بچہ بھی ہوگا، اور جب ریل چلے گی تو وہ عورت اپنا کنستر کھولے گی، ہر پنجابی مسافر کے ساتھ ایک کنستر ضرور رہوتا ہے، جس میں کھانے کی ڈھیروں چیزیں ہوتی ہیں، اور وہ اس کی طرف بھی ضرور بڑھائے گی "لوجی، تسی بھی کھاؤ مٹھیاں روٹیاں"

دیسی گھی کی، خوشبو سے مہکتی ہوئی، لال لال میٹھیاں روٹیاں ——

مگر شاید فرسٹ کلاس میں چلنے والی عورتیں کنستر لے کے نہیں چلتیں، واہ چلتیں کیوں نہیں، ہو سکتا ہے وہ اسی ریلوے بابو کی بی بی ہو، ریلوے کے بڑے بابوؤں کو تو فرسٹ کلاس کے پاس ملتے ہیں اور —— مگر وہ افسر کوئی فلمی گیت گنگناتا ہوا نکل جاتا، اور ڈبے پر اس کا اکیلا نام لٹکتا رہ جاتا، اس کا مسلمان نام، اس کا ٹریڈ مارک، اس کی پہچان، اس کے لئے لال جھنڈی!

اور اسے ساری رات پنجاب سے گذرنا تھا، بارش تھی، بادل تھے، اندھیرا تھا، بارش ہو تو اکیلے میں، بہت ڈر معلوم ہوتا ہے، —— مگر اب تو پنجاب میں کچھ ہوئے برسوں گذر چکے تھے، مگر کچھ کا کیا ہے، کبھی ہو جائے کہیں ہو جائے —— کیوں ہو جائے، اس کا جواب کسی کے پاس نہیں!۔

اس کے کچھ دوست اسے پہنچانے آئے تھے، شوہر بھی آیا تھا، مگر یہ سب

تو یہیں رہ جائیں گے، اور اسے اکیلے ساری رات سفر کر کے صبح امرتسر پہنچنا ہے ویسے تو وہ کسی کو یہ تھوڑا ہی بتلائے گی کہ امرتسر سے آگے اسے کہاں جانا ہے، مگر اتنا تو کوئی بھی سمجھ سکتا ہے، کہ مسلمان عورت بھلا امرتسر کیا کرنے جارہی ہے۔

جب اس نے شوہر کالایا ہوا پان لینے کو ہاتھ بڑھایا تو اسے ایک بار پھر یہ احساس ہوا کہ وہ ادھیڑ عمر کا سکھ شاید تیسری یا چوتھی بار اس کے پاس سے گذرا ڈبے پر لٹکا ہوا، اس کا نام پڑھا، اسے نظر بھر کر اور پھر نظر بچا کر دیکھا اور پھر اپنی کرپان ٹٹولی ـــــ آخر ادھیڑ عمر کا یہ سکھ کیوں، اس طرح چکر کاٹ رہا تھا۔ وہ ضرور پاکستان کا رہنے والا رہا ہوگا، اسی نسل کا جس نے اپنا وطن، گھر بار، کھیت کھلیان سب چھوڑا، نہیں، اس نے چھوڑا نہیں، یہ سب اس سے چھینا گیا تھا اور کس نے چھینا ـــــ؟ یقیناً اس نے تو نہیں چھینا تھا ـــــ مگر ـــــ پھر اس کی نظر ایک بار پھر اپنے لٹکے ہوئے نام پر گئی، اس کا مسلمان نام اس کا ٹریڈ مارک ـــــ اور یہ تو اس سکھ کو پتہ چل ہی گیا ہوگا کہ وہ ڈبے میں اکیلی ہے، اس کے چاروں طرف کھڑے مردوں میں بھی مسلمان لوگ ہیں، مگر وہ اس کے ساتھ جا نہیں رہے ہیں، کیونکہ سب وہیں اکٹھے تھے۔ اور مختصر سامان بھی جو ایک مسافر سے زیادہ کا نہیں ہو سکتا تھا اس کا تنہا ہونا بالکل نمایاں تھا، وہ لرز کر آہستہ سے اپنے نوجوان ساتھیوں میں سے ایک سے بولی "اندر سے بند ہونے والے کھٹکے دیکھ لئے ہیں نا بھیا؟"۔

وہ ذرا بے پرواہی سے بولا "جی آپا، دونوں طرف دیکھ لئے ہیں، ٹھیک ہیں"

وہ کھسیا گئی ـــــ اونہہ، بے وقوف کو آخر اتنی زور سے "آپا"، کہنے کی کیا ضرورت تھی ـــــ مگر اس سے کیا فرق پڑتا تھا ـــــ دروازہ پر وہ جو اس کا نام لٹک رہا تھا، جیسے کوئی پھانسی پر جھول رہا ہو، اس کا مسلمان نام اس کا ٹریڈ مارک!۔

ـــــ اتنے میں ڈبے میں روشنی آ گئی، اس کا مختصر سامان اندر رکھ کر ایک نیچے کے برتھ پر بستر کھول دیا گیا، سب لوگ وہیں آ کر بیٹھ گئے، برتھ کتنا آرام دہ تھا! پاس ہی ڈبے کی لکڑی کی دیوار سے ایک میز کا تختہ نکلا ہوا تھا، اس پر اس نے اپنا تھرماس رکھا، ہینڈ بیگ میں سے اردو کا ایک ناول نکال کے رکھا، واقعی فرسٹ کلاس میں ہوتا ہے، بڑا ٹھاٹ ـــــ مگر ـــــ مگر ـــــ وہ سکھ پھر اس کے ڈبے کے پاس سے گذرا، اور اسی کو دیکھے جا رہا تھا، اس نے گھیر دار شلوار پر پہنے ہوئے ڈھیلے ڈھالے کرتے کے نیچے کی کمر میں بندھی کرپان بھی تو شاید پھر ٹٹولی؟ یا شلوار کا گھیر ٹھیک کر رہا تھا؟ ـــــ ارے! وہ تو اسی کے ڈبے سے لگے تھرڈ کے ڈبے میں چڑھ گیا، بھلا کسی چھوٹے سے اکیلے اسٹیشن پر اگر وہ ـــــ اور اس کے ذہن میں اخباروں کی سرخیاں، اور فرقہ وارانہ فسادات کے بارے میں لکھی کہانیاں گھومنے لگیں، یہی تو وہ گاڑی تھی جو کبھی پشاور ایکسپریس کہلاتی تھی ـــــ انجن نے سیٹی دی، اس نے حسرت بھری نظروں سے اپنے شوہر اور دوستوں کو دیکھا، ایک پاؤں ریل کے پائدان پر رکھا، دوسرے ڈبے سے اس آدمی کی کہنی سلاخوں سے نکلی دکھائی دے رہی تھی، ہمت کر کے اس نے دوسرا پاؤں بھی اٹھایا، اور ڈبے کے اندر چلی گئی ـــــ اکیلا ڈبہ!۔

اس نے جلدی جلدی دونوں دروازے بند کیے، نیچے کی چٹخنی اور اوپر کا کھٹکا لگایا، دونوں برتھوں کے نیچے جھانکا، اوپر کے برتھوں پر نظر دوڑائی ـــــ ریل کھسکنے لگی تو اس نے پھر حسرت بھری نظروں سے پلیٹ فارم پر کھڑے اپنے شوہر اور ساتھیوں کو دیکھا، وہ لوگ ہاتھ ہلا رہے تھے، وہ بھی میکانکی انداز میں ہاتھ ہلانے لگی، پھر ریل کی رفتار تیز ہوگئی، اس نے ہاتھ اندر کرلیا، اور سیدھی کھڑی ہوئی تو اس کا دل دھک سے رہ گیا! باتھ روم تو اس نے دیکھا ہی نہیں! اتنے میں ریل نے پٹری بدلی، وہ لڑکھڑائی، اوپر کا برتھ تھام کر سنبھلی، آہستہ آہستہ باتھ روم کی طرف بڑھی کھولے کہ نہ کھولے؟ کہیں اس میں کوئی ہو! یہ باتھ روم کے دروازے کا کھٹکا کیوں ہل رہا تھا ـــــ کیا اندر کوئی ہے؟ وہ کھڑی دیکھتی رہی، کھٹکا برابر ہلے جا رہا تھا اور ایک بار پھر جو ریل نے پٹری بدلی تو وہ ایک طرف کو زیادہ جھک گیا ـــــ اوہو یہ تو ریل کے چلنے سے ہل رہا تھا ـــــ اس نے موٹھ پکڑ کر ایک دم سے دھکا دیا دروازے کی آڑ میں ضرور کوئی ہوگا، مگر اس نے زور سے اندر دھکا دیا تو جھونک میں دروازہ کے ساتھ اندر چلی گئی ـــــ کوئی نہیں!۔

واپس آکر وہ اپنے برتھ پر بیٹھ گئی، پسینہ پونچھا گردن بڑھا کر باہر جھانکنے کی کوشش کی مگر کھڑکی میں سلاخیں لگی تھیں۔ باری باری سے اس نے ہر کھڑکی سے باہر جھانکا۔ بالکل آخری والی کھڑکی سے اُسے اس سکھ کی کہنی کی نوک نظر آئی۔ خدا کرے وہ سو گیا ہو، مگر کیا بیٹھے بیٹھے سو گیا؟ ایسا ہی ہوا ہوگا۔ بھلا تھرڈ کلاس میں کون پیر پھیلا کے سوتا ہے۔ ریلوے نے کھڑکیوں میں سلاخیں لگا دیں یہ تو بہت اچھا کیا۔

پھر اس نے سب شیشے چڑھا دیئے اور ــــــ مگر شیشوں میں سے تو سب اندر دکھائی دے سکتا ہے، اس نے روشنی بجھا دی، پھر بھی اگر باہر سے دیکھیں تو اتنا پتہ تو چل ہی سکتا ہے، کہ ڈبے میں بس ایک ہی مسافر ہے اور وہ بھی عورت! ویسے بھی باہر 'لیڈیز' تو لکھا ہی تھا، اور راس کا اکیلا نام! اس کا ٹریڈ مارک۔

اس نے اپنے بچھے ہوئے بستر میں سے توشک نکالی، اسے لپیٹ کر گول کیا اور سامنے والے اوپر کے برتھ پر رکھ دیا۔ پھر اسے ایک چادر اڑھا دی، اپنا تکیہ بھی اس کے سرہانے لگا دیا، اب باہر سے کوئی جھانکے تو وہ سوتا ہوا معلوم ہوگا ــــــ یہ سب کر کے جو وہ اپنے بستر پر واپس آئی تو گاڑی آہستہ ہو رہی تھی، کوئی اسٹیشن آ رہا تھا اس نے جلدی جلدی اپنا پلنگ پوش اپنے بستر پر بچھا دیا، فرسٹ کلاس میں گدّی کی ضرورت ہی کیا ہے، اسی سے کام چل جائے گا، لعنت ہے فرسٹ کلاس پر! اس وقت تھرڈ میں ہوتے تو کیا چین ہوتا!۔

سارے شیشے بند ہونے سے گرمی غضب کی ہو گئی تھی اور کوئی اسٹیشن آ ہی گیا تھا، پھر ریل رکی اور دروازے پر دھڑا دھڑ ہونے لگی "کھولو جی، کھولو جی"۔

اس نے آدھا شیشہ اٹھایا "یہ لیڈیز ہے!"

اور یہ کہتے ہوئے اس کی نظر ذاتیں کو جو مڑی تو وہی سکھ کھڑا تھا، اس کی پگڑی، نام والے کارڈ کو چھو رہی تھی، اور کھڑکی سے کندھا ٹکائے وہ یوں کھڑا تھا، جیسے اس ڈبے میں اس کا کوئی شکار بند ہو، اور دروازے بند ہونے کے چکر میں کہیں نکل نہ جائے اور طرہ یہ کہ اس بار اس کے ساتھ ایک سکھ اور دو نوجوان پنجابی اور تھے اور

وہ انہیں اشارہ کر کرکے کچھ سمجھا رہا تھا ــــــ جن مسافروں نے ڈبہ غلطی سے دھڑ دھڑا دیا تھا وہ آگے نکل گئے تھے، ریل نے سیٹی دی، پھر ایک ہچکولہ لیا اور آہستہ آہستہ کھسکنے لگی، یہ سب بھی دوڑ کر اپنے ڈبے میں چڑھ گئے، مگر ایک نوجوان نے دوڑتے ہیں کہا تھا

"ہاں جی، اردو دا ہی ناول اے"

اور اس ادھیڑ عمر سکھ نے جواب دیا تھا "میں تینوں بولیا سی اوئی اے"

ایک دم اس کی نظر اپنے برتھ کے پاس دیواری میز پر گئی جس پر اس نے اردو ناول نکال کے رکھا تھا کہ راستے میں پڑھے گی۔

تو ان لوگوں نے شیشے میں سے دیکھ لیا تھا ــــــ جھانکے ہوں گے ــــــ اور یہ بھی دیکھ لیا تھا کہ وہ اردو پڑھتی ہے، اور جو عورت اردو پڑھتی ہو تو وہ ضرور "اوئی" یعنی مسلمان ہوگی! مردوں کی اور بات ہے، ہندو مرد بھی اردو پڑھتے ہیں، مگر عورت؟ اس نے بیگ میں سے کنجی کا گچھا نکالا، بکس کھول کر کتاب اس میں رکھ دی کنجی بستر پر ڈال دی اور آڑی لیٹ گئی ــــــ پھر اس نے ایک دم اٹھ کر سارے شیشے گرا کے جھلملیاں چڑھا دیں۔ ــــــ اور بستر پر لیٹ گئی۔ اب دیکھو کیا ہوتا ہے!۔

جھلملیاں لگنے سے کچھ ہوا آنے لگی، گھٹن کم ہو گئی، گاڑی نے رفتار تیز کی، اس نے اپنے دونوں پیر سمیٹ کر پیٹ سے لگائے، دونوں ہاتھ سر پر دبا لئے، جیسے وہ وار سے بچنے کی کوشش کر رہی ہو، آنکھیں بند کیں، سرہانے کی جھلملی سے آتی ہوتی ٹھنڈی ہوا اس کے سر پر لگ رہی تھی، روشنی بجھی ہوئی تھی ــــــ اور پھر اسے ایسا محسوس

ہونے لگا کہ وہ پیچھے کو ہٹتی جا رہی ہے مگر اس کے پیچھے کوئی دیوار ہے ــــــ اور پھر، پھر ایک دم سے ایک کرپان ہوا میں لہرائی اور اس کی نوک اس کے پہلو میں چبھنے لگی، چبھتی ہی گئی ــــــ وہ بہتیرا کسمسائی، تڑپی، تلملائی مگر کرپان کی نوک دھنستی ہی گئی ــــــ ٹھنڈی، نوکیلی، تیز ــــــ اور پھر جو اس نے ہاتھ لگا کر دیکھا تو چپچپا خون اس کے ہاتھوں میں بھر گیا! اور ایک دم اس کی آنکھ کھل گئی ــــــ اس کی پیٹھ ریل کی برتھ سے آڑی ہوئی تھی، ہتھیلیاں پسینے سے چپچپا رہی تھیں، اور کنجی کے گچھے میں سے ایک لمبی سی نوک دار کنجی اس کے پہلو میں چبھ رہی تھی، گاڑی کی رفتار آہستہ ہو رہی تھی۔

اس نے بیگ سے اپنی گھڑی نکالی ــــــ تین بج رہے تھے ــــــ تو کیا وہ سو گئی تھی؟ مگر ایسے میں اسے نیند کیسے آئی ــــــ واہ رے نیند! وہ اُٹھ کے بیٹھ گئی، سر پیچھے کے تختے پر ٹیک دیا، سو جانے کے باوجود اسے شدید تھکن محسوس ہو رہی تھی، سر درد سے پھٹا جا رہا تھا، اور آنکھیں جل رہی تھیں ــــــ گاڑی آہستہ ہوتے ہوتے رک گئی، مگر یہ کوئی اسٹیشن نہ تھا، جنگل، بیابان اندھیرا! کچھ بارش بھی ہو رہی تھی، اس نے جھلملی میں کان لگایا ــــــ جھاڑیاں اتنی قریب تھیں کہ قریب سے برساتی کیڑوں کی آواز آ رہی تھی، جھن، جھن، جھن جھن، ــــــ دور سے انجن کی سائیں، سائیں، سائیں!

پھر دو تین آدمی لالٹینیں جھلاتے پٹری کے پاس سے گذر گئے، اس نے جھلملی میں کان لگایا ــــــ دور سے کسی نے پکارا "کس ڈبے دی زنجیر

کھینچی ہے جی؟"

دوسری طرف سے کسی نے جواب دیا" فرسٹ کلاس دے نال ولے ڈبے دی!" پھر کسی نے کہا" کی گل اے جی؟"

کسی نے دوسرے طرف سے کچھ کہا جو اس نے نہیں سنا، کیونکہ اس کا دل اتنی زور سے دھڑک رہا تھا کہ معلوم ہوتا تھا، اب اچھل کے منہ میں آجاتے گا ایک فرسٹ کلاس تو اس کا بھی تھا، اور اس کے ساتھ والے ڈبے میں وہ لوگ بھی بیٹھے تھے کہیں انھوں نے ہی تو زنجیر نہیں کھینچی تھی! اسی ڈبے میں وہ کرپان والا تھا، اور اس کے ساتھی تھے، ضرور انھوں نے ہی زنجیر کھینچی، اور پھر اسے فساد کے بارے میں لکھی، وہ ساری کہانیاں یاد آنے لگیں، جن میں زنجیریں کھینچ کھینچ کر گاڑیاں روکنے اور اقلیت کے لوگوں کو باہر گھسیٹ کر قتل کرنے کا بیان تھا،

—— اور پھر اس نے دیکھا کہ وہی دونوں اس کے ڈبے کے سامنے، پٹری کے پاس پتھروں، روڑوں پر کھڑے اسی کے ڈبے کی طرف گھور رہے جا رہے تھے اندھیر میں بھی ان کی آنکھوں میں ایک عجیب سے اشتیاق کی روشنی جھلک رہی تھی جیسے اگر ڈبے کا دروازہ کہیں کھلا ہوتا تو بس وہ جھپٹ کر اندر ہی ہوتے! شاید انھوں نے سوچا ہوگا کہ گاڑی رکنے پر ہو سکتا ہے، وہ دروازہ کھولے گی، پوچھے گی کیا ہوا —— کیا بات ہے؟ —— اور بس وہ اسے لپک کر دبوچ بیٹھیں گے، مگر ایسا کیسے ہو سکتا ہے، آخر اور لوگ بھی تھے، مگر اور لوگوں سے کیا ہوتا ہے، وہ کہاں نہیں تھے؟ وہ نواکھالی میں بھی تھے، اور احمد آباد میں بھی، واگہ میں بھی تھے اور جبل پور

ہیں بھی — غنڈے دو چار سو تھے، تو لوگ ہزاروں لاکھوں تھے، مگر انھوں نے کیا کیا؟ اور اس کی نظروں کے سامنے ویرا کی تصویر گھومنے لگی، دبلی پتلی ہنس مکھ روسی عورت، ویرا جو روس کے سفر میں اس کی ترجمان تھی، جس کا دودھ پیتا بچہ فاشستوں کی توپوں اور مشین گنوں کے دھماکوں کی تاب نہ لاکر پاگل ہو گیا تھا اور اب تک نارمل نہ ہوا تھا، اور وہ ساری زندگی یہ صلیب اٹھائے گی، وہ کہا کرتی تھی "میں نازیوں سے کوئی سوال نہیں کرتی، مگر میں ہر شریف جرمن سے یہ پوچھتی ہوں کہ تم کیوں چپ رہے؟ تم نے یہ دہشت کیوں پھیلنے دی کہ آج تمہاری قوم کا ہر آدمی مجھے اپنا دشمن نظر آتا ہے، یقیناً تم سب میرے بیری نہیں ہو، لیکن تم ہی بتاؤ میری جگہ تم ہوتے تو کیا محسوس کرتے؟"

اس کے ڈبے کے آگے سے ایک ریلوے مزدور کچھ اوزار لیے جاتا، دوسرا لالٹین جھلاتا گذر گیا، ایک کہہ رہا تھا، "کؤ نو مار کئے لائن پر ڈال گوا، جے ماں ای لاگئے ریل گاڑی کاٹ دہس"۔

پنجاب میں اپنی طرف کی بولی سن کر اس کے دل کو ایک عجیب سی ڈھارس ہوئی، لکھنؤ یاد آنے لگا، جہاں کبھی فساد نہیں ہوا، جہاں اس نے زندگی اور جوانی کے برسوں تنہا گذارے، مگر اسے کبھی ڈر نہ لگا، بے اختیار ہو کر اس نے اپنے طرف کی جھلملی اٹھادی، اور دیہاتی بولی میں کہا، "کا بھوا بھیا؟ کاہے ریل گاڑی ٹھہری"

ایک مزدور حیران ہو کر رک گیا اور پیچھے مڑ کر بولا "ماتا جی، آپ کا ہمارے جوار کی ہوئیں سرکار؟"

اس کا جی چاہا کہ ایک دم گاڑی میں سے کود پڑے، اور اپنے جُوار کے اس، مزدور سے لپٹ کر خوب روئے اور کہے ..... ایں؟ وہ سب کے سب بوڑھوں پھٹروں پر سے کھسک کر جھلملی کے پاس آ کھڑے ہوئے تھے ـــــ اور اب دو جوان اور بچے، ٹکی دُلی ـــــ پتلون قمیصیں پہنے اسے دیکھ دیکھ کر عجیب انداز سے خوش ہو رہے تھے، اور آپس میں پنجابی زبان میں دھیمے دھیمے نہ جانے کیا باتیں کر رہے تھے ـــــ اس نے کھٹ سے جھلملی گرا دی، ڈبے نے ہچکولہ کھایا۔ انجن نے وِسل دی، ریل کھسکنے لگی ـــــ پھر اس کی رفتار تیز ہوئی، پھر اور تیز ہوئی ـــــ اور وہ بیٹھی رہی، روشنیاں بجھائے، باہر کی تاریکی میں کبھی کبھی جھانک لیتی، اور پھر جھلملی گرا دیتی ـــــ بیٹھے بیٹھے ریل کے ہچکولوں سے اس کی کمر دکھنے لگی تھی، آنکھیں تھکن سے ڈھنپی جا رہی تھیں، مگر وہ بیٹھی رہی، یہاں تک کہ افق سے کچھ گلابی اور کچھ سفید جھلکنے لگا ـــــ اور پانچ بج گئے!

اب لدھیانہ قریب آ رہا تھا، اور اس کا ایک عزیز پنجابی دوست اس سے ملنے کے لئے لدھیانے کے اسٹیشن پر آنے والا تھا۔ اس خیال سے اس کا دل کچھ مضبوط ہوا، اٹھ کے غسل خانے میں گئی، اور منہ دھونے لگی، دو تین بار صابن سے منہ دھونے کے بعد بھی آئینے میں اس کی آنکھوں کے نیچے پڑے ہوئے سیاہ حلقے کیسے عجیب معلوم ہو رہے تھے، یہ کالے حلقے کل رات کو نہ تھے، جب وہ خوش خوش اپنے گھر سے اسٹیشن کے لئے روانہ ہوئی تھی تو نہ تھے، جب اس کے شوہر نے اسے پیار کر کے خدا حافظ کہہ کر رخصت کیا تھا، تو نہیں، ..... مگر اس وقت اس کے ہونٹ

کیسے سوکھے ہوتے تھے، گال کتنے دُھنس گئے تھے، ایک ہی رات میں اس کی شکل بدل گئی تھی، کیا خوف سے انسان کی صورت میں اتنی تبدیلی آجاتی ہے؟۔

اس نے بیگ میں سے لپ اسٹک نکال کے لگائی اور پھر اسے ایک دم ہنسی آگئی ـــــ اگر اس کی لاش کے ہونٹوں پر لپ اسٹک لگی ہوگی تو کتنا عجیب معلوم ہوگا، لوگ کہیں گے، کیسی تھی یہ عورت کہ مرنے سے پہلے اِسے سنگار کا شوق چرّایا تھا، پھر اس نے ڈینشنگ کریم لگائی، پوڈر لگایا، پھر کاجل لگایا، اور بالوں میں کنگھی پھیرنے لگی، پھیرتی رہی، پھیرتی رہی ـــــ اور پھر اسے ایک دم خیال آیا کہ یہ غسل خانہ تو ڈبے سے زیادہ محفوظ ہے، اس کی جھلملی کتنی مضبوطی سے جڑی ہوئی ہے ـــــ اور وہ برابر کنگھی کرتی رہی، یہاں تک کہ گاڑی آہستہ ہونے لگی، یہ لُدھیانے سے پہلے کوئی چھوٹا سا اسٹیشن تھا، اس نے جھلملی سے جھانک کر دیکھا، پلیٹ فارم کا کنارہ دکھائی دے رہا تھا، اور اس کنارے سے لگی ہوئی وہ گہرائی جس میں ریل چلتی ہے اور ریل کے پہیوں کا تھوڑا سا حصہ، اس نے آنکھ ترچھی کر کے اپنے ڈبے کے پہیوں کی طرف دیکھا، اور پھر اس کی نظریں اٹھیں تو پلیٹ فارم کے کنارے پر چھ جوتے تھے، ـــــ جن میں ایک جوڑ بھاری پشاوری قسم کا تھا، ایک گھیردار شلوار کا نچلا حصہ، مختلف قسم کی پتلونوں کی کئی موہریاں ـــــ اس نے بہتیری کوشش کی مگر اتنی اوپر نظر نہ جاسکتی تھی کہ کرپان دکھائی دیتی، ہر بار جھلملی کی پٹری بیچ میں آجاتی تھی ـــــ تو وہ لوگ اسی کے ڈبے پر ڈٹے ہوئے تھے ـــــ ورنہ ہر چھوٹے بڑے اسٹیشن پر جہاں ریل رکتی انہیں اترنے کی کیا ضرورت

تھی ۔ یکایک دھکا لگا ، لڑکھڑا کر اس نے منہ دھونے کا نسلہ پکڑا، جب ریل تیز ہو گئی تو غسل خانے کی چٹخنی کھول کر اس نے باہر جھانکا، ڈبے کے دونوں دروازوں کو دیکھا، اوپر کا کھٹکا لگا ہوا تھا، نیچے کی چٹخنی بھی بند تھی، پھر اس نے وہیں کھڑے کھڑے نچلے برتھوں کے نیچے جھانکا اور اوپر بھی نظر دوڑائی ، اس کا گدا تکیہ ابھی تک اوپر کی ہی برتھ پر سو رہے تھے ـــــ چاروں طرف تنہائی تھی، کہیں کوئی نہیں! بس اس کا ٹرنک رکھا تھا اور اس میں لگا تالا ریل کے ہچکولوں سے ہل رہا تھا۔

وہ جلدی سے باہر نکلی ، ٹرنک کا تالا کھولا ، اوپر ہی رکھی ہوئی ایک سادی ساری نکالی اور جھپ سے غسل خانے میں گھس گئی ، یقیناً غسل خانہ ڈبے سے زیادہ محفوظ تھا، وہ ساری باندھنے لگی ، وہ ہمیشہ بہت فخر سے کہا کرتی تھی کہ میں پانچ منٹ میں ساری باندھتی ہوں، مگر اس وقت اس نے اتنی دیر لگائی کہ معلوم ہوتا تھا، ایک جگ بیت گیا! ـــــ گاڑی کی رفتار آہستہ ہونے لگی، ضرور لدھیانہ آ رہا تھا کیونکہ اب اچھی خاصی صبح نکل آئی تھی ، ریل رکنے لگی، تو اس نے ڈبے کا دروازہ کھولا تو نہیں، مگر اس کا ہر شیشہ ہٹا کر اسٹیشن پر کھڑے ایک ایک آدمی پر نظر ڈالنی شروع کر دی ـــــ اور پھر چائے کے ایک اسٹال کے پاس اسے اپنا وہ پنجابی دوست کھڑا دکھائی دیا ، اسے ایسا محسوس ہوا جیسے اس نے نئی زندگی پائی ، اور اس کی آنکھیں بھر آئیں ، ریل رکی بھی نہ تھی کہ وہ آموجود ہوا ، ـــــ اسے بہت ادب سے جھک کر سلام کیا اور سہارا دے کر ڈبے سے پلیٹ فارم پر اتارا ، اس وقت اسے سہارے کی کتنی ضرورت تھی !۔

وہ بولا "ناشتہ کر لیجئے آپا، یہاں تو ریل کافی دیر رکے گی،، اس نے مڑ کر ٹی اسٹال کی طرف دیکھا، وہاں وہ سب کھڑے تھے، جنھوں نے ساری رات اس کا پیچھا کیا تھا، ـــــ اور اسی طرح اسے گھورے جا رہے تھے، اور باہم سرگوشیاں کر رہے تھے، پھر ان میں سے ایک آگے بڑھا اور اس نے اشارے سے اس کے دوست کو بلایا اور بار بار اس کی طرف نظر اٹھا اٹھا کے اس کے دوست سے نہ جانے کیا کیا پوچھنے لگا، اس کا دل زور زور سے دھڑکنے لگا ـــــ اگر یہاں دس بیس آدمی مل کر اس کے دوست کو گھیر لیں، تو وہ بے چارہ اکیلا کیا کر سکے گا بھلا۔! اس کے دماغ پر ایک بجلی سی چمکی اور اسے اپنے ایک محبوب پنجابی دوست کی بی بی کی بات یاد آئی "میرے پتا جی نے کہا تھا، بیٹا یہ غلطی نہ کرنا کہ کسی مسلمان کو پناہ دو وہ بچ نہ سکے گا، اور تم لوگ بھی مارے جاؤ گے"!

اس نے دیکھا اس کا دوست اور وہ سب اس کی طرف آ رہے ہیں، اس کا دوست بیچ میں تھا، وہ لوگ آس پاس تھے، جیسے اسے گھیرے ہوں اور اس کے دوست کی تیوری پر بل تھے، جیسے اسے کوئی بات ناگوار گذر رہی ہو ـــــ اور نہ جانے کیوں وہ الٹے پاؤں آہستہ آہستہ کھسکنے لگی، اس کا دماغ بالکل خالی تھا، آنکھیں پھٹ گئی تھیں، پیر من من کے ہو گئے تھے، اور سارے جسم پر ٹھنڈا پسینہ آ رہا تھا، .... اسے کچھ دکھائی نہ دے رہا تھا، اور اس کی کیفیت ایسی تھی جیسے کوئی خواب میں چیخنا چاہے اور نہ چیخ سکے۔

پھر اس میں سے ایک نوجوان سکھ آگے بڑھا اور اس کے کان میں جیسے دور

کہیں سے آواز آئی "آپا، کیا آپ کی طبیعت کچھ خراب ہے؟ کیا آپ کو چکر آرہا ہے؟"

وہ کچھ نہ بول سکی۔

پھر دور سے ایک معمر سی آواز آئی "اجی، انھوں نے ساری رات تو کھڑکیاں بند رکھیں، گرمی سے ان کی طبیعت بگڑ گئی ہوگی۔"

اس کے دوست کی جانی پہچانی آواز سنائی دی "یہ لوگ آپ کی کہانیاں پڑھتے ہیں، دہلی سے آپ کے ساتھ سفر کیا، مگر انھیں یقین نہ تھا کہ آپ ہی ہیں اور پھر ہمت بھی نہیں پڑ رہی تھی کہ خود سے آپ سے ملیں ــــــ میں ان سے یہی کہہ رہا تھا کہ بھئی ناشتہ کر لینے دو، پھر ملا دوں گا۔۔۔۔"

اور اسے ایسا محسوس ہوا کہ ساری باتیں ہوتی جا رہی تھیں، اور وہ چل رہی تھی نہیں ــــــ وہ لے جائی جا رہی تھی، اس کے دونوں بازو، دو مضبوط جوان ہاتھوں میں تھے۔۔۔ اور پھر کسی نے اسے ایک بنچ پر بٹھا دیا، سب اسے گھیرے کھڑے تھے، اور اس کا دوست کہہ رہا تھا "تو ان لوگوں نے مجھ سے کہا کہ میں آپ کو ان لوگوں سے ملا دوں ــــــ یہ سردار بوٹا سنگھ جی ہیں، لکڑی کے مزدوروں کی یونین میں کام کرتے ہیں ــــــ بہت اچھے شعر کہتے ہیں محلے کے بچوں کو فارسی بھی پڑھاتے ہیں ــــــ اس ادھیڑ عمر کے سردار نے جلدی سے اپنی شلوار کا گھوم ٹھیک کر کے دونوں ہاتھ سے اسے سلام کیا، اور نوجوانوں میں سے ایک سے بولے "وہ کتھے ہے سریندر؟"

کسی نے کہا "اجی وہ آپا کے لیے چائے لینے گیا ہے۔"

"اوئے چلئے داکی ہوناہے ــــــ دودھ لاناتھا۔"

سامنے سے ایک نوجوان آتا دکھائی دیا۔ جس کے ہاتھ میں اس کا ٹرنک اور بستر بندا اور باقی سامان تھا، اس نے سامان بنچ کے پاس رکھا ہی تھا کہ ریل نے سیٹی دی.... وہ گھبرا کے اٹھ کھڑی ہوئی" ارے میری ریل چھوٹ جائے گی،

یہ میرا سامان یہاں کون لایا؟ مجھے تو امرتسر جانا ہے ــــــ ارے بھائی ....."

سامان لانے والا نوجوان کمر پر پتلون ٹھیک کرتے ہوئے بولا "جی، آپ کا سامان میں لایا ہوں ــــــ امرناتھ بھائی صاحب نے کہا، آپا کا سامان اتار لاؤ، ان کی طبیعت ٹھیک نہیں، یہاں ذرا دیر آرام کریں گی، پھر میں آپ کو موٹر سے پہنچا دوں گا میرا یہاں موٹر کا کارخانہ ہے، .... آپ کی کہانیاں پڑھتا ہوں ــــــ میرا نام کشن کنول ہے جی ..... ہم ریڈیو پر بھی آپ کا کہانیاں سنتے ہیں، آپ کے منہ سے کچھ سننا چاہتے ہیں ....."

لیکن وہ خود اب کچھ نہیں سن رہی تھی، کیوں کہ وہ اپنے اوپر لعنت بھیجنے میں مصروف تھی ــــــ جو اس کی رگِ حیات تھے، انہیں اس نے اپنا قاتل سمجھا! جو اس کے قدر داں تھے، جن پر اس کی ادبی زندگی کا انحصار تھا، انہیں خونی تصور کیا! جن قاریوں کے لئے وہ اپنا خون جگر جلاتی تھی، انہیں اس نے اپنا دشمن جانا۔ لعنت ہے اس پر مگر آج وہ اپنے سب قاریوں سے، اپنے قدر دانوں سے پوچھتی ہے، کیا وہ ایک بدظن انسان تھی یا اِس ماحول میں زندگی بسر کرتے ہوئے، شک و شبہ کے اندھیرے میں ٹکریں مارتی، ایک بدنصیب انسان تھی؟

# چنے کا ساگ

بابو رام ناتھ برسوں سے لکھنؤ میں رہتے تھے، لیکن ان کو یہ شکایت تھی کہ کوئی ان کو لکھنؤ والا نہیں مانتا تھا۔ وہ کسی سے نہیں کہتے تھے کہ وہ ہیرا گڑھ ضلع کے ایک دیہات کے ہیں، ہر ممکن کوشش کرتے تھے کہ لفظ دیہاتی ان کی شخصیت کے ساتھ نہ جڑے لیکن نہ جانے کیا قسمت کا چکر تھا کہ ہر پھر کر ایسے لوگ مل جاتے تھے یا ایسی کوئی بات ہو جاتی تھی کہ ان کا سارا کیا دھرا خاک میں مل جاتا تھا، ویسے ان کو ابھی تک دیہات کی چیزوں سے دلچسپی تھی، مگر گھر کے اندر ـــــ مثلاً یہ کہ ان کو باجرے کی روٹی، بیگن کا بھرتہ، چنے کا ساگ، تازہ گڑ، ابھی تک بہت اچھا لگتا ـــــ ابھی اسی دن کی تو بات ہے کہ ان کے ساتھ کام کرنے والا ایک کلرک، اپنے کھانے میں چنے کا ایک کٹورا ساگ لایا تھا۔ دفتر کے لان پر دھوپ میں بیٹھ کر سب نے اپنا اپنا کھانا کھولا تو بابو رام ناتھ کی نظر چنے کے ساگ پر پڑی ـــــ خوب پیاز اور لال مرچ پڑا۔ زیرہ سے بگھیرا، ہینگ کی

خوشبو سے مہکتا ہوا، چنے کا ساگ۔ ان کے منہ میں ایک دم پانی بھر آیا تھا۔ دل سے ایک آہ نکلی تھی۔ ذہن میں اپنا بچپن گھوم گیا تھا، جب اُن کی ماں بھی ایسے ہی چنے کا ساگ پکایا کرتی تھیں اور وہ بیسن کی روٹی سے کھایا کرتے تھے۔ چھوٹی چھوٹی موٹی موٹی۔ دیسی گھی چپڑی ہوئی بیسن کی روٹی ــــ مگر فوراً ہی سنبھل گئے اور جب ان کے ساتھی نے چنے کا ساگ ان کی طرف بڑھایا تو وہ بولے ــــ "ارے بھئی اب تو ہماری عادت ہی چھوٹ گئی، یہ دیہاتی چیزیں کھانے کی ــــ برسوں سے شہر میں رہ رہے ہیں۔ سمجھو شہر والے ہی ہو گئے۔"

شام کو جب وہ گھر جا رہے تھے تو روز کی طرح گھر کے پاس والے بازار میں سبزی خریدنے کے لئے رُکے آلو اور ٹماٹر خرید کے انہوں نے ایک گوبھی بھی لے لی اور کچھ گاجریں، پھر سبزی والے سے ہری مرچ کی تعداد اور دھنیئے کی مقدار پر بحث ہی کر رہے تھے کہ انہیں دکان کے تھڑے کے نیچے چنے کا ساگ ٹوکرے میں بھرا ہوا نظر آیا۔ اور ان کی نظر میں وہ لذیذ سبزی گھوم گئی جو انہوں نے دن کو اپنے ساتھی کے کھانے میں دیکھی تھی ــــ انہوں نے چنے کا ساگ خرید لیا۔ اور پیسے دے ہی رہے تھے کہ ان کے پڑوس میں رہنے والا نوجوان موہن گذرا۔ وہ چوڑی دار پتلون، اور چمکدار رنگوں کی قمیص پہنا کرتا تھا مگر اتنی کم عمری میں بھی موٹروں کی مرمت کا ایک چھوٹا سا کارخانہ چلاتا اور خوب کماتا تھا۔ اور بابو رام ناتھ ہمیشہ یہ خواب دیکھا کرتے تھے کہ اپنی سولہ سترہ سال کی میٹرک میں پڑھنے والی لڑکی کملا کے لئے موہن جیسا ہی کوئی لڑکا مل جائے۔ موہن نے خالص لکھنوی انداز میں، دور ہی سے بابو رام ناتھ کو سلام کیا۔

بابو رام ناتھ جلدی جلدی ساگ تھیلے میں سب سے نیچے رکھ رہے تھے، پھر اس پر آلو اور دوسری سبزیاں رکھیں، دو عدد ٹماٹر سب سے اُوپر رکھے اور تھیلا اٹھایا ہی تھا کہ موہن پاس آکر بولا ـــ "بابو کہئے، کیا کیا خرید ڈالا ـــ لائیے میں تھیلا پہنچا دوں۔"

وہ مسکرا کے بولے، "جیتے رہو جیتے رہو، کہو بھائی کارخانے کے کیا حال چال ہیں؟"

موہن نے ان سے تھیلا لیا۔ اور ساتھ ساتھ چلتا ہوا بولا ـــ "جی آپ کی دُعا ہے، ویسے کل ہی دو موٹریں صفائی کے لئے آئی تھیں کہیں دیہات میں گئی تھیں، کچّی سڑک سے ان میں کچھ گڑبڑ ہو گئی تھی۔ یہ جو حمید صاحب ہیں نا، یہ دیہات کے ہیں، ویسے برسوں سے یہاں شہر میں رہتے ہیں۔ نامی گرامی وکیل ہیں۔ مگر اب بھی ان کی سمجھ میں یہ نہیں آتا کہ موٹر کو ان سڑکوں پر نہ لے جائیں کہتے تھے بھئی آج کل چنے کے ساگ کا ہمارے گاؤں میں ـــ ہل تو یہاں بھی جاتا ہے، پر باسی ہو کر کسی کام کا نہیں رہتا۔ سو وہاں کھانے گئے تھے۔ کہئے چنے کا ساگ کونسی بڑی نعمت ہے، جو اس کی بدولت موٹروں کے سر گئی ـــ خیر ان کے دیہاتی پنے کی بدولت چلئے ہمارا تو ہزار روپیہ سیدھا ہو گیا۔"

بابو رام ناتھ کا دل دُھکڑ پکڑ کر رہا تھا ـــ مگر بھلا موہن کو کیا پتہ ہو سکتا تھا کہ اس مہذب سبزی کے نیچے ایک دیہاتی ہریالی چھپی ہوئی ہے۔

دوسرے دن اتوار تھا۔ دوپہر کو جب بابو رام ناتھ آنگن کی دھوپ میں کھانا کھانے بیٹھے اور بیوی نے چنے کا ساگ ان کے سامنے پروسا تو وہ سب کچھ بھول گئے ـــ بیسن کی گھی لگی روٹی سے ایک نوالہ توڑ کر چنے کے ساگ کے ساتھ جو انہوں نے منہ میں رکھا تو مزہ آگیا ـــ ساگ کی ہلکی ہلکی کھٹاس سرسوں کے تیل کے بگھار کا لطف، پیاز لال مرچ اور زیرہ کی خوشبو، ہینگ کی مہک ـــ واہ، وا ـــ دوسرا نوالہ منہ میں رکھا تو اور بھی مزہ

آگیا مگر تیسرا یا شاید چوتھا نوالہ توڑنے کو ہاتھ بڑھایا ہی تھا کہ دروازہ پر دستک ہوئی اور پھر ان کے دوست محمد علی اندر آ گئے، جو اگرچہ اب کانپور میں کام کرتے تھے مگر خالص لکھنوی تھے۔ اب تک چھلکے کو چھکلا کہتے تھے اور ہر ہفتے ٹنڈے کے کباب کھانے کانپور سے لکھنو آیا کرتے تھے۔

بابو رام ناتھ نے ان کو دیکھتے ہی بیوی کو اشارہ کیا۔ کہ کھانا اٹھالیں۔ بیوی ذرا حیران ہو کر بولیں ـــــ "کیوں، محمد علی بھائی ہی تو ہیں۔ کھالو۔ ــــ بھلا چنے کا ساگ ٹھنڈا ہو کر کیا اچھا لگے گا۔"

بابو رام ناتھ نے دانت پیس کر سرگوشی کی ـــــ "جو کہتا ہوں وہ کرو۔"

بیوی منہ بنا کر کھانا اٹھا کر لے گئیں ـــــ اتنے میں محمد علی آنگن میں آ گئے اور بولے ـــــ "ادہو کیا کھایا جا رہا ہے۔ معاف کیجئے آپ کا کھانا..."

"آیئے آیئے، میں کھا ہی چکا تھا ــــ چائے پینے کا ارادہ کر رہا تھا۔"

محمد علی پاس ہی کرسی پر بیٹھ گئے اور بولے ــــ "صاحب، آپ تو دیہات کے ہیں، کبھی چنے کا ساگ تو منگوایئے ہمارے ایک دیہاتی دوست تھے ــــ آپ ہی کی طرح کے کرم فرما ــــ وہ کبھی جاڑوں میں کھلایا کرتے تھے ــــ جب سے وہ خدا بخشے سُدھارے وہ بات ہی ختم ہو گئی، چنے کا ساگ پکانا بھی تو دیہاتی عورتوں کو آتا ہے اب ہماری شہر کی بیگمات کیا جانیں یہ سب پکانا وکانا۔"

بابو رام ناتھ کی نظریں اپنی بیوی کی طرف اٹھ گئیں جو زندگی بھر سے شہر میں رہ رہی تھیں اور اب تک وہ آگے پلّو کر کے ساری باندھتی تھیں۔ یہ اور بات تھی کہ ان

کی ہی لڑکی کملا پیچھے پلو رکھتی تھی ــــ بھئی وہ میٹرک ــــ میں پڑھتی تھی شہر میں پیدا ہوئی پلی بڑھی ـ!

بابو رام ناتھ ذرا کھسیا کے بولے ــــ" ارے صاحب، اب دیہات سے ہمارا کیا ناطہ رہ گیا۔ برسوں سے شہر میں رہ رہے ہیں، سب طور طریقے، بو باس یہیں کی ہو گئی ــــ ارے بھئی سنتی ہو ــــ ذرا دو پیالی چائے بنا دو اور ہاں بھئی وہ جو ہم لوگوں نے ڈی اے بڑھانے کی درخواست ڈی جی کے یہاں دی تھی اس کا کیا ہوا؟"

بابو رام ناتھ نے سوچا ــــ کسی طرح یہ کم بخت ساگ کا ذکر ٹل جائے تو اچھا ہے. چنانچہ ادھر ادھر کی باتیں ہونے لگیں۔

پھر چند ہی دنوں بعد دفتر کے نئے ڈائریکٹر آئے، عمر تو ان کی زیادہ نہیں تھی، مگر بڑے گھلنے ملنے والے آدمی نکلے ــــ ہر ایک سے برابر کا برتاؤ، سلیقے کی بات چیت، ــــ چارج لیتے ہی دفتر میں اعلان کر دیا کہ جب ہم کمرے میں آئیں تو کسی کو کھڑے ہونے کی ضرورت نہیں، کام کرتے رہیں ــــ کچھ لوگوں کے ساتھ بے انصافیاں ہوئی تھیں، ان کے معاملات کو بڑے غور سے سُنا، ان کے کاغذات کو دھیان سے پڑھا ــــ اسی لئے تو جب اُن کے یہاں دفتر کے کچھ کام کرنے والوں کا کھانا ہوا تو بابو رام ناتھ ایک دن پہلے بخار کی وجہ سے دفتر سے غیر حاضر ہونے کے باوجود ٹھیک وقت پر وہاں پہنچ گئے۔

ڈائریکٹر صاحب سب سے ایک ایک دو دو باتیں کر رہے تھے، بابو رام ناتھ کو دیکھ کر بڑے تپاک سے بولے: "آئیے آئیے۔ اب کیسے ہیں آپ؟ معلوم ہوا تھا آپ کو کچھ نزلہ بخار تھا"ــــ پھر جس سے بات کر رہے تھے اُن سے مخاطب ہو کر بولے ــــ" آپ

بابو رام ناتھ ہیں، ہمارے ہی جوار کے ہیں' ہیراگڑھ کے۔۔۔ تو بابو رام ناتھ جی، آپ ہیراگڑھ خاص کے ہیں یا کہ دیہات کے ہیں؟"

اچھا تو یاروں نے ان سے بھی کہدیا کہ دیہات کے ہیں۔۔۔ نہ جانے لوگوں کو دوسروں کے معاملات میں ٹانگ اڑانے اور لگائی بجھائی کرنے کی کیا پڑی رہتی ہے۔

بابو رام ناتھ کھسیانی ہنسی ہنس کر بولے۔۔۔"جی ہیراگڑھ بھی کہاں۔۔۔ اور دیہات تو بہت دور کی بات ہوگئی۔۔۔ اب تو برسوں سے شہر میں رہتے ہیں، اور یہیں کے ہوگئے۔ یہیں کے کہلاتے ہیں۔"

ڈائریکٹر صاحب بولے۔۔۔"صاحب میں تو خالص دیہاتی ہوں' اور اب بھی جاڑا گرمی برسات ہر موسم میں دو چار روز کو ضرور دیہات جاتا ہوں، کل ہی گیا تھا۔ وہاں آج کل چنے کے ساگ کی بڑی بہار ہے۔ آپ تو جانتے ہیں بابو رام ناتھ جی کہ......."

اتنے میں نوکروں نے کھانا لگ جانے کا اعلان کیا۔

سب لوگ پلیٹیں لے لے کر لمبی سی میز کے گرد جمع ہوگئے۔۔۔ بابو رام ناتھ نے پلیٹ میں ٹماٹر کا سلاد اور ایک پھلکا لیا ہی تھا کہ ڈائریکٹر صاحب نے ان کی بانہہ پکڑلی اور میز کے سرے پر لے گئے جہاں ایک ڈش میں چھوٹی چھوٹی، پیلی پیلی، موٹی موٹی گھی سے چپڑی بیسن کی روٹیاں رکھی تھیں، اور دوسری پلیٹ میں چنے کا ساگ تھا۔ اور بولے "آپ پہلے یہ کھائیے صاحب، اپنی طرف کی چیز۔۔۔ ورنہ تو آپ جانتے ہیں کہ ٹھنڈا

ہوکر کچھ مزہ نہیں آئے گا ___ اسی لئے تو میں آج صبح تازہ تڑوا کر لایا ہوں ___ لیجئے۔ ___
اور انہوں نے ایک بڑا چمچہ ساگ بھر کر بابو رام ناتھ کی پلیٹ میں اُچھل دیا۔ بابو رام ناتھ پر ڈائریکٹر کی اتنی توجہ دیکھ کر، دو لنوں کو کئی آدمی گھورنے لگے ان میں بابو رام ناتھ کا وہ ساتھی بھی تھا جس نے اس دن دوپہر کو لان میں کھانا کھاتے وقت چنے کا ساگ ان کی طرف بڑھایا تھا ___ بابو رام ناتھ کو غصہ آنے لگا ___ آخر یہ بھی تو ہو سکتا ہے کہ انسان مُروّت میں کوئی ایسا کام کرے جو وہ کبھی نہ کرتا ہو، آخر لحاظ اور وضع داری بھی تو کوئی بات ہے تہذیب بھی تو کوئی چیز ہے۔

لیکن جو ساگ کی مہک، ان کی ناک میں گئی ___ پیاز اور زیرے کا بگھار لال مرچوں کی تیزی، تیل کا چٹخارہ، ہینگ کی خوشبو ___ اہ ___ بیسن کی گرم گرم موٹیاں ان پر چپڑے ہوئے دیسی گھی کی لذت، ہائے! پھر بابو رام ناتھ نے کسی طرف نہیں دیکھا ___ جلدی جلدی کھانے لگے!

# راکھی والے پنڈت جی

مجھے ان پنڈت جی کا نام یاد نہیں، اور یاد ہونے کا تو جب سوال ہوتا جب مجھے کبھی بھی ان کا نام معلوم ہوا ہوتا، میرا خیال ہے کہ ابا، اماں کو بھی ان کا نام معلوم نہ رہا ہوگا دادا جان کو شائید پتہ رہا ہو، ہم لوگ تو بس ان کو راکھی والے پنڈت جی کہتے تھے، وہ سال میں دو بار آیا کرتے تھے ——— ایک دفعہ رکھشا بندھن کے موقعہ پر اور ایک بار جنم اشٹمی پر۔

پنڈت جی کا قد بہت لمبا تھا ——— اتنا لمبا کہ چلنے میں لچکتا تھا، رنگ بہت گورا جسم بہت دبلا اور عمر بہت زیادہ ——— نتیجے کی طور پر وہ کچھ مستقل ہی جھک گئے تھے، اور غالباً جھکنے ہی کی وجہ سے ان کے اندر دھنسے ہوئے، چپاتی پیٹ پر بہت سی بٹیں پڑ گئی تھیں، مجھے یاد ہے کہ جب وہ کھڑے ہوتے تو میں ہمیشہ ان بٹوں کو گننے کی کوشش کیا کرتی تھی، مگر وہ اتنی جلدی یا تو بیٹھ جاتے، یا اپنی بڑی

سی بے حد پرانی ریشمی چادر لپیٹ لینے کہ میں ہر بار تلملا کے رہ جاتی، اور کبھی ننگن پاتی ــــــ وہ کمر میں دھوتی باندھتے تھے، اور جسم پر بادامی رنگ کی بے حد پرانی بوسیدہ گلی ہوئی، مگر ریشمی چادر لپیٹے رہتے، ان کی ناک لمبی سی تھی، جس کی نوک ذرا نیچے کو جھکی ہوئی تھی، منہ میں تین دانت تھے، جن میں سے ایک کافی بڑا سا تھا، اور بات کرتے وقت کٹاکٹ بولتا تھا، کبھی کبھی سیٹی بھی بج جاتی تھی۔ البتہ ان کی آنکھیں بڑھاپے میں بھی، چھوٹی چھوٹی ہونے کے باوجود غضب کی چمک دار تھیں، اور ہنستے وقت بالکل بچ جایا کرتی تھیں۔

ان کے ہاتھ میں ہمیشہ بھورے رنگ کے کھُردرے منکوں کی ایک بڑی سی مالا ہوا کرتی تھی جس کو وہ مستقل جپتے رہتے تھے۔ مالا کے علاوہ ان کے بغل میں پوتھی ہوتی تھی، مگر اس کو وہ کبھی کبھار ہی کھولتے تھے۔ رکھشا بندھن والے دن ان کے مالا والے ہاتھ میں ہی راکھیوں کا ایک گچھا بھی ہوتا تھا۔

ــــــ واضح رہے کہ پنڈت جی ہمیشہ نہایت گھٹیا قسم کی راکھی لاتے۔ یعنی رنگ برنگی روئی کی اتنی بڑی بڑی گولیاں ہوتی تھیں کہ وہ مزے سے عطر لگا کر کان میں پھریری کی طرح رکھی جاسکتی تھیں، ہر گولی میں نہایت ہی سستے قسم کا کچا سوت بٹا ہوا لگا رہتا تھا، میرے خیال میں اس زمانہ میں اس قسم کی سو دو سو راکھیاں شاید ایک آنہ میں مل جاتی ہوں گی، ویسے پنڈت جی کی بھیوری یہ تھی کہ جتنی سستی راکھی ہوگی، تو اس کا مطلب یہ ہے کہ اس کے ساتھ جڑا ہوا پریم اتنا ہی مہنگا اور مہتو پورنیر ہوگا۔

لگے ہاتھوں میں آپ کو یہ بھی بتا دوں کہ میرے ابا کے ایک ہی بہن تھیں جو جوانی ہی میں مر گئی تھیں، اس لئے ابا کو بہنیں بنانے کا بڑا چاؤ تھا، ان کی دو ہندو بہنیں بھی تھیں جو راکھی کے دن خاص کر آیا کرتی تھیں۔ چنانچہ اس دن ہمارے یہاں بڑی چہل پہل ہوا کرتی تھی، صبح سے بہنوں کو دیئے جانے والے تھال سجائے جانے لگتے، جن میں ریشمی، بنارسی کپڑے ان کے بچوں کے لئے حسب العمر کھلونے وغیرہ، چوڑیاں، جھنڈ دے ناریل، سندور، مہندی اور سوکھا میوہ وغیرہ رکھا جاتا، مٹھائی کا بڑا سا ٹوکرا الگ رکھا رہتا جو ابا کے کالج کا ہندو چپراسی سورج مل کسی ہندو مٹھائی والے کے یہاں سے لا کر ایک طرف کو رکھ دیتا تھا۔

پھر ہم لوگوں کی ہندو پھوپیاں ایک مقررہ وقت پر اپنے اپنے بچوں کی پلٹنیں لے کے آ پہونچتیں، بڑا مزہ آتا، لطف کی بات یہ تھی کہ اتنی محبت کے باوجود وہ ہم لوگوں کے ہاتھ کا چھوا کوئی گیلا کھانا یا ہمارے یہاں کی پکی کوئی چیز نہیں کھاتی تھیں، لہذا ان کے اس وقت کھانے کے لئے ڈھیروں پھل منگوائے جاتے تھے، جاتے وقت وہ ہم سب سے گلے مل مل کر خوب روتیں، ہم لوگ بھی روتے۔

پنڈت جی کو اچھی طرح معلوم رہتا تھا کہ یہ لوگ کس وقت آتی ہیں، اور مٹھائی کو کب ٹوکرے سے نکال کر تھالوں میں رکھنا ہے، لہذا وہ ٹھیک وقت پر آجاتے، اور باہر چق کے پاس سے ہی آواز دیتے "بی بی جی، بامن کھڑا ہے" ہمارے یہاں اس زمانے میں آواز کا بھی پردہ ہوتا تھا، مگر اس آواز کا اماں ضرور جواب دیتی تھیں، "آداب پنڈت جی 'آداب'" ——— اور ان دونوں کے دو نتیجے ہوتے تھے، ایک تو ہماری دادی اماں ایک جگہ سے اٹھنا شروع کرتیں اور دوسرے ہم سب بچے باہر بھاگتے ———

دادی اماں کا اٹھنا ہمارے گھر میں خاص چیز تھی، کیوں کہ عام طور پر تو وہ کسی اہم کام کے لئے بہو کو حکم دیتیں، لیکن اس موقعہ پر وہ خود اسٹور روم میں جا کر نوکر سے پنڈت جی کے لئے . سیدھا نکلوا کر چھاج میں رکھواتیں۔ سیدھے کے معنی سوکھی چیزیں آٹا چاول، دال، مصالحے، آلو چینی وغیرہ، گھی کے لئے، دس آنے ــــــ جس میں اس زمانے میں سیر بھر دیسی گھی آتا تھا۔

اس درمیان پنڈت جی برآمدے کے کسی کونے میں پانی کے چھینٹے دے کر اس پر بغیر کچھ کپڑا وغیرہ بچھائے گوتم بدھ کے پوز میں بیٹھ جاتے اور چپراسی سورج ل مٹھائی کا ٹوکرا اور وہ تھال لا کر سامنے رکھتا، جس میں اور سب چیزیں پہلے سے رکھ دی جاتی تھیں، سب کی تھالوں میں مٹھائی رکھنی ہوتی تھی، جب وہ سب مٹھائی تھالوں میں بانٹ چکتے تو چک کے پاس منہ لا کر دھیرے سے کہتے، "بی بی جی، وہ کوئی آدھ سیر، بلکہ یوں سمجھیے کہ کوئی ڈیڑھ پاؤ بچ رہی ہے، حساب سے اوپر ہے" ــــــ اماں کہتیں "کوئی بات نہیں، وہ آپ رکھ لیجئے، پنڈت جی، سورج ل سے کہئے تھال حفاظت سے رکھ لے گا، ان بی بی لوگوں کے ساتھ جائیں گے نہ۔"

تھال اندر چلے جاتے، پنڈت جی اپنا حصّہ کاغذ کی پڑیہ بنا کر ریشمی، چادر کے ایک کونے میں باندھ لیتے، اس کو زانو تلے دباتے اور اطمینان سے راکھیوں کا الجھا ہوا گچھا سلجھانے لگتے، مجھے پنڈت جی کی لائی ہوئی راکھیوں کا وہ الجھا ہوا رنگ برنگا گچھا بڑا اچھا لگتا تھا، اور اس میں سے ننھی ننھی راکھیاں ڈھونڈ کر نکالنے کو جی مچلتا تھا، لیکن پنڈت جی کی چھوٹی چھوٹی آنکھیں بے حد تیز تھیں، جہاں

میرا ہاتھ چپکے چپکے بڑھتا، ان کی آواز آتی ''ہوں، ہوں، ہوں'' ـــــ دیکھ رہا ہوں، دیکھ رہا ہوں'' ـــــ کٹ سے دانت بولتا۔

یہ آپ لوگوں نے غور کیا ہوگا کہ رکھشا بندھن کے دن دو چار چھینٹیں ضرور پڑتی ہیں، کبھی کبھی تو زور کی بارش بھی ہوتی ہے، لیکن پانی برسے یا آگ برسے پنڈت جی ہمیشہ پہنچ جایا کرتے تھے، بوندیں پڑتی ہوتیں تو وہ اپنے کندھے کی ریشمی چادر اتار کے بغل میں دبا لیتے، اور ان کے گورے چٹے جسم پر پانی کی بوندیں یوں دمکتی ہوئی پھسلیں جیسے سنگ مرمر پر سے شبنم گر رہی ہو۔

جب کچھ راکھیاں سلجھ کر الگ الگ ہو جاتیں تو پھر بندھائی شروع ہوتی ـــــ سب سے پہلے اماں پردے کے پیچھے سے ایک ہاتھ ''دہنا ہاتھ، باہر نکالتیں اس میں پنڈت جی ہمیشہ پیلے رنگ کی راکھی باندھتے، جب راکھی بندھا ہوا ہاتھ اندر چلا جاتا تو دوسرا ہاتھ باہر نکلتا اس میں ایک روپیہ ہوتا تھا، چھن سے بولنے والا چاندی کا روپیہ ـــــ آج کل کا نہیں کہ پھینکو تو بھٹ، بھٹ بولے! پھر ہم دوگوں کے راکھیاں بندھتیں، میں ہمیشہ پیلی راکھی کی ضد کرتی تھی مگر وہ ہمیشہ مجھ کو گلابی یا لال باندھتے تھے، اور ڈانٹتے جاتے'' جب بیاہ ہو جائے گا تب باندھنا پیلی ـــــ جب کنگنا بندھ چکتا ہے تب پیلا رنگ ساجے ہے، ابھی یہ باندھ گلابی ـــــ کنواری کنیائیں کہیں پیلا باندھیں ہیں . . . . اُلٹی گنگا بہارتی ہے گی ـــــ ہری اوم، ہرے رام ـــــ رادھے شیام ـــــ ہری اوم .....''

ـــــ اگلا والا بڑا دانت کٹا کٹ بولتا جاتا، شوشو سیٹی بجتی جاتی۔

جنم اشٹمی والے دن ہم لوگ دو کہانیاں سنتے تھے، صبح ہی صبح ہمارے

دادا حضرت موسیٰ کی کہانی سناتے، موسیٰ اپنی ماں کے پیٹ میں ہی تھے، جو فرعون کا اعلان کرنا کہ اس سال جتنے لڑکے پیدا ہوں گے سب جان سے مار ڈالے جائیں گے کیونکہ اس کے درباری نجومیوں نے بتایا تھا کہ اس سال وہ لڑکا پیدا ہونے والا ہے جو اس کی حکومت کا تختہ الٹ دے گا پھر موسیٰ کے پیدا ہوتے ہی ان کی محبت کی ماری ماں کا مامتا سے مجبور ہو کر، ان کو ایک ٹوکری میں ڈال کر دریائے نیل میں بہا دینا، ٹوکری کا فرعون کے قلعہ کی دیوار سے جا کر لگنا، فرعون کی نہاتی ہوئی بیوی اور اس کی سہیلیوں کا ٹوکری کا لے لینا، اور یوں موسیٰ کا اپنے دشمن ہی کے گھر میں پرورش پانا، اور پھر اس کی ظالم اور جابر حکومت کا موسیٰ کے ہاتھوں زیر و زبر ہونا۔

یہ کہانی ختم کر کے وہ اٹھتے "اب ہم وظیفہ پڑھنے جا رہے ہیں، نو دس بجے پنڈت جی آئیں گے، تو ان سے کرشن کنھیا کی کہانی سننا"۔

اس دن پنڈت جی کے ماتھے پر دو بڑے بڑے تلک لگے ہوتے تھے، ـــــــ ہلدی اور صندل کے! اور ان تلکوں میں چاول کے دو تین کچے دانے بھی ضرور چپکے نظر آتے تھے، ان کے ایک ہاتھ میں مٹی کی ایک مورتی ہوتی تھی، ـــــــ ننھے ننھے رادھے شیام ایک دوسرے سے لگے کھڑے ہیں، اور شیام کے ہاتھ میں بانسری ہے، اور سر پر مکٹ! میں فوراً دوڑ کر اندر جاتی اور اپنی گڑیا کی رانگے کی بنی ہوئی، چمکتی، کرسی اٹھا لاتی جس پر میری قمیض سے بچے گلابی ساٹن کی کتر دوہری کر کے بچھی ہوتی تھی ـــــــ پنڈت جی مورتی کو اس کرسی پر جماتے، اور گوتم بدھ کے پوز میں بیٹھ کر، کنھیا جی کی کہانی سنانی شروع کرتے ـــــــ قید

خانے میں ان کا جنم لینا، بارہ بجے رات کا وقت، برسات کا موسم، جمنا میں زبردست باڑھ اور اس میں سے واسودیو کا اس ننھے سے بچے کو ٹوکری میں اٹھاتے گذرنا اس سے پہلے تالوں کا خود بخود ٹوٹنا، پھاٹکوں کا اپنے آپ کھلنا، پھر جمنا کا اتنا اوپر اٹھنا، اتنا اٹھنا کہ وہ ٹوکرے میں پڑے کنہیا کے قدم چوم سکے، اور چومنے کے ساتھ ہی اس ابلتے، امنڈتے ٹھاٹھیں مارتے، گرجتے دریا کا جھاگ کی طرح بیٹھ جانا ــــ اور اپنی معمولی چال پر رسان رسان بہنے لگنا۔

بیان کرتے کرتے پنڈت جی کی آنکھوں سے آنسو گرنے لگتے بیچ بیچ میں وہ پل بھر کے لئے رکتے، اپنی پرانی ریشمی چادر سے آنسو خشک کرتے "ہری اوم، ہری اوم، رادھے شیام"، کہتے اور پھر کہانی آگے بڑھنے لگتی۔

میرے دادا بھی پاس بیٹھے، کعبہ شریف کے، چارخانہ دار، عطر میں بسے ہوئے ریشمی رومال سے آنکھوں کی نمی پونچھتے اور تلاوت کرنے والے انداز میں ہل، ہل کے کہتے جاتے "سبحان اللہ، سبحان اللہ تعریف ہے اس کی، بے شک مارنے والے سے بچانے والا زیادہ طاقتور ہے، جسے اللہ رکھے، اسے کون چکھے" سبحان اللہ" میری آنکھوں کے سامنے بھی ایک چلمن سی آجاتی ــــ پنڈت جی کے دونوں تلک ان کے گورے چٹے کندھے، دادا کا ہلتا ہوا سر، دھندلا دھندلا دکھائی دینے لگتا

اس دن پنڈت جی کو ہمارے یہاں سے شکر اور تل اور چاول ملتے تھے ــــ اندر سے بنانے کے لئے ــــ گھی کے لئے دس آنے الگ سے! پنڈت جی سیدھا یا شکر یا مٹھائی باندھتے وقت ہم لوگوں کو قریب نہیں پھٹکنے دیتے تھے "ہٹ جاؤ، ہٹ جاؤ، ! بگاڑو گے فضول کے واسطے ــــ ہاں، ہاں، ہاں شکر

نہیں کھاتے بچے ـــــــ ارے بھاگو انو پیٹ میں کیڑے ہو جائیں گے"

میں ہمیشہ ان کی شکر میں سے ایک مٹھی یا تل میں سے ایک چٹکی لے کے بھاگ جاتی، وہ پہلے تو بگڑتے، پھر ہنستے، کٹا کٹ دانت بجا کے کہتے "ارے تو تو بالک بھی ہے، تریا بھی ہے، تیری ہٹ سے کیا کوئی پار پائے گا، بھگوان کرے تجھے ایسا پتی ملے جو ڈنڈوں سے تجھے سیدھا کرے"۔

میں دور کھڑی ہنستی رہتی ـــــــ وہ ایک ایک چیز الگ الگ سنبھال کر چادر کے کونوں سے باندھتے، پھر کھڑے ہو کر مالا گلے سے اتار کے ہاتھ میں لٹکاتے، کھڑاویں پہنتے، پھر ہم لوگوں کے سر پر ہاتھ پھیر کے اپنا بوڑھا جسم لچکاتے، دانت کٹ کٹ بجاتے، کھڑاؤں کھٹا کھٹ کرتے، گٹھری بغل میں دبائے، ہوں ہوں بُدبُداتے پھاٹک کی طرف بڑھتے جاتے اور بیچ بیچ میں "ہری اوم، ہری اوم ـــــــ رادھے شیام، بھگوان کا نام، رادھے شیام۔ سب کا بھلا، سب کا بھلا کر...."

# لاوارث

تم کو یاد ہے نہ کہ جس سال ہندوستان آزاد ہوا تھا اسی سال تم نے اور میں نے بی۔ اے کیا تھا اور تمہیں شاید یہ بھی یاد ہو کہ انگریزی ادب میں میرے بہت زیادہ نمبر آئے تھے جس پر سب ہی لوگ حیران رہ گئے تھے —— تمہارے گھر کے لوگ بھی اور میرے گھر کے بھی اور ہمارے سارے استاد اور ساتھ پڑھنے والی لڑکیاں بھی۔ البتہ ایک مِس گنگولی تھیں جن کو کوئی تعجب نہیں ہوا تھا۔ اور جب ہم دونوں ایم۔ اے کے کلاس میں پہلے دن آئے تھے تو انھوں نے مسکرا کر بس اتنا ہی کہا تھا۔ "مجھے اندازہ تھا کہ تم کو اتنے ہی نمبر ملنے چاہئیں تھے!" مس گنگولی سے اس سے زیادہ الفاظ کی توقع کوئی کر بھی نہیں سکتا تھا۔ کیوں کہ وہ بہت خاموش طبیعت اور کم سخن تھیں، قصّے ان کے متعلق بہت سے مشہور تھے —— مثلاً یہ کہ ان کو کسی سے محبت تھی اور وہ کسی حادثہ کا شکار

ہو گیا تھا، یہ کہ اُن کے ماں باپ بڑے رئیس لوگ تھے مگر وہ ماں باپ سے ایک پیسہ نہیں لیتی تھیں، کپڑے اُن کے پاس بہت کم تھے، مگر وہ ہمیشہ صاف ستھری نظر آتی تھیں، ہوسٹل میں رہتی تھیں، ان سے ملنے کوئی نہیں آتا تھا، نہ وہ کبھی کہیں جاتی تھیں۔ ہوسٹل کے کھانے کی شکایت انھوں نے کبھی نہیں کی، کسی نوکر پر غصہ کبھی نہیں کیا —— اُن کی خودداری اُس حد پر پہنچ چکی تھی جب انسان میں دنیا کے سارے علائق سے بے نیاز ہونے کی صلاحیت پیدا ہو جاتی ہے۔

لیکن آج جب میں ان کا ذکر تم سے کر رہی ہوں تو مجھے اُن کی شخصیت کا وہ پہلو یاد آتا ہے جو ہم لوگوں سے خاص کر متعلق تھا یعنی وہ ادبی انجمن —— .. ہمارے کالج کی وہ ادبی انجمن —— یاد ہے نا! کس طرح وہ ہم لوگوں کے ادبی شوق کو بڑھاوا دیتی تھیں، سوسائٹی کی میٹنگوں سے کتنی دل چسپی لیتی تھیں، کتنی صحیح اور غیر جانب دار تقریر کرتی تھیں۔ ان کا ادبی مذاق کیسا ستھرا اور اعلیٰ تھا، کن کن نکتوں پر اُن کی نظر جاتی تھی۔ آج جب میں تم کو یہ سب لکھ رہی ہوں تو میرا گلا بھر آتا ہے، ہاتھ کپکپاتے ہیں اور آنکھوں سے آنسو بہے جاتے ہیں۔

اور میں تمہیں یہی بتانے بیٹھی ہوں کہ کیوں ایسا ہے!

پھر تمہیں وہ دن یاد ہے نہ جب مس گنگولی کی منگنی کی خبر کالج میں آگ لگنے کے غل کی طرح پھیل گئی تھی ہم سب لڑکیاں مارے شوق کے مری جا رہی تھیں کہ کسی طرح اس شخص کو دیکھ لیں جس نے ہماری اتنی اچھی ٹیچر کا دل جیت لیا تھا۔ —— مگر کچھ ایسا اتفاق ہوا تھا کہ کوئی اُسے نہ دیکھ سکا۔ اتنی جلدی مس گنگولی

نے چھٹی لی اور کالج چھوڑ کر چلی گئیں کہ ہم لوگ نہ ان کی پارٹی کر سکے نہ انھیں کوئی تحفہ دے سکے۔

مگر صرف میں اُن کی ایک ایسی خوش نصیب شاگرد تھی جس نے اُس شخص کو اتفاق سے دیکھ لیا۔ میں تم سے اس بات کی معافی مانگنا چاہتی ہوں کہ میں نے آج تک تم سے بھی اس بات کا ذکر نہیں کیا۔ بات یہ ہوئی تھی کہ ہم اپنے کچھ عزیزوں کو چھوڑنے ہوائی اڈّے گئے تھے اور وہیں مس گنگولی اور اُن کے منگیتر سے ملاقات ہو گئی تھی۔ وہ بمبئی جا رہی تھیں، اور اسی لیے شاید وہ اتنی جلدی میں کالج چھوڑ کر چلی گئی تھیں کیوں کہ انھیں بمبئی میں سول میرج کرنی تھی ـــــــ ان کا منگیتر ان کی برادری کا نہیں تھا مگر وہ سالونے سلونے رنگ اور تیکھے ناک نقشے والا، بڑا ہی دلکش اور سجیلا آدمی تھا۔ اس کا نام رمیش سرلواستوا تھا اور وہ بمبئی میں کوئی کام کرتا تھا۔

اور میرے متعلق تو تمھیں معلوم ہے کہ کالج سے فارغ ہو کر میں کلکتہ ہی میں رہی، وہیں میری شادی ہوئی ـــــــ ہم، طالب علمی کی تمام سہیلیاں دھیرے دھیرے یوں بکھر گئے جیسے ایک ہی پیڑ کے پتّے گرتے جاتے ہیں، ہوا سے رُلتے جاتے ہیں، اور پھر کہیں سے کہیں پہنچ جاتے ہیں۔ تم بھی کلکتہ رہیں تو تم سے آنا جانا رہا، ورنہ کون جانے شاید اس دور کا کوئی بھی ایسا دوست اس وقت سمجھ میں نہ آتا جس سے بیٹھ کر میں یہ باتیں کرتی۔

آج سے کوئی چار پانچ سال پہلے مجھے یکایک اپنی محبوب ٹیچر کا ایک خط

ملا تھا جس پر بمبئی کی مہر تھی، یہ خط انھوں نے میری ایک کہانی پڑھ کر اس رسالے سے ہی پتہ لے کر لکھا تھا۔ اس میں انھوں نے مجھے یہ بتایا کہ وہ بیوہ ہو چکی ہیں، اُن کے شوہر ان کے لیے ایک کمرے کا فلیٹ اور گذر بسر کا کچھ انتظام کر گئے ہیں، خود وہ لاوارث بچوں کے کسی ہوم میں بھی کچھ کام کرتی ہیں، اور زیادہ تر وقت کتابیں پڑھنے میں گزرتا ہے ـــــــ مگر حیرت کی بات مجھے اس وقت بھی یہ محسوس ہوئی تھی کہ انھوں نے خط میں صرف اپنا ٹیلیفون نمبر لکھا گھر کا پتہ نہیں لکھا۔

ابھی ایک ہفتہ ہوا میں بمبئی آئی تھی ـــــــ یہاں پہنچ کر میں نے سب سے پہلا کام یہ کیا کہ مس گنگولی یعنی مسز ریواستوا کو فون کیا۔ وہ میری آواز سن کر بہت خوش ہوئیں۔ میرا ٹیلیفون نمبر پوچھا، پتہ پوچھا اور پھر بولیں کہ "میں کل صبح دس بجے سے پہلے ہی تمہارے یہاں آجاؤں گی ـــــــ تمہارے لیے کچھ چیزیں بھی لاؤں گی اور مجھے تم سے کچھ بہت ضروری باتیں بھی کرنی ہیں، میں نے تمہارے لیے کچھ بہت اچھی کتابیں خریدی ہیں۔"

میں نے کہا، "آپ کیوں زحمت کریں، میں خود حاضر ہونا چاہتی ہوں۔ مگر مجھے ...."

انھوں نے جلدی سے میری بات کاٹ دی اور بولیں، "نہیں نہیں، میں خود ہی آؤں گی، مجھے ساڑھے آٹھ تک نکلنا ہے، ایک اور جگہ بھی جانا ہے ـــ میں خود ہی آجاؤں گی۔" اور پھر انھوں نے فون کچھ اتنی جلدی بند کر دیا کہ مجھے

ذرا عجیب سا لگا۔ کچھ ایسا احساس ہوا کہ کیا شاید وہ نہیں چاہتی تھیں کہ میں اُن کے گھر جاؤں؟ مگر کیوں؟ پھر خیال آیا کہ ہو سکتا ہے یہ میرا واہمہ ہی ہو، مصروف آدمی ہیں یا پھر اُن کا پروگرام پہلے سے کچھ بنا ہوا ہوگا اور ٹیلی فون پر لمبی گفتگو تو ہے ہی بد تہذیبی جو مسز سرلوا ستوا جیسی نستعلیق خاتون کبھی نہ کرنا پسند کریں گی، اسی لیے جلدی سے کاٹ دیا ہوگا۔

بہر حال میں دو چار منٹ بعد ان خیالات کو بھول کر اور مصروفیتوں میں لگ گئی۔ اگلے دن میں نے بارہ بجے تک ان کا انتظار کرنے کے بعد ان کو فون کیا گھنٹی بجتی رہی ـــــــ پھر ساڑھے بارہ پر کیا، پھر گھنٹی بجتی رہی، اور جب ایک بجے بھی یہی ہوا تو پھر میں نے ٹیلی فون انکوائری کو فون کیا، اُن کا نمبر بتا کر ان کا پتہ معلوم کیا اور یہ طے کیا کہ کل صبح میں آٹھ نو ہی بجے ناشتہ کر کے اُن کے یہاں خود جاؤں گی۔

اگلے دن ساڑھے آٹھ بجے صبح کے قریب میں اپنے میزبانوں کے ساتھ بیٹھی ناشتہ کر رہی تھی ـــــــ کہ میرے لیے کالبا دیوی پولیس اسٹیشن سے فون آیا! میرے پیر تلے کی زمین نکل گئی! ـــــــ بھلا پولیس اور وہ بھی ایک بالکل غیر شہر کی پولیس کو مجھ سے کیا کام ہو سکتا تھا ـــــــ فون پر مجھ سے کہا گیا کہ میں جلد از جلد ایک پتہ پر پہنچوں اور وہ پتہ وہی تھا جو میں نے کل ٹیلی فون انکوائری سے معلوم کیا تھا۔ مسز سرلوا ستوا کا پتہ!

کئی منزلہ عمارتوں کے بیسوں قسم قسم کے فلیٹوں میں سے وہ بھی تھا۔ ایک کمرہ

چھوٹا سا، اور اس کے ساتھ بہت ہی چھوٹا سا باورچی خانہ اور غسل خانہ وغیرہ۔
جب میں پہنچی تو کمرے میں پولیس، ایک وکیل اور کچھ ہمسائے تھے۔ ان لوگوں نے مجھے بتایا کہ مسز سریواستوا کا انتقال ہو گیا ہے اور اُن کے کمرے میں ایک بڑا سا بنڈل پایا گیا جس پر میرا نام، پتہ اور ٹیلی فون نمبر تھا۔ پھر مجھے بتایا گیا کہ پولیس نے آج صبح پانچ بجے دودھ والے کی اطلاع پر دروازہ کا قبضہ توڑا اور مسز سریواستوا باہر جانے کے لیے بالکل تیار، بستر پر مری ہوئی پائی گئیں، میرے نام کا بڑا سا بنڈل کرسی پر رکھا تھا۔ اور پلنگ کے پاس والی چھوٹی میز پر چائے کی ایک بھری ہوئی پیالی رکھی تھی۔ اُن کی لاش فوراً ہسپتال پہنچا دی گئی ——— جہاں ڈاکٹروں کا فیصلہ تھا کہ حرکتِ قلب بند ہونے سے موت واقع ہوئی۔

میں نے مناسب سمجھا کہ بنڈل کو سب کے سامنے ہی کھولوں۔ سب سے اوپر کچھ کتابیں تھیں اور نیچے ایک بڑی سی فریم کی ہوئی تصویر۔ میں نے تصویر کو پہچان لیا یہ اُن کے شوہر کی تھی اور اس میں وہ بالکل ویسے ہی نظر آرہے تھے جیسا میں نے اُن کو کلکتہ میں ۲۵ برس پہلے دیکھا تھا۔ مگر میں نے مصلحتاً یہ ظاہر کرنا مناسب نہیں سمجھا کہ میں اُن کے شوہر کو پہچانتی تھی۔ میں نے سوچا پولیس اور ان سب کو بتا دوں تو اور پتہ نہیں مجھ سے کیا سوال جواب کریں۔ اس لیے میں نے ایک ہمسائے سے پوچھا، "یہ کس کی تصویر ہے؟"

ایک ہمسائی جو پاس کھڑی تھی کہنے لگی، "ہاں ——— وہ ایک دن بیمار تھیں تو میں انھیں دیکھنے آئی تھی، مجھ سے بھی انھوں نے یہی کہا تھا کہ یہ

میرے شوہر کی جوانی کی تصویر ہے۔ ویسے وہ زیادہ کہیں آتی جاتی نہیں تھیں، اس لیے ہم لوگوں کو ان کے بارے میں اور کچھ نہیں معلوم۔"

وہ بولے، "ہم لوگ ایک بار کوی سمیلن کے لیے چندہ مانگنے ان کے یہاں آئے تھے تو ہم نے پوچھا تھا ——— اور انھوں نے کہا تھا ——— یہ میرے شوہر کی جوانی کی تصویر ہے۔"

ایک ہمسائی جو پاس کھڑی تھیں کہنے لگیں، "ہاں ——— وہ ایک دن بیمار تھیں تو میں انھیں دیکھنے آئی تھی، مجھ سے بھی انھوں نے یہی کہا تھا کہ یہ میرے شوہر کی جوانی کی تصویر ہے۔ ویسے وہ زیادہ کہیں آتی جاتی نہیں تھیں اس لیے ہم لوگوں کو ان کے بارے میں اور کچھ نہیں معلوم۔"

اتنے میں وہ دودھ والا لڑکا بھی آ کے کھڑا ہو گیا، اس کی آنکھیں روئی ہوئی معلوم ہوتی تھیں، میرے ہاتھ میں وہ تصویر دیکھ کے بولا، "ماتاجی کو اس فوٹو سے بہت پیار تھا۔ روز وہ اسے اپنے ہاتھ سے صاف کرتی تھیں، ایک دن مجھ سے کہنے لگیں۔ "گنگا، یہ دیکھ، میرے پتی جوانی میں ایسے تھے۔"

جب میں چلنے لگی تو وکیل نے بتایا کہ انھوں نے وصیت نامہ کافی پہلے لکھ دیا تھا، اس کی رو سے انھوں نے یہ خواہش کی تھی کہ چونکہ وہ لاوارث ہیں اس لیے ان کا جو کچھ بھی ہو وہ لاوارث بچوں کے ہوم کو دے دیا جائے اور اُن کو مرنے کے بعد، اگر انتظام ہو سکے تو بجلی سے جلا دیا جائے۔ راکھ سمندر میں ڈال دی جائے۔

مجھے ان باتوں سے کوئی دلچسپی نہ تھی، نہ اُن کے سامان سے، نہ اس جسدِ خاکی سے جو اب کوئی معنی نہیں رکھتا تھا۔ میں نے بس سن لیا، بنڈل جو

اُن کی آخری یادگار تھی، اٹھایا اور خاموش اپنے ٹھکانے واپس آگئی۔

پرسوں بمبئی سے روانہ ہونے کے پہلے میں اپنا سامان پیک کر رہی تھی، وہ تصویر کچھ اس طرح کپڑوں میں رل گئی تھی کہ میں نے دو چار کپڑے اٹھائے تو وہ اس کے اندر سے پھسلی اور فرش پر ایک جھناکے کے ساتھ گر کر چکنا چور ہوگئی۔ ایک منٹ تو میں اپنا سر پکڑے بیٹھی رہی ـــــ پھر شیشہ سب الگ الگ کیا اور تصویر فریم میں سے باہر نکالی، تو ایک دم میری نظر تصویر کے پیچھے گئی۔ ـــــ وہاں لکھا تھا "راجندر سریواستوا" اور نام کے پیچھے ایک پتہ بھی تھا۔ جو بمبئی کے مضافات میں سے ایک کا تھا۔

میں چونک پڑی ـــــ مسز سریواستوا کے شوہر کا نام راجندر تو نہیں ـــــ ان کا نام تو ریش تھا ـــــ مگر یہ تصویر تو اُن کے شوہر ہی کی تھی۔ مسز سریواستوا نے کئی لوگوں سے کہا بھی یہی تھا۔ میں نے تصویر کو اُلٹ پلٹ کر کئی بار دیکھا۔ وہی تھے، بالکل وہی۔

میں نے تصویر کے پیچھے لکھا پتہ نوٹ کرلیا۔

یہ جگہ بمبئی کے مضافات میں سے ایک میں تھی، چھوٹا سا خوب صورت کاٹج، پورچ میں فیٹ گاڑی کھڑی تھی، ننھا سا، رنگ برنگے پھولوں سے سجی کیاریوں والا باغیچہ اور ایک کونے پر ایک اکیلا کھجور کا پیڑ۔ میرے گھنٹی بجانے پر جس نوجوان نے دروازہ کھولا: اُسے دیکھ کر میں چونک پڑی اور ۲۵ برس پہلے کے ریش سریواستوا میری نظروں میں گھوم گئے جب میں نے انھیں مس گنگولی کے ساتھ بمبئی کے لیے روانہ ہوتے وقت دیکھا تھا۔ نوجوان کے پیچھے ہی اس کی بیوی کھڑی تھی۔

اور دونوں کچھ اس طرح سے تیار نظر آرہے تھے جیسے کہ اگر میں دو منٹ بعد پہنچتی تو وہ لوگ کہیں چلے گئے ہوتے۔

ایک پل کے لیے تو مجھے یہ خیال آیا کہ میں اگر یہاں نہ آتی تو اچھا ہوتا: آخر مجھے ان سب چکروں میں پڑنے کی کیا ضرورت تھی؟ خیر، اب تو میں آ ہی گئی تھی)۔ پھر میں نے ہمت کر کے اس نوجوان کو بتا ہی دیا۔ وہ دروازے کے پاس ہی کھڑا تھا ——— یہ خبر سن کر جیسے اسے بجلی کا کرنٹ مار گیا ——— اس کا جسم ایک بار کانپ سا گیا، ہونٹ بھنچ گئے، نظریں جھک گئیں ——— پھر آہستہ سے بولا:
"واہ اماں!"

اس وقت جب کہ میں واپس کلکتہ جانے والی ریل میں ہوں اور تم کو یہ خط لکھ رہی ہوں تو میں یہ یاد کرنے کی کوشش کر رہی ہوں کہ مسز سرلو استوا کے بیٹے، نے ان کے متعلق جو "واہ" کہا تھا ——— اس میں حسرت تھی یا بیزاری، طنز تھا یا مذاق، ماں کے لیے تعریف تھی یا اپنے لیے پشیمانی؟ کیا اسے یہ معلوم تھا کہ اس کی ماں نے اپنے آپ کو وصیت میں لاوارث لکھا تھا، مگر وہ اس کی تصویر کو روز اپنے ہاتھوں سے صاف کیا کرتی تھیں۔

یہ بھی سوچ رہی ہوں کہ مسز سرلو استوا نے مجھے اپنے گھر کیوں نہیں بلایا؟ کیا وہ اپنی تنہائی کا غم کسی کے ساتھ نہیں بانٹنا چاہتی تھیں؟ جب موت نے یکایک ان کے منہ پر مہر لگا دی تو اس سے پہلے وہ مجھ سے کیا کہنا چاہتی تھیں؟ شاید یہ کہ ان کے بیٹے نے انہیں وہ تنہائی بخشی تھی جس کی شدت نے انھیں اپنے آپ کو لاوارث لکھوانے پر تو مجبور کر دیا، مگر پھر بھی وہ ان سے اس کی محبت کو نہ چھین سکی، وہ پیار نہ مٹا سکی جو انھیں اپنے محبوب شوہر کی جوانی کی تصویر سے تھا!

# کچھ بھی

جب وہ اپنے اس نئے ٹھکانے سے باہر نکلنے لگی تھی تو اس کی چھوٹی بچی نے پوچھا "امی کہاں جارہی ہو؟" ——— اور وہ ایک دم بولی تھی "گھر" ——— بچی کیا سمجھی کیا نہیں سمجھی مگر اس نے پھر کچھ اور نہیں پوچھا ——— اس نے تھوڑی دُور جاکر ایک بار مڑ کر اس بچی کو پھر دیکھا تھا، وہ وہیں کھڑی تھی اور پھر وہ تیز تیز قدم بڑھانے لگی تھی۔

اور وہ سوچتی جارہی تھی کہ اس کے پیچھے یہاں تھے۔ اندر آنگن کے پاس کوٹھری میں کھانا پک رہا تھا، اس کا بوڑھا ملازم کوٹھری کے دروازہ پر بیٹھا اونگھ رہا تھا، اس کی اپنی لکھنے کی میز باہر کے کمرے کے ایک کونے میں رکھی تھی اور اس پر کتابیں ڈھیر تھیں، اور وہ ایک بڑی سی پینٹنگ جو کبھی اس کی میز کے اوپر ٹنگی رہتی تھی، دیوار کی طرف منہ کئے رکھی تھی ——— اور جب یہ سب کچھ یہاں

تھا تو گھر کہاں تھا؟ اور وہ کدھر جا رہی تھی۔

مزدور "گھر" اسی طرف تھا جدھر اس کے پاؤں خود بخود تیزی سے اٹھ رہے تھے، اُسے یاد آیا کہ اس کے ابا کے یہاں تانگہ تھا اور بچپن میں جب وہ اور اس کے دو تین بھائی بہن اسی تانگے میں اسکول جایا کرتے تھے تو گھر سے نکلتے وقت گھوڑے کو ہانکنا اور کبھی کبھی چابک بھی مارنا پڑتا تھا لیکن واپسی پر سائیس لگام ڈھیلی چھوڑ دیتا تھا، اور خود گانا گانے لگتا تھا اور گھوڑا خود اپنے آپ تیز دوڑتا، سیدھا گھر کی طرف بڑھتا جاتا تھا ——— اپنے ٹھکانے کا راستہ جانور بھی پہچانتے ہیں ——— پھر وہ تو انسان تھی ——— مگر اس وقت وہ جدھر جا رہی تھی یہ تو اس کا اپنا گھر نہیں تھا، اس کی دیواروں، چھتوں، فرش اور پاکھوں کو اس کے بیسوں کی اینٹوں، چونے اور گارے سے نہیں چنا گیا تھا ——— البتہ اس میں اس کی زندگی کے کئی سال تہہ بہ تہہ جمے ہوئے تھے ——— اور ہر تہہ میں یادوں کی چنائی تھی ——— بے شک یہ تمام یادیں اس کی اپنی تھیں!

اب وہ چلتے چلتے اس جگہ سے کافی دور آگئی تھی ——— اور ایکدم اس کی نظر کے سامنے سڑک کے اس دوراہے پر پڑی جس کی ایک شاخ اس کے گھر کو جاتی تھی ——— سورج ڈوب رہا تھا مگر ابھی روشنی کافی تھی اور اس نارنجی سرمئی روشنی میں کوؤں کی کالی کالی لکیریں، شور مچاتی اپنے ٹھکانوں کی طرف جا رہی تھیں۔ سڑک کے سرے پر دہی گھنا پیپل تھا جس کی دو بڑی بڑی ٹہنیاں

دونوں طرف پھیلی تھیں ـــــ اسے اس پیپل کے تناور درخت پر بڑا ناز تھا اپنے یہاں آنے والے ہر نئے آدمی کو وہ اپنا یہی پتہ بتایا کرتی تھی "بس سیدھی سڑک پر جایئے گا، جہاں دوراہا آئے گا وہیں، ایک بڑا سا پیپل کھڑا جس طرف کو باہیں پھیلائے آپ کا استقبال کر رہا ہوگا نہ وہی چھوٹی سی سڑک ہماری ہے، اسی جگہ ہمارا گھر ہے بس سو دو سو قدم بعد ہی، ـــــ یہ پیپل ہی تو ہمارا سنتری ہے"

اس وقت بھی وہ پیپل وہیں تھا ـــــ تو پھر اس کا گھر بھی وہیں ہوگا. ـــــ رہنے والے بھلے ہی کہیں چلے جائیں. زندگی بھر رہ کر ایسے چلے جائیں کہ پھر لوٹ کر کبھی نہ آئیں. مگر گھر کہیں نہیں جاتے ـــــ اور لوگ اکثر یہ کہتے سنائی دیتے ہیں، یہاں فلاں شخص رہتا تھا.

ـــــ ایک دم اس کا پاؤں کسی چھوٹے سے گڑھے میں چلا گیا اس نے پاؤں نکال لیا اور ہوشیار ہو کر ادھر ادھر دیکھا، چاروں ہی طرف چھوٹے چھوٹے گڑھے تھے اور مٹی کے ڈھیر اور جھاڑ جھنکاڑ روڑے! اور پتھر، کئی بجلی کے کھمبے ابھی سیدھے نہیں ہوئے تھے، کئی مکانوں کی چار دیواریاں ٹوٹ کر گر گئی تھیں، جن کی اینٹوں سے ٹھوکر لگنے کا ڈر تھا ـــــ وہ کچھ چوکنا سی ہو گئی، اب تک وہ بالکل اسی طرح چل رہی تھی جیسے ہمیشہ اس سڑک پر چلتی تھی شاید کچھ لمحوں کے لیے وہ بھول گئی تھی کہ یہ تھی تو وہی سڑک مگر کتنی بدل چکی تھی ـــــ

ایک دم اس کی نظر اوپر گئی، سامنے دور تک بندھے بجلی کے ٹیڑھے میڑھے

تاروں میں دو چمگادڑیں مری ہوئی الٹی لٹک رہی تھیں، جب سیلاب کا پانی یہاں آیا ہوگا تو ضرور ان تاروں میں بجلی کچھ یوں دوڑی ہوگی کہ کرنٹ نے ان کو مار دیا ہوگا۔ پھر وہ سوچنے لگی کہ یہ سڑک تھی تو چھوٹی ہی سی مگر کتنی اچھی بنی ہوئی تھی، اس کے فٹ پاتھ کا ایک ایک پتھر برابر تھا۔ ادھر ادھر چھوٹی ہوئی کچّی زمین پر جب بارش کی پہلی بوندیں گرا کرتی تھیں تو کیسی سوندھی سوندھی خوشبو اٹھا کرتی تھی؛ اس پر چلتے ہوئے نہ کسی گڈھے میں پیر پڑتا تھا نہ کہیں ٹھوکر لگتی تھی اور اُسے یاد آیا کہ اسکے بنانے میں کتنا سامان لگا تھا، کتنے بہت سے مزدور آئے تھے، انھوں نے کتنی محنت کی تھی، اور نہ جانے کتنے دن میں یہ جا کر تیار ہوئی تھی، اور وہ بڑا سا کالا انجن جس پر بیٹھا ہوا نوجوان، میلے کثیف خاکی رنگ کے کپڑے پہنے، جگہ جگہ کالک بھرے تیل کے دھبے لگے چہرے میں سے مسکراتا انجن کو اس سرے سے اس سرے تک چلاتا رہتا تھا اور ڈھیروں بچے اس کے پاس منہ کھولے، ایک دوسرے کو اس سڑک کوٹنے والے انجن کے متعلق معلومات دیتے رہتے تھے —— اور اس سب پر، اس سیلاب نے، دیکھتے ہی دیکھتے، جسے کہتے ہیں بالکل پانی پھیر دیا —— کتنے کم وقت میں، کتنی آسانی سے!

یکایک اسے محسوس ہوا کہ شاید وہ خیالات کے جھونک میں کافی آگے نکل آئی ہے، اور یوں گڑبڑا جانے کی وجہ یہ تھی کہ سب مکانوں کے آگے والے پھاٹک ایک ہی سے تھے اور اس کے پھاٹک پر لٹکی، اس کے نام کی بڑی سی تختی بہہ گئی تھی جیسے اور بھی بہت سے مکانوں کی تختیاں بہہ گئی تھیں —— اسے اپنے

اوپر غصہ آنے لگا۔ اس نے سوچا تھا کہ اُسے یہ دقت کیسے ہو سکتی ہے، وہ تو ایک نظر میں اپنا گھر پہچان لے گی ـــــ پر اس نے یہ نہیں سوچا تھا کہ جب جیتے جاگتے انسانوں کو نام بنا نہیں جانا جاتا تو قبروں کو کتبے کے بغیر بھلا کون پہچان لیگا۔ وہ کھڑی کھڑی حیران ادھر ادھر دیکھ رہی تھی کہ اسے اسی مکان کے باہر ایک لکڑی کی بلّی گڑی ہوئی دکھائی دی۔ اور وہ حیران رہ گئی ـــــ اتنی مضبوط چہار دیواریاں گر گئیں، لوہے کے کھمبے جھک گئے، پیتل کے تار مڑ گئے، بڑے بڑے پیڑ اُکھڑ گئے اور یہ ـــــ یہ بلّی جمی کی جمی رہ گئی ـــــ پھر اسے یہ بلّی کچھ جانی پہچانی سی لگی اور اس کے قریب جانے پر اس نے فوراً اسے بھی پہچان لیا اور اس گھر کو بھی۔

ہاں ـــــ یہی اس کا گھر تھا!

کبھی کبھی چھوٹی چھوٹی حقیر سی چیزیں زندگی کی کسی بڑی سے بڑی تلاش کی نشان دہی کرتی ہیں، چاہے وہ برسوں سے چھوٹے ہوئے۔ بھُولے ہوئے محلے میں بھیک مانگنے اور آس پاس کی کسی کھنڈر مسجد میں پڑ رہنے والا کوئی سوکھا مارا، بوڑھا فقیر ہو یا کسی سیلاب زدہ احاطے میں گڑی ہوئی کوئی بلّی!

پھر تو اس نے آس پاس کے بچے کھچے پیڑوں میں سے اپنا آم کا پیڑ بھی پہچان لیا اور جب اس نے سر اٹھایا تب تو اُسے بالکل یقین ہو گیا کیوں کہ اس پیڑ پر ایک اور یقینی نشان تھا ـــــ اوپر ایک دوشاخے میں پھنسی ہوئی ایک چھوٹی سی لال رنگ کی چپل! اسے وہ منظر یاد آیا جب وہ لوگ کسی محفوظ جگہ

پر جانے کے لیے رکشتہ ہیں۔ بیٹھنے ہی والے تھے کہ اس کی چھوٹی بچی کو اس پیڑ میں، اوپر کہیں ایک چھوٹی سی کچی امبیا لگی ہوئی دکھائی دی گئی تھی اور اس نے گرانے کے لیے اس نے اپنی چپل اچھالی تھی جو نیچے واپس آنے کے بجائے اوپر، اس دوشاخے کے بیچ میں پھنس کر رہ گئی تھی ..... بچی نے تو ننگے پاؤں ڈانٹ کھاتے ہوئے رکشا میں بیٹھنے کی سزا بھگتی تھی ــــ البتہ وہ چپل اب تک وہاں موجود تھی، جیسے کسی گاؤں کی ساری آبادی کسی وجہ سے مرجائے، صرف ایک مریل خارش زردہ کتا، پچھلی سوکھی ٹانگوں میں دم دبائے سہمی سہمی نظروں سے ایک ٹک گھورتا جائے!

وہ روڑوں پتھروں پر لڑکھڑاتی ڈگمگاتی اندر چلی گئی، لیکن جہاں آنگن تھا وہاں قدم رکھتے ہی دالان کے بعد والے بڑے کمرے میں اس نے ایک بڑا سا تالا لگا دیکھا ــــ یہ تالا اس کا نہیں تھا، ضرور دوکان دار نے ڈالا ہوگا۔ اور وہ سوچنے لگی کہ کچھ دن بعد اس مکان کو پھر سے ٹھیک ٹھاک کرایا جائیگا، نئے کرایہ دار اس میں آکر بس جائیں گے، سب چیزیں نئی ہوں گی، سب ماحول نیا ہوگا، آوازیں نئی ہوں گی، رنگ نئے ہوں گے ــــ شاید پہلے سے زیادہ خوب صورت ہوں گے، دل کش اور تازہ ہوں گے، مگر وہ کچھ نہیں ہوں گے جن سے وہ اتنا مانوس تھی ــــ اس نے یہاں کی ایک ایک اینٹ سے محبّت کی تھی، یہاں کی دیواروں میں اس کا بہت کچھ دفن تھا، اس کی اپنی تنہائی کی گنگناہٹیں، اکیلی راتوں کو اِدھر اُدھر ٹہلنے والوں کے قدموں کی چاپ

اس کے بچوں کے بچپن کی ہنسی، اس کی جوانی کے خواب ـــــ مگراب تو وہ سب کچھ مرچکا تھا ـــــ اور جو کچھ بچا تھا، وہ بھی وہ نہیں دیکھ سکتی تھی۔ کیونکہ اس کے اور اس سب کے بیچ میں لوہے کا ایک بڑا سا تالا پڑا ہوا تھا۔

اس نے دالان کی سیڑھی پر چڑھ کر کمرے کی دونوں کھڑکیوں کے شیشوں سے باری باری اندر جھانکنے کی کوشش کی، مگر سیلاب کا پانی اتنا اونچا بھرنے کے بعد ہٹا تھا کہ کھڑکیوں کے سب شیشوں پر کیچڑ پٹ گئی تھی۔

کاش کے وہ ننھا سا باغیچہ ہی بچ جاتا جس کو دیکھنے کے لیے تالا کھولنے کی ضرورت نہیں تھی، لیکن ہارسنگھار، رات کی رانی، چمپا کے دونوں چھوٹے چھوٹے پیڑ، بیلے کی کیاریاں، نہ جانے کتنے قسم کے کیکٹس، گملوں میں لگے ہوئے موسمی پھول جو تصویروں کی طرح لگتے تھے ـــــ وہ سب ہی مرچکے تھے ـــــ شروع چھینٹے پڑے تھے تو اس نے بیلے کی کئی قلمیں لگائی تھیں اور اسے امید تھی کہ اگلی گرمیوں میں اتنے پھول اتریں گے کہ اس کا جوڑا مالا مال ہو جایا کرے گا۔ ان ہی قلموں کے پاس تھی وہ بالٹی ـــــ ہاں یہیں تو تھیں وہ قلمیں اور وہ جھاڑی جس سے وہ قلمیں لگائی تھیں ـــــ اس نے یہاں سے جانے کے تین چار ہی دن پہلے تو لگائی تھی ـــــ جھاڑی تو خیر ختم ہی ہو چکی تھی اور . . . مگر یہاں تو اینٹیں پڑی ہیں، چہار دیواری ٹھیک ایسی جگہ پر ادھڑ گئی ہو گی اسی وجہ سے اتنی اینٹیں یہاں کیسے جمع ہو گئیں۔ کیا ایسا نہیں ہو سکتا تھا کہ ان اینٹوں تلے کچھ قلمیں بچ گئی ہوں؟ ـــــ وہ ایک دم زمین پر

اکڑوں بیٹھ گئی، بیگ پاس رکھ لیا ——— اور اینٹیں اٹھا اٹھا کر پھینکنے لگی ——— شاید .... شاید، ان کے نیچے ....

اب سورج ڈوب گیا مگر ابھی وہ کیفیت باقی تھی، جسے جھٹ پٹا کہتے ہیں ——— اور اس سناٹے میں اینٹوں کے گرنے کی تڑاق تراق خود اس کے کانوں کو بھی وحشت ناک لگ رہی تھی، پھر اس نے بیگ میں سے ٹارچ نکالا اور ہاتھ سے مٹی ہٹانے لگی ——— تھوڑی دور پر قلمیں تو موجود تھیں مگر سب مرچکی تھیں اس نے مری ہوئی قلموں کو نرمی کے ساتھ دھیرے دھیرے الگ کرنا شروع کیا، اسے اچھی طرح یاد تھا کہ بارہ قلمیں تھیں، تو گیارہ تو یہ موجود تھیں اور بارہویں کہاں تھی؟

چار پانچ مری ہوئی قلموں کو ہٹا کر اس نے پھر ناخنوں سے زمین کریدنی شروع کی، اور اسی دم اس کی نظر اس بارہویں قلم پر پڑی ——— وہ بری طرح مرجھا گئی تھی، مگر جڑ پکڑ گئی تھی! اور وہ مری نہیں تھی۔

اس کی آنکھیں حیرت سے کھلی کی کھلی رہ گئیں اور ایک منٹ تو وہ بس اسے گھورتی ہی رہ گئی ——— پھر اس نے پاس رکھے کھلے بیگ کے اندر اپنا مٹی بھرا ہاتھ ڈالا؛ رومال نکال کر ایک ہی ہاتھ سے اسے زمین پر پھیلایا، ایک منٹ اس نے ٹارچ کی روشنی اس قلم پر ڈالی جو رومال پہ رکھی تھی۔ پھر باری باری سے رومال کے چاروں کونے سمیٹے، تھوڑی سی مٹی ہاتھ سے بھر بھر اکر قلم پر ڈالی؛ اور اسے ہلکے ہاتھوں سے گول لپیٹا، ٹارچ بجھایا ———

رومال، کو دونوں ہاتھوں سے اٹھا کر بیگ کے اندر رکھا۔

پھر کھڑے ہو کر اس نے ہاتھ جھاڑے ٹارچ ایک ہاتھ میں اٹھائی، بیگ دوسرے میں، ٹارچ کا بٹن ٹٹول کر دبایا اور اس کی چندھی روشنی میں اوبڑ کھابڑ راستے پر قدم رکھتی، روڑوں پتھروں کو ٹھوکریں مارتی۔ کبھی کبھی آسمان پر نظر اٹھا کر کوّوں کی آخری قطاروں کو دیکھتی، دھیرے دھیرے رستے کے گڈھوں سے بچتی اور دور سے پیپل کی ان دونوں پھیلی ہوئی شاخوں پر نظریں جمائے وہ واپس چلنے لگی۔

# دوشالہ

اتوار کا دن ہوتے ہوئے بھی منہ اندھیرے نیچے گلی میں گھسر پھسر کھٹ پٹ کی آہٹ سے تو محسوس ہونے ہی لگا تھا کہ کوئی گڑبڑ ہے مگر اصل بات تب معلوم ہوئی جب دودھ والا آیا۔ اس نے اماں سے نہ جانے کیا کہا کہ اماں کی دبی سی آواز آئی، "ہے ہے۔" پھر وہ دودھ کو اسٹو پر چڑھاتے ہوئے اپنے آپ بڑبڑائیں "بیچ، ہا، جنت نصیب ہو، کروٹ کروٹ خدا کی رحمت ہو، کیا میاں آدمی تھے۔"

ابا نے چادر سے سر نکال کر پوچھا، "کیا ہو گیا بھئی۔"

"کچھ نہیں، وہ بیچارے نواب صاحب اللہ کو پیارے ہو گئے۔"

"ہائیں۔" ابا ایک دم اٹھ بیٹھے ——— "ارے بھئی کل شام تو میں نے انھیں وفادار دودھ والے کی دوکان پر بیٹھے باتیں کرتے ہوئے دیکھا تھا۔"

امّاں چائے کی پیالی تیار کرتے ہوئے بولیں، "اے ہے تو اتنی عمر تھی، اور پکی ہنڈیا کا کیا ہے، نہ جانے کس وقت اُبل جائے اور میں تو سمجھتی ہوں کہ اُنکے حق میں اچھا ہی ہوا، کون سے سکھی تھے بے چارے۔ پھر موت کتنی اچھی دیکھو کسی سے ایک چمچہ پانی بھی نہیں مانگا ـــــ ارے ارے۔ رکو تو سہی، ایک پیالی چائے تو بن ہی گئی ہے، پیتے جاؤ۔ نہ جانے کتنی دیر لگے۔"

پھر انھوں نے پھرتی کے ساتھ دو پاپے بسکٹ توڑ کے پیالی کے اندڈالے اور چائے ابا کی طرف بڑھائی، ابا جو روانگی کے لیے بالکل تیار ہو کر سخت جلدی میں چھت پر نکل آئے تھے، واپس آئے اور پھونک مار مار کر جلدی جلدی چائے حلق سے انڈیلی، دھڑ دھڑاتے ہوئے نیچے اتر گئے!

میں اس کھڑکی میں جا کھڑی ہوئی جو پچھواڑے کو تھی اور نواب صاحب کے آنگن میں کھلتی تھی۔

روز صبح جب میں یہ کھڑکی کھولتی تھی تو وہ آنگن میں چارپائی پر سوئے ہوئے دکھائی دیا کرتے تھے ـــــ دُبلے پتلے اس قدر تھے کہ کبھی کبھی تو لگتا، چارپائی پر دولائی یا چادر کے نیچے کوئی ہے ہی نہیں ـــــ صرف تکیے پر سر رکھا ہوا سفید لمبی لمبی زلفوں والا سر یہ ظاہر کرتا کہ وہ وہاں موجود ہیں۔ جاڑوں کے زمانے میں جس وقت میں کھڑکی میں سے باہر سڑک کی طرف جھانک کر دیکھتی کہ مجھے اسکول پہنچانے والا رکشا آیا کہ نہیں، تب وہ دوشالہ اوڑھے باہر نکلتے دکھائی دیا کرتے تھے، ـــــ اُن کے پاس یہ دوشالہ کیوں، کب اور کیسے آیا۔ اس

کے متعلق طرح طرح کے قصے مشہور تھے۔ البتہ یہ ایک بات مستند طور پر سب کو معلوم تھی کہ دس سال پہلے جب اُن کی بیٹیاں، داماد، بیٹے اور بہوئیں اور سارا ہی خاندان پاکستان جانے لگا تو نواب صاحب نے اپنا تقریباً سب کچھ بیچ باچ کر اُن لوگوں کے حوالے کر دیا تھا ـــــــ مگر یہ دوشالہ روک لیا تھا۔

ہم لوگ برسوں سے اُن کے مکان کے اوپر والے حصّے میں کرایہ دار تھے، نہ ہم کوئی ایسے امیر تھے، نہ مکان زیادہ بڑا تھا مگر بہ ظاہر اس معمولی کرایہ کے علاوہ نواب صاحب کا کوئی اور ذریعۂ آمدنی نہ تھا۔ میں نے اس دوشالہ کو اپنے بچپن میں دیکھا بھی تھا، چھوا بھی تھا، کھیل ہی کھیل میں اوڑھا بھی تھا۔ ویسا دوشالہ میں نے کبھی پھر نہیں دیکھا ـــــــ اتنا ملائم، ایسا مشین کڑھا ہوا اور وہ لطیف بادامی رنگ جس کو صرف آنکھ دیکھ سکتی ہے ـــــــ نہ تصور اس کا احاطہ کر سکتا ہے نہ زبان بیان کر سکتی ہے۔ میں ایک دن یوں ہی کھیلتے کھیلتے ان کے یہاں پہنچ گئی تھی ـــــــ وہ اس دن اس دوشالے کو دھوپ دے رہے تھے۔ ایک بار انھوں نے پیار سے مجھ کو دیکھا، پھر ایک بار دھوپ میں پھیلے دوشالے کو، پھر اپنی سفید زلفوں کو جھٹک کر بولے، "بی بی، آپ جانتی ہیں نہ کہ یہ دوشالہ کس کا ہے؟" ـــــــ وہ ننھے بچّوں سے بھی آپ جناب کہہ کر بات کرتے تھے۔

"آپ کا ہے۔ اور کس کا۔" میں نے بھولے پن سے جواب دیا۔

"نہیں بی بی، میں تو صرف اس کی حفاظت کرنے والا ہوں ـــــــ

اس کا ایک ادنیٰ سا رکھوالا، ایک حقیر خادم" —— پھر رک رک کر بولے، "لوگ کہتے ہیں، سمجھتے ہیں کہ یہ سب کہانیاں ہیں، مگر کہانیاں اگر سچائی نہ ہوتیں تو وہ کس طرح زندہ رہتیں اور کیوں اور کیسے لوگ، نسلاً بعد نسلاً ان کو دوہرایا کرتے۔"

میری سمجھ میں کچھ زیادہ تو نہیں آیا۔ مگر میں نے سر ہلا کر حامی بھر دی! وہ خوش ہو گئے۔

اُن کے ہلتے ہوئے پٹے مجھے بہت پیارے لگ رہے تھے۔ ہونٹوں کے کونوں میں بہتی ہوئی پیک جس میں چھالیہ کے بہت سے باریک ذرے تیر رہے تھے، بہت اچھی لگ رہی تھی، اور میں غور سے اُن کو دیکھ رہی تھی۔

انھوں نے ایک دم زبان کھولی "نہ جانے کیوں آج میرا جی چاہتا ہے کہ آپ کو اس کی کہانی بتا دوں —— وہ جو —— اچھا خیر اس سے کیا مطلب —— تو آپ کو معلوم ہونا چاہیئے کہ یہ دوشالہ بیگم حضرت محل کا ہے۔ اور کہانی یہ ہے کہ ایک موقع پر جب بیگم ترائی کی سرحد پر ڈیرہ ڈالے پڑی تھیں تو یہ ان کے ساتھ تھا۔ یکایک نہ جانے کیسے فرنگیوں کو پتہ چل گیا اور حملہ ہوا —— حضرت محل، برجیس قدر اور اُن کی کچھ جاں نثار کنیزیں، کچھ سپاہی نکل گئے، باقیوں نے فرنگیوں کو الجھا لیا اور اس وقت تک لڑتے رہے جب تک ایک ایک آدمی کام نہ آگیا —— تب فرنگیوں کو پتہ چلا کہ بیگم تو نکل گئیں —— پھر پیچھا کیا اور آخر کار آموں کے ایک گھنے باغ کے پاس روک لیا اور ایک دو فرنگی

سپاہی اتنی نزدیک پہنچ گئے کہ اُن کو اندازہ ہوگیا بیگم یہی ہیں جو بادامی رنگ کا دوشالہ اوڑھے سفید گھوڑے پر سوار ہیں۔ اتنے میں ایک گھنا باغ آگیا۔ شاہی قافلہ باغ میں گھس گیا۔ اور درختوں کی گھنی آڑ میں ایک جاں نثار کنیز نے بیگم سے دوشالہ اور گھوڑا بدل لیا۔ کچھ سپاہی بھی ٹھہر گئے اور فرنگی دھوکہ کھا گئے۔ بیگم نکل گئیں۔

"وہ کنیز گرفتار ہوئی اور بہت سی مصیبتیں قید و بند پریشانیاں بھگتنے کے بعد پھانسی پر چڑھا دی گئی ـــــــ مگر اس کی آخری خواہش یہ تھی کہ پھانسی کی طرف جاتے ہوئے اس کے کندھوں پر یہ دوشالہ ہو سو اس کی آخری خواہش پوری کی گئی۔

"جب جگہ جگہ سے لوٹ کا سامان لکھنؤ پہنچا اور دوسرے محلوں وغیرہ کے اسباب بٹے تو یہ دوشالہ میرے دادا حضور کے حصّے میں آیا۔ وہ فرنگیوں سے مل گئے، اللہ اُن کے گناہ معاف کر دے، اُن کی رُوح شرمندہ نہ ہو، ان کو بخش دے پروردگارِ عالم۔ دادا حضور نے میری شادی پر یہ دوشالہ میری بیگم کو دیا کیونکہ وہ اسی کنیز کی نواسی تھی۔ شبِ عروسی میں میری بیگم نے اسے اوڑھا تھا اور مجھ سے کہا تھا، "دیکھیے نواب صاحب، آپ کو میرے سر کی قسم، وفا کے اس نشان کو کبھی اپنے سے جدا نہ کیجیے گا، اس کی حفاظت کیجیے گا، اسے کبھی کسی غیر ملکی کے ہاتھ میں نہ پڑنے دیجیے گا ـــــــ یہ بیگم حضرت محل کے وطن لکھنؤ سے کبھی الگ نہ ہو۔"

اتنا کہہ کر نواب صاحب خاموش ہو گئے اور کرسی پر بیٹھے بیٹھے جُھک کر بکس میں نہ جانے کیا کھڑ پڑ کرنے لگے۔

شبِ عروسی میں اپنے شوہر سے یہ بات کہنے والی دلہن مر گئی، اس کی اولادیں لکھنؤ چھوڑ کر چلی گئیں۔ لیکن نواب صاحب نے دادا کے گناہ کا کفارہ ادا کیا، اور مرتے دم تک یوں دوشالے کو اپنی جان سے لگا کر رکھا کہ صفحۂ وفا پر ایک اور مہر لگا دی، ان کے بیٹے جو پاکستان میں بڑی بڑی ملازمتوں میں تھے، ان کو ہر طرح کا آرام دے سکتے تھے، ان کو بلا بلا کر تھک گئے، پر وہ نہیں گئے۔

دوشالہ کو نہ چھوڑ سکتے تھے، نہ ساتھ لے جا سکتے تھے!

آخری وقت میں ان کی مالی حالت بہت خراب ہو گئی تھی۔ مہنگائی غضب کی، آمدنی تھوڑی سی۔ کھانے پینے کو بھی پورا نہیں پڑتا تھا کبھی کبھار وہ صبح کو وہی دوشالہ لپیٹ کر چائے والے کی دوکان پر جا بیٹھتے اور کہنا شروع کرتے، ''میاں شبراتی —— آپ کو تو یقین ہے نہ کہ یہ دوشالہ بیگم حضرت محل کا ہے، دیکھئے نا، اب تو ایسا کام شاید کسی کو خواب میں نظر نہیں آسکتا —— ابھی اس دن ایک امریکن اس کے دس ہزار لگا رہا تھا۔ پر میں نے کہا...''

شبراتی جو دن بھر میں بس اتنا کما لیتا تھا کہ اپنے اور اپنے خاندان کو بہ مشکل زندہ رکھ سکے، جلدی سے کہتا ''سرکار خدا کے لیے ایسا نہ کہئے۔ اسے بیچنے کی تو سوچیے گا بھی مت! لکھنؤ کی ناک کٹ جائے گی۔''

پھر ادھر ادھر دیکھ کر سب سے بڑی والی کرسی بڑھاتا، "تشریف رکھیے، آپ چائے تو پیجیے۔"

وہ ایک پیالی میں چائے ڈالتا، اس میں تین چمچے چینی اور دوسری کڑھائی میں سے پکتے دودھ کا ایک بڑا گول چمچہ ——— پھر طاق پر سے ایک میلا سا ڈبہ اتارتا اور اس میں سے کچھ بسکٹ ایک طشتری میں نکال کر——— یہ سب چیزیں ان کے آگے رکھتا۔

وہ چائے پیتے جاتے ——— خاموش، چپ چاپ اور ان کی زلفیں ڈولتی جاتیں ——— جیسے مسلسل انکار کر رہی ہوں ——— نہیں، کبھی نہیں، ہرگز نہیں، میرے جیتے جی تو ایسا نہ ہوگا!

دن کے کھانے پر تو نہیں لیکن رات کے کھانے پر نواب صاحب اکثر ہمارے یہاں آجاتے تھے۔ میرے ابا نے اُن سے کئی بار کہا کہ نواب صاحب شہر میں عام طور پر مکانوں کے کرائے بڑھ گئے ہیں، آپ اجازت دیں تو میں بھی کچھ بڑھا دُوں، مگر انھوں نے منظور نہ کیا۔

کبھی کبھی سیڑھی چڑھنے سے ہانپتے ہوئے آکر وہ چپ چاپ دالان میں پڑے ہوئے دری بچھے، نیچے تخت پر بیٹھ جاتے۔ میرے اماں کی نظر فوراً اُن پر پڑتی، اگرچہ وہ ان سے پردہ کبھی نہ کرتی تھیں، لیکن پھر بھی ان کو دیکھ کر ڈوپٹہ سر سے اوڑھ لیتیں، جھک کر آداب کرتیں اور خیریت پوچھتیں ——— پھر دھیرے سے کہتیں، "آج میں نے قیمہ میتھی پکایا ہے نواب صاحب، اگر مزاج چاہے تو ذرا سا

نوش فرمالیجئے۔"

وہ چپ رہتے، اماں بھی ان کے جواب کا انتظار نہ کرتیں، بلکہ اُن کے سامنے کھانا لاکر رکھتیں ـــــ کھانا کھاتے وقت ان کا کہا ہوا یہ جملہ مجھے اکثر یاد آتا ہے ـــــ "بی بی کون جانے شاید جن چیزوں کو ہم بے جان سمجھتے ہیں ان میں بھی جان ہوتی ہے، احساس ہوتا ہے۔ بھلا اختر پیا نے کس دل سے یہ دوشالہ بیگم کو دیا ہوگا کہ اس وقت تو دوشالے کی بھی طبیعت پھڑک گئی ہوگی۔"

سال میں ایک دو بار اس دوشالہ کو اپنے جسم پر لپیٹے وہ بنسی لال کے یہاں پہنچ جاتے۔ بنسی لال کو اس بات پر بڑا فخر تھا کہ اس کی نسل راجہ جھاؤلال سے ملتی تھی اب وہ لکھنؤ میں کپڑوں کا بہت بڑا مہاجن تھا ـــــ پوتوں، پوتیوں، نواسوں نواسیوں والا، نواب صاحب کی ہی عمر کا ـــــ نواب صاحب وہاں جاکر کچھ کہتے نہیں تھے۔ بس چپ چاپ دوکان کے سامنے پڑی ہوئی ایک ٹین کی کرسی پر بیٹھ جاتے، آہستہ آہستہ دونوں ٹانگیں ہلاتے رہتے اور دھیرے دھیرے ان کی زلفیں بھی اسی تال پر ڈولتی جاتیں۔

اور آج نواب صاحب چل بسے تھے۔

کھڑکی کے نیچے آنگن میں جو پلنگ بچھا رہتا تھا، وہ غائب تھا۔ مجھے ایسا محسوس ہو رہا تھا کہ عرصے سے میں کسی پیڑ میں ایک پکا خوش رنگ رسیلا پھل لٹکا ہوا دیکھتی چلی آ رہی تھی اور آج اس پیڑ کے نیچے پہنچی تو کوئی اُسے توڑ لے

گیا تھا۔اور پتوں کے بیچ میں اس کی خالی خالی جگہ ویران اور اجاڑ نظر آ رہی تھی ــــــ میرے آبا کائی لگی دیوار سے پیٹھ ٹکائے خاموش کھڑے تھے، اُن کے ہاتھ میں ایک پرچا تھا جو نواب صاحب کی وصیت تھا ــــــ کہ دوشالے کو اُن کے ساتھ دفن کیا جائے، لکھنؤ کی خاک کے کسی کونے میں!

# وہ شعلے

میں جب کبھی آگ کے شعلے دیکھتی ہوں تو میرا سارا وجود کانپ جاتا ہے، اور ایسا لگتا ہے کہ وہ لال لال لپٹیں اور ان سے نکلتا ہوا وہ سرمئی اور کالا پیچدار دھواں مجھے گھسیٹ کر چالیس سال پیچھے لے جا رہے ہیں، جب ایک رات میں نے ایک چھپر کو ان شعلوں میں گھرا ہوا دیکھا تھا، ـــــ لوگوں کا بھاگنا ـــــ "آگ، لگ گئی" "آگ لگ گئی" ـــــ چھپر کے کھمبے سے بندھی بکریوں کا گول گول چکر کاٹنا، اور زور زور سے ممیانا، میرے ابا کا جلدی جلدی ڈریسنگ گاؤن پہن کر باہر دوڑنا، اور اماں کا پکارتے ہی رہ جانا " ارے تم کہاں جا رہے ہو؟ آخر تم سے کیا مطلب ہے" پھر رفتہ رفتہ آگ کا بجھنا اور اس میں سے ایک لاش کا برآمد کیا جانا جو اس طرح جلی تھی، کہ صرف گوشت کا ایک خاک سیاہ لوتھڑا لگتی تھی ـــــ وہ داکھو کی لاش تھی!

—— داکھو میری سہیلی تھی —— اس کی بیوہ ماں اس کالج میں کام کرتی تھی جس کے میرے ابا پرنسپل تھے، وہ کالج میں بھی کام کرتی تھی، اور ہمارے گھر میں بھی اور ہماری کوٹھی کے پچھواڑے ایک کوٹھری میں رہتی تھی، جس کے آگے پھوس کے چھپر کا ادسارہ تھا، اس کا نام سنگاری تھا، اور بہت ٹھیک تھا کیونکہ وہ مجسم سنگار تھی، خوب سیاہ رنگ کا دمکتا جسم جیسے سنگ موسیٰ سے تراشا گیا ہو، یا نرکا تیکھا نقشہ! داکھو اپنی ماں کی تصویر تھی، وہ قد میں مجھ سے دو تین انچ چھوٹی اور عمر میں دو تین سال بڑی تھی، مگر اس کے مقابلے میں مجھے ہمیشہ احساس کمتری رہتا تھا، کیونکہ وہ اتنی ہوشیار تھی کہ میرے فرشتے بھی اس کے پیروں کی دھول کو نہیں پا سکتے تھے۔

کبھی کبھار میرا دل بہت چاہتا تھا کہ میں اس پر اپنی اردو کی پانچویں، اور انگریزی کی چوتھی کتاب کا رعب جماؤں لیکن توبہ کیجئے —— جب وہ ٹوٹی، ہوئی چوڑیوں کو تپا کے بندے بناتی، جھربیری پر کانٹوں کے باوجود اور نیم پر گلہری کی طرح چڑھ جاتی، لکڑیوں کا وہ ڈھیر دکھاتی، جو اس نے کھیتوں سے جمع کیا تھا، اپنی بکریوں کو دوہتی، اور آم کے گٹھلی سے بنائے ہوئے پیپے کو بجاتی اور پیپے کو بجاتے ہوئے ہاتھ نچا نچا کر کہتی" میرا پپیا بولے رام جی کا نیتر بولے، کیسے بولے، پٹ پیں، پٹ پیں..... " تو میری ساری لیاقت دھری رہ جاتی —— ویسے میں نے بھی ایک بار آم کی گٹھلی کو گھس کے پپیا بنانے، اور بجانے کی کوشش کی تھی، لیکن اس میں بُری طرح ناکام رہی، اور بندے بنانے میں تو

خیر کئی بار ہاتھ جل ہی چکا تھا، لنگڑی ٹانگ کھیلنے میں بھی وہ ہمیشہ ہی مجھ کو ہرا تی تھی
روز تو دا کھو لہنگا پہنتی تھی، جو اکثر ادھڑا ہوا، اور زیادہ تر پھٹا ہوا ہوتا
تھا، اور کسی گھر سے ملی ہوئی کسی رنگین ساڑی کا آدھا حصہ اوڑھے رہتی تھی
جس میں اکثر بڑے بڑے کھونچے اور چھید ہوتے تھے کہ جن میں سے اس کا
سُتلی یا کسی لیری سے بندھا جوڑا یا کانوں میں پہنے ہوئے چاندی کی
بالی پتے باہر نکل آتے تھے۔ لیکن جب وہ میلہ
دیکھنے جاتی تو اس کے ٹھاٹ بس دیکھنے والے ہوتے تھے ــــــ
راجپوتانے کی موٹرے والی چُنری گوٹا لگا، گھیر دار لال یا ہرا لہنگا، رنگیں
ٹکڑوں کو کاٹھیا واڑی طرز میں جوڑ کر سی ہوئی کرتی یا چولی جس کے ہر جوڑ پر
چٹکی یا کیکری ٹکی ہوتی تھی، مانگ کے بیچوں بیچ چاندی کا بورلا، ہاتھوں میں
چاندی کے زیور ٹخنوں پر جھانجریں بجتی ہوئی، میں اسے آنکھیں پھاڑ پھاڑ کر
دیکھتی کی دیکھتی رہ جاتی۔

اور پھر یہ بھی تو تھا کہ وہ ہر جگہ جا سکتی تھی، شادیوں کے آخر میں بچا
کھچا کھانا لینے، کنوئیں پر بکریاں چرانے، ابا کے کالج کے جلسوں میں، محرم اور
دسہرے کے جلوسوں میں وغیرہ۔ میں شریف لڑکی ہونے کے ناتے کہیں نہیں
جا سکتی تھی، وہ میلے سے لوٹتی تو پان کھاتی ہوتی جس سے اس کا منہ خوب لال
رچ جاتا تھا، ہمارے یہاں کنواری لڑکی کا پان کھانا سخت معیوب سمجھا جاتا تھا
جب وہ کہیں سے لوٹتی تو موقعہ پا کر مجھے وہاں کے سب حالات بتاتی، سناتی۔

"ارے بی بی، دولہا کی اماں تو ایسی موٹی ہو رہی تھیں، جیسے آلو کا بورا ـــــ یا" بی بی ڈرل ماسٹر صاحب نے ایک سیٹی بجائی، سب لڑکے پیر پٹکنے لگے ـــــ لف رائٹ، لف رائٹ کرنے لگے ـــــ"

"یا ایسا میٹھا سربت تھا امام حسین کی سبیل پر کہ کیا بتاؤں ـــــ میں تو بڑا والا المونیم کا گلاس لے گئی تھی، چار دفعہ بھر بھر کے پیا، پھر وہ چوکی دار بولا کہ ارے تجھ کو اتنا سربت پلایا ہے، تو تو بھی ذرا سربتِ دیدار پلاتی رہنا، تو بی وہیں منشی رتن ناتھ جی کھڑے تھے، مجھے ڈپٹ کے بولے "چل، دفان ہو یہاں سے، بے حیا کہیں کی" ـــــ بی بی، سربتِ دیدار کیا ہوتا ہے، ـــــ مجھے اردو کی پانچویں کتاب کے باوجود یہ نہیں معلوم تھا، کہ سربتِ دیدار کیا ہوتا ہے، لیکن ہم دونوں نے مل کر اپنے اپنے دماغوں پر زور دیا تو اس نتیجے پر پہونچے کہ ضرور ہی کوئی بُری بات ہوتی ہوگی، ورنہ منشی رتن ناتھ جی اس کو کیوں بھگاتے ـــــ

اتنے میں بُوا باورچیخانے سے للکارتیں "اے تو کام کرنے آوے ہے کہ باتیں مٹھارنے کو آوے ہے، داکھو ـــــ چل چل" اور داکھو چپکے، چپکے بُوا کی نقل اتارتی غسل خانے دھونے چل دیتی۔

پھر ہماری دوستی کی شفاف جھیل میں ایک پتھر گرا، دائرے ہی دائرے پھیل گئے، جو الجھتے ہی چلے گئے، ہمارے پاس والی کوٹھی میں ایک خاندان آکے رہا، اس میں بالکل میرے عمر کی ایک لڑکی تھی ـــــ حمیدہ ـــــ نہ جانے وہ اتنی صاف ستھری کیسے رہ لیتی تھی، اور اسے جھربیر دل بیر

بھوٹیوں اُم کے پپیوں اور لنگڑی ٹانگ سے دلچسپی کیوں نہیں تھی ؟ بہرحال اس کے آتے ہی مجھ کو ہر وقت اس کی مثال دی جانے لگی "دیکھے ہے نہ حمیدہ کتنی صاف ستھری رہے ہے گی، ایک تو ہے کہ دھول گردے میں اٹی، اس بھنگن کی لونڈیا کے ساتھ، خدائی خوار، اللہ کی مار نہ جانے کہاں کہاں ماری پھرے ہے ......"

"اتے ہے کل رات جو شاہی ٹکڑے خاں صاحب کے یہاں سے آئے تھے وہ ان نے، ان کی بیٹی حمیدہ نے بنائے تھے، اور ایک ہماری لڑکی ہے گی کہ ہُد، ہُد بچھیڑا، ہیاں سے ہواں، ہواں سے ہیاں اتنی بڑی دھاکڑ ہوگئی، اور ہنڈیاں میں چمچہ ہلانا کہ سوئی میں دھاگہ ڈالنا نہ آوے ہے ....."

بس بُوا کی ذرا لاڈلی، دلاری تھی، تو وہ میری حمایت میں ٹکڑا جوڑ تیں،
"لئے نہ بی بی، گے سب اس بھنگن کی لونڈیا، ادتی کا سب سیکھا با پڑا یا ہے ہر وقت جو بی بی کے پاس گھسی رہے ہے، تخم تاثیر صحبت کا اثر ....."

پھر یہ ہوا کہ ایک دن حمیدہ میرے پاس بیٹھی مجھے اپنے کشیدہ کاری کے نمونے دکھا کر بور کر رہی تھی کہ، داکھو آئی ایک آنکھ دبا کے اس نے مجھے دیکھا، پھر مسکراتی ہوئی غسل خانے کی طرف جانے ہی والی تھی کہ حمیدہ بولی "یہ تو داکھو ہے، سنا ہے، تمہاری اس سے بہت دوستی ہے"۔

"ہاں ہے تو"۔ میں نے ٹالنے کے لئے کہا۔

"پر تم اسکی سہیلی کیسے بن سکتی ہو؟ یہ تو جاہل ہے"۔

داکھو نے بھی اس کی بات سن لی ، مڑکر گھور کر اُسے دیکھا، پھر اس کی طرف ایک نگاہ پھینکی اور چلی گئی، دوسرے دن میری اس کی ملاقات حسب دستور پچھواڑے کے میدان میں ہوئی جہاں وہ اندھے کنویں کے پاس بکریاں چرا رہی تھی، تو اس کے چہرے پر ایک ایسی عجیب سی اداسی تھی، جو میں نے پہلے کبھی نہیں دیکھی تھی، اس نے مجھ سے صرف ایک بات کہی "بی بی ـــــ جاہل، کون ہوتا ہے؟ یہ کیا کوئی گالی ہے؟"

مجھے جاہل کے معنی معلوم تھے، کیونکہ گھر میں اماں کبھی کبھی مجھے اس لقب سے نواز اکرتی تھیں، سو میں نے کہا" ارے نہیں، گالی نہیں ہے، جو پڑھنا لکھنا نہیں، اس کو جاہل کہتے ہیں"۔

وہ ایک دم چپ ہو گئی، پھر بڑی دیر تک وہ کنکر اٹھا اٹھا کر بکریوں کو مارتی رہی، ان کو ہنکانے کے لئے آوازیں نکالتی رہی، اور پھر ان کو سمیٹ کر چلی گئی، ایسا لگتا تھا، کہ اس کے میرے بیچ میں کوئی دیوار سی کھڑی ہو گئی ہے۔

چند دنوں بعد میں نے اپنے گھر میں کچھ اس قسم کی باتیں سنیں" اجی سنتے ہو ـــــ وہ سنگاری اپنی لڑکی کو ہندی پڑھوا رہی ہے گی"۔

ابا اخبار پر نظر جمائے جمائے، ذرا سا گردن موڑ کے بولے" ایں ـــــ تو کیا گناہ کر رہی ہے"۔

میں پاس ہی بیٹھی دودھ میں ڈبل روٹی بھگو بھگو کے کھا رہی تھی، یہ خبر سن کر اچھل پڑی" ابا، تو اب داکھو بھی کہانیاں پڑھنے لگے گی؟ لکھے گی بھی؟

ابا مجھ کو ہندی نہیں آتی تو میں اس سے ہندی سیکھ لوں گی؟"

اماں پہلے ہی ابا کے جواب پر کھسیا گئی تھیں، سو انھوں نے اپنی ساری کھسیاہٹ مجھ پر اتاری "چپ رہ، تو کیوں بیچ میں ٹپاپٹ بول رہی ہے گی؟ ——— ہاں تو گے سنیں ہیں کہ لونڈیا نے بڑے غل مچائے کہ میں تو نہ کھاؤں گی نہ پیوں گی، جب تک مجھ کو پڑھاؤ گے نہیں، سو مُکھیا ماں نے وہ پڑوس میں جو عیسائی پرن جی رہے ہیں نہ ان کی بی بی سے کیا۔ اور اب ڈاکھو روز ان کے یہاں پڑھنے جاوے ہے، جبھی تو میں کہوں کہ اس طرف اس کا دیدہ کام میں کیوں نہ لگتا"۔

بُوا سامنے بیٹھی، سینی میں گوشت، گھی کی کٹوری، اور مسالے لئے اماں سے پکنے کو پوچھ رہی تھیں، پان ایک کلے سے دوسرے میں رکھتی ہوئی بولیں " اب دیکھیو کیا کیا ہووے ہے ——— جب لونڈیا کرستان ہو جاوے گی، سایہ پہنے گی، یاروں کو خط پتر لکھے گی، تب سنگاری کو آٹے، دال کا بھاؤ معلوم ہو جاوے گا ——— غضب خدا کا بالکل ہی اپنی اوقات بھول گئی، جو لونڈیا کو انگریزی پڑھوا رہی ہے، اب قیامت نزدیک ہے بھنو . . . . " اور وہ بڑبڑاتی ہوئی سینی اٹھا کر باورچی خانے کی طرف چلی گئیں۔

اسی سال مجھے پردہ میں بیٹھا دیا گیا، حالانکہ میری عمر صرف دس برس کی تھی۔ ڈاکھو بارہ، تیرہ برس کی ہونے کے باوجود ابھی تک مزے میں باہر گھومتی پھرتی تھی، اب وہ ہمارے یہاں جھاڑو دینے بھی ذرا کم ہی آتی تھی، اور میرا

اس کا تعلق اب صرف ایک کھڑکی سے رہ گیا تھا، جو میرے کمرے سے اس کے چھپر کی طرف کھلتی تھی، اس میں لوہے کی موٹی موٹی چھڑیں تھیں، رات کے سناٹے میں یا صبح تڑکے کے اکیلے میں، میں کبھی کبھی جھانک کر اس کھڑکی میں سے دیکھتی تھی کہ چھپر میں، بکریوں کے پاس، جھلنگی کھاٹ بچھائے، مٹی کے تیل کی ڈھبری جلائے، داکھو ہل ہل کے پڑھ رہی ہے، "پل پر سے جا، کالی بکری گھاس کھاتی ہے، دریا کا ٹھنڈا پانی پی لے وغیرہ...."

پھر ایک دن سنگاری اور بوا میں شبرات کے حصے پر کچھ جھگڑا ہو گیا — بات یہ ہوئی کہ اماں نے سب نوکروں کو حلوہ روٹی دیا تھا، بُوا نے سنگاری کے حصے میں سے حلوہ تو خود رکھ لیا، اور سادی روٹیاں اس کو دینے لگیں، تو وہ سمجھ گئی، بپھر کے بولی "اجی حلوہ کاں ہے، سرپین بی،" شریف بوا تنتنائیں "کیسا حلوہ —— بڑی حلوہ کھانے کا منہ لے کے آئی —— کل شام، تیری لونڈیا کے پاس کون بیٹھا تھا؟" ۔

"اجی اس بات سے کائیں مطبل ہے، وہ تو ہیرالال تھا"

"ہیرالال تھا چاہے پنالال —— وہ آیا کیوں تھا؟"

"اجی وہ اپنی ماں کو چٹھی لکھوانے آیا تھا۔"

"کیوں —— تو اب تیری بیٹی منشی دینا ناتھ جی ہو گئی کہ سب کی چٹھیاں لکھے ہے، ذرا آپے میں رہ، آپے میں" اور پھر تو وہ چار چوٹ کی لڑائی ہوئی کہ الٰہی توبہ اماں نے بھی اوّل بات یعنی حلوے پر کوئی توجہ نہیں دی، اور یہی کہا

کہ ہیرالال کو چٹھی لکھوانا تھا تو وہ منشی دینا ناتھ جی کے پاس کیوں نہیں گیا جن کی عمر چٹھیاں لکھتے گزر گئی تھی، کیا داکھوان سے اچھا لکھی تھی!۔

سنگاری رونے لگی! اور روتے روتے اس نے یہ قبول دیا کہ وہ تو خود ہی، لڑکی کو پڑھا لکھا کر اب پچھتا رہی ہے، کیوں کہ برادری میں تو اب کوئی اس سے بیاہ کرنے کو تیار نہ تھا، بھلا پڑھی لکھی لڑکی سے شادی کر کے کون یہ خطرہ مول لیتا، کہ اس نے نہ جانے کتنے یاروں کو چٹھیاں لکھی ہیں، اور کتنوں کو نہ جانے آئندہ لکھے گی۔

لیکن داکھو کی شادی ہوگئی، کیونکہ سنگاری نے اپنا سب کچھ لٹا کر ایک علاد داماد خریدا، اپنا گھر بھی بیٹی داماد کو دے دیا، خود ذرا سی دور ایک چھوٹا سا چھپر ڈال کے رہنے لگی۔

ویسے اس کا داماد الف کے نام لٹھا نہیں جانتا تھا، لیکن انجینیر صاحب کے دفتر میں کام کرتا تھا تو اس سستی کے زمانہ میں بھی اسے بارہ روپے مہینہ ملتے تھے، اور سب نوکر اس کو جمعدار صاحب کہتے تھے، اور وردی الگ سے جو خاکی رنگ کی ہوتی تھی، اور اس میں چمکتے ہوئے پیتل کے بٹن لگے ہوتے تھے۔

میں نے کھڑکی کی جھروں میں سے داکھو کی برات دیکھی، پھر دوسرے دن جب وہ دلہن بننے کے بعد اماں کو سلام کرنے آئی، تو بہت اچھی لگ رہی تھی ——— تیل سے چپڑی پٹیوں کے بیچ نکلی ہوئی مانگ میں سونے کا پتہ چڑھا ہوا بورلا، ہاتھ گلے میں چاندی کے بہت سے زیور، لال ساٹن کا لہنگا

ہرے ریشم کی لوگڑی اور گوٹے سے لپٹی، چنگی سے سجی چولی، جب اس نے گھونگھٹ میں سے، مسکرا کر مجھے دیکھا، پان اور مستی کے جھٹ پٹے میں سے اس کے دانتوں کا چمکتا ہوا کوندا لپکا —— میں اس کوندے کی دلک کو کبھی نہیں بھول سکتی!۔

ان سب باتوں کے باوجود میں کبھی کبھار کھڑکی سے جھانکتی یا اس میں کان لگا کے سنتی تو ایسا اندازہ ہوتا کہ داکھو اور اس کے شوہر میں بن نہیں رہی ہے، رات کو آئے دن لڑائی ہوتی —— اکثر اس طرح کی باتیں سنائی دیتیں ''اب ڈھبری بجھائے گی کہ نہیں'' اس کا شوہر غزاتا۔

''اجی بس تھوڑا سارہ گیا ہے، وہ لکھ لوں، نہیں تو پھر میم صاحب کہیں گی، کام نہیں پورا کر کے لائی۔''

''اب تو کب تک میم صاحب کی چاکری کرے گی؟ اور روز وہاں گھسی رہتی ہے، دنیا بھر کے لفنگے وہاں آتے ہیں''

داکھو بگڑ جاتی ''کوئی لفنگا نہیں آتا'' ان کے صاحب تو بڑے بوڑھے ہیں، ہمیرے باپ سمان''

''باپ کی بچی! چل ادھر —— کھانا وانا کچھ پکایا ہے تو لائے گی کہ نہیں۔''

داکھو زور سے کتاب پٹختی، اور کھانا لا کر میاں کے سامنے رکھتی، اور بڑبڑاتی جاتی۔ میں جلدی سے کھڑکی بند کر لیتی، مجھے بچپن ہی سے لڑائی سے بڑا ڈر لگتا تھا۔

اس دن سرِ شام ہی سے دا کھو کے یہاں جھگڑا شروع ہو گیا تھا۔

"یہ تو کیا لکھ لکھ کے ڈھیر کرتی رہتی ہے" اس کے میاں کی آواز آئی۔

میں نے آہستہ سے کھڑکی کھولی۔ دا کھو ڈھبری جلائے گھٹنے پر وہ کاپی رکھے لکھ رہی تھی، جو اسے عیسیٰ چرن جی کی بی بی نے دی تھی، سامنے کتاب کھلی ہوئی تھی شائید وہ اس میں سے نقل کر رہی تھی، تنک کے بولی" دیکھ لے نہ کیا ڈھیر کر رہی ہوں، اس کی آواز میں سخت تلخی اور بے حد طنز تھا۔

"ارے میں بے چارہ کیا دیکھوں گا، میں تو بھگوان کسم جنم بھر کو پھنس گیا تیری ماں کے جلنتر میں کہ اپنی میم صاحب لڑکی اٹھا کے میرے سر پہ تھوپ دی، نہ جانے کس کس کو چٹھیاں لکھتی ہیں"۔

"ایسی بات کہے گا تو یا تو تیرا سر پھوڑ دوں گی یا اپنا پھوڑ لوں گی"۔

"اپنا ہی پھوڑ لے، میں کیا فالتو ہوں" میں نے ڈر کے مارے کھڑکی بند کرلی، پھر آوازیں مدھم ہوتی گئیں، اور پھر میں سو گئی ایک بجے کے قریب میری آنکھ یکا یک کھل گئی، کیونکہ بڑا شور مچ رہا تھا، اور آگ تھی اور شعلے اور گھپ اندھیرے کو چاٹتی ہوئی ان کی لال لال زبانیں ــــ دا کھو نے اپنے اوپر مٹی کا تیل ڈال کر آگ لگا لی تھی۔

پھر لوگوں نے اس کی لاش نکال کر باہر رکھی، اب کچھ نہیں تھا! نہ وہ تیکھا نقشہ، نہ دانتوں کا کوندا نہ لال چنری، نہ ہرا لہنگا، نہ آم کا پپیا، نہ جھربیری، نہ

وہ شرارت بھری آنکھیں، نہ وہ مزے دار باتیں ——— اب وہ صرف جلے ہوتے ارمانوں کا ایک ڈھیر تھا ——— وہ بے ضرر معصوم ارمان جن میں سماج نے آگ لگادی تھی ۔

# سچ صرف سچ اور سچ کے سوا کچھ نہیں

مصطفےٰ حسین صاحب موروثی زمین دار بھی تھے اور بہت بڑے زمیندار، پھر اُن کے خاندان میں کئی ڈپٹی کلکٹر بھی گذرے اور وہ اور اُن کے ایک بڑے بھائی ولایت پاس بیرسٹر بھی تھے، اس لیے جب انھوں نے ممدو کے مقدمہ میں دل چسپی لینی شروع کی تو سب حیران رہ گئے، بھلا ممدو کیا ان کی فیس دے گا اور ایسا گھٹیا سا کیس لڑ کر کیا اُن کی شہرت میں چار چاند لگ جائیں گے۔ لیکن بھئی آخر وضعداری بھی کوئی چیز ہے، ممدو نے ان سے خود بھی یہی کہا اور شرفو نے چار آدمی کے سامنے گواہی دی کہ ہاں اس نے احسان اللہ سے بھی یہی کہا تھا کہ "دیکھ —— زبان سنبھال کر بولیو، میں ڈپٹیوں میں کا آسامی ہوں۔ میرے دو بھتیجے بالسٹر ہیں گے، مقدمے کی دھونس مت دیجیو نہ تو ولایت تک کی ہوا کھلوا دوں گا۔"

ظاہر ہے کہ مصطفیٰ صاحب بیرسٹر کو اس کی اس بات کی کچھ تو لاج رکھنی ہی تھی اور پھر یہ بھی ہوا کہ جب انھوں نے اس کو ان کے گھر پر آکر سارا ماجرا سنانے کے لیے بلوایا اور وہ آیا تو اس کی بیوی بھی ساتھ آئی ـــــــ ممدو کالا تھا اور بے ہنگم، اس کی بیوی گوری تھی اور نازک اندام، چنانچہ جب وہ اس کے ساتھ ہوتی تو ایسا لگتا کہ پیازی ململ کی دلائی میں کسی نے کالے کھاروے کی گوٹ لگا دی ہے۔ اور پھر ممدو کی بیوی نے اپنے نازک وجود پر لپٹی ہوئی دو پاٹ کی سفید لٹھے کی چادر کھسکائی جس میں اس کے اپنے ہاتھ کی بنی ہوئی کروشیا کی لیس لگی ہوئی تھی ـــــــ اور دونوں ہاتھ باہر نکالے ـــــــ گورے مہندی لگے ہاتھ، جن کی لچکتی کلائیوں میں سبز کریلی چوڑیاں اور چاندی کے چھن تھے ـــــــ اور اس نے مصطفیٰ صاحب کے پیر پکڑ لیے، "اجی میر صاحب، اب گے کام تو تم ہی کر سکو ہو، اس اللہ مارے کو کالے پانی ہی بھجوئیو تمہیں اللہ قسم۔"

چادر کے کھسکتے ہی مصطفیٰ صاحب کے سامنے دو بڑی بڑی کھڑکیاں کھل گئیں جن میں سے بجلی گر رہی تھی، ایک پتلی سی ستواں ناک، نارنگی کی پھانک سا اوپر والا ہونٹ جس کے بیچوں بیچ، ناک کے بالکل نیچے، ننھے سے گڑھے میں بلاق کا دودھیا موتی تھرتھرا رہا تھا۔

ایک بار تو مصطفیٰ صاحب بھی تھرتھرا گئے، پھر ذرا سنبھل کے ممدو سے مخاطب ہوئے، "تو ہوا کیا تھا بے؟ گے کیا سننے میں آرہا ہے کہ تو نے احسان اللہ

کمہار کے گھوڑے کو مار ڈالا؟"

ممدو دالان کے ستون سے لگا کھڑا تھا، نوکروں ماماؤں کی فوج اُسے گھورے جارہی تھی، وہ اسی طرح ستون سے لگا لگا پیر بدل کر بولا، "اجی میر صاب، پہلی بات تو گے ہے کہ وہ گھوڑا تھا ہی نہ، وہ تھا خچر اور وسی پر گے احسان اللہ اپنے مٹکے وٹکے لاد کے منڈی لے جایا کرے تھا جی بیچنے کو۔ اجی وسی خچر نے احسان اللہ کے بڑے لونڈے کو گے سال لات ماردی تھی، اسپتال میں پڑا ریا دو مہینے ——— تمہیں نہ معلوم ہوا؟ ——— اچھا خیر نہ معلوم ہوا ہووے گا۔ تو جی وہ خچر میرے کھیت میں کو گھس آیا اور میں تھا جی صبح سے ذرا چڑلوا ——— پوچھو کیوں، تو وہ یوں کہ صبح ہی صبح اس گھر والی نے میرے سامنے روٹی کے ساتھ رکھ دیئے باسی کریلے اور جی میں ذرا چڑوں ہوں کریلوں سے۔ ہزار دفعے اس بھلی آدمی سے کے دیا کہ کریلے مجھے نہ بھلتے پر جب دیکھو تب کریلے ہی پکا کے بیٹھ جاوے گی.... اور جی...."

مصطفےٰ صاحب تیوری چڑھا کے بولے، "ابے کام کی بات کر نہ، فالتو کی بک بک کیوں کر رہا ہے ——— ہوا کیا تھا؟"

"اجی میں وہی بتا ریا ہوں، بتاتے سے تو بتاؤں گا، کوئی انجن نو لگ نہ رئے میری زبان میں۔ تم ذرا نشا خاطری سے سنو تو سئی بالشٹر صاب۔"

بیرسٹر صاحب زِچ ہو کے بھوئیں سیکڑ کے بولے، "اچھا بتا۔"

"تو جی وہ خچر میرے کھیت میں کو گھس آیا اور جی گیوں تو ہوا نہ

اس سال کچھ بالسٹر صاب ـــــ پوچھو کیوں تو وہ یوں کہ وہ سینچائی پر دین محمد سے جھگڑا ہو گیا تھا تو ون نے ایک ـــــ میسٹر پانی بند کر دیا۔ اور اوپر سے پٹواری کو انڈا پراٹھا کھلا دیا، پھر جی میں بہتیرا ہی دوڑا دھوپا، کچھ کام نہ بنا، اور آموں کو تو اب کے آندھیاں ایسا مار گئیں اے کہ جس کی کچھ ٹھیک نہ ہے، لو جی وہ چھالیہ برابر کی کیریاں بستر بچھ گئیں، ہیاں سے ہواں تک لے دے کے بس گے ایک کھیت ترکاریوں کا ریا تھا سو اس کمبخت خچر نے کھائی سو کھائی، ساری کی ساری ٹاپوں سے روند دی، لو جی وہ کریلے، وہ کدو، وہ ٹنڈے، بھنڈئیں، سب ستیاناس، تو جی مجھے بڑا تاؤ آیا، بس میں نے دے جو دوڑایا تو وہ بھوت والے بڑ کے پاس جو گڈھا ہے نہ دس میں کو اوندھا گیا ـــــ اجی وہی جو مرادن والا کنواں ہے نہ وس کے پاس پاس ہے گے بھوت والا بڑ، اور وسی کے ہی نیچے کو ہے گے گڈھا، تو جی وہ وسی میں کو اوندھ گیا ـــــ"

"اچھا، پھر؟"

"تو پھر میں نے وس سسرے کو وے کو دے لاٹھی' دے لاٹھی ـــــ اصل میں جی وہ گڈھے میں کو گر لیا بالسٹر صاب یوں ہی تو وہ پٹ گیا نہ تو وہ میرے ہاتھ میں آسکے تھا؟" ـــــ پھر آواز مدھم کر کے بولا "ویسے بالسٹر صاب میں گے نہ سوچ سکوں تھا کہ وہ مر جاوے گا، پر وہ تو مر گیا"۔

مصطفےٰ صاحب بولے، "ابے وہ تو سب ٹھیک ہے، مر گیا تو مر گیا،

بہتیرے ہی خچر مرجاوے ہیں، پر تو نے احسان اللہ سے گے کیوں کے دیا کہ میں نے مارا ہے۔"

"اجی تو میر صاب، مارا تو میں نے ہی تھا پھر میں کیا کہتا کہ کن نے مارا ہے، کیا میں جھوٹ بولتا بالسٹر صاب۔"

"تب تو تو جیت چکا مقدمہ۔ ایسے ہی عدالت میں کے دیجیو اور بک جائیو ہر جانہ بھرتے بھرتے نہ تو بیسیو جیل خانے میں چکی اور کھائیو ریت ملی روٹیاں۔ ایسے ہی موکل لوگ سچ بولا کریں تو وکیل بالسٹروں کی تو اینٹ سے اینٹ بج جاوے ——— پھر میرے پاس کیوں آیا ہے؟" ———

اور انہوں نے کنکھیوں سے اسکی عورت کی طرف دیکھا، عورت نے غصے سے اپنے میاں کی طرف دیکھا، پھر گھوم کر غرائی ہوئی آواز میں کہنے لگی۔ "اجی ان کی تو مت ہی پٹ ہو گئی ہے بالسٹر صاحب، پر اب تو گے وہی کہیں گے اے کہ جو تم سمجھا دیو گے ——— تم حکم کرو۔"

بیرسٹر صاحب ذرا نہال ہو کے بولے، "ہاں، یہ ہوئی کوئی عقل کی بات، سمجھ لے، وہ تیرے ہی نصیبوں سے گڈھے میں گر گیا ——— ہاں۔"

اور چونکہ ان کے خیال میں ممدو کی عورت اس سے زیادہ عقل مند ثابت ہوئی تھی اس لیے وہ اسے الگ لے جا کر تفصیل کے ساتھ سمجھانے لگے کہ ممدو کو عدالت میں کیا کیا کہنا چاہئے، جب وہ دونوں جانے لگے اور ممدو کی عورت نے اپنی دو پاٹ کی چادر اپنے کولہوں پر لپیٹی تو بالسٹر صاحب ممدو

سے بولے۔

"وہ میں نے تیری عورت کو سمجھا دیا ہے، وہ تجھے بتا دیوے گی، بس وہی تو کے دیجیو۔۔۔۔۔۔"

اگلے دن جب وہ عدالت میں گئے تو انھوں نے ممدو کو وہاں موجود پایا مگر اس کی عورت جو ساتھ نہیں تھی تو کچھ کمی سی محسوس ہوئی۔۔۔۔ خیر۔۔۔۔ انھوں نے ممدو کو اندر جانے سے پہلے ایک بار پھر پاس بلایا، "کیوں بے، تجھے تیری عورت نے کیا سمجھایا؟ وہ خچر گڈھے میں گر کے مرا تھا۔۔۔۔۔۔ سمجھا؟ گڈھے میں۔"

"اجی میں بالکل سمجھ گیا ہوں، تم نشا خاطر رہو بالسٹر صاب، گڈھے میں کو تو وہ گرا ہی تھا، گے ہی تو ہے ہی سچ بات۔ گے کہنا کون مشکل بات ہے، کے دیوں گا۔"

جب بیرسٹر صاحب چلنے لگے تو وہ ان کے پیچھے دوڑا اور دھیرے سے بولا، "بالسٹر صاب۔"

وہ رک گئے، کھج کے بولے، "اب کیا بات ہے بے؟"

ممدو آہستہ سے بولا، "اجی بات گے ہے کہ وہ .... وہ .... مجھے ذرا ڈر لگ رہا ہے بالسٹر صاب، اے کہ میں نے جج کبھی دیکھا نہیں ہے کیسا ہووے ہے۔"

"ابے جج سے کیا تجھے سمدھیانہ کرنا ہے۔" بیرسٹر صاب بگڑ کے بولے،

"بس جتنا میں نے تجھے سمجھا دیا ہے بس وِتا تو کہئے دیجیو کہ وہ خچر گڈھے میں مرا، باقی کا میں دیکھ لیوں گا"۔۔۔۔۔ وہ آگے بڑھ گئے، ممدو کھڑے کا کھڑا رہ گیا۔

جب وہ کٹہرے میں پہنچا تو اس سے کہا گیا، "قسم کھاؤ۔"

وہ آنکھیں پھاڑ کے بولا، "جی؟ کون میں؟ میں قسم کھاؤں؟"

"ہاں ہاں، اور کون۔" وکیل سرکار بولے، "اپنے ایمان کی قسم کھا کے کہو میں سچ کہوں گا، صرف سچ کہوں گا اور سچ کے سوا کچھ نہیں کہوں گا۔"

ممدو نے گھبرا گھبرا کے ہکلا ہکلا کے قسم کھائی۔

وکیل سرکار نے پوچھنا شروع کیا، "تمہارا نام محمد حسین ہے؟"

"جی وکیل صاب، مولی صاب نے تو میرا گے ہی نام رکھا تھا، ویسے اماں مجھے ممدو کہے ہے سو سب ہی ممدو کہے ہے اور محلے والے کبھی کبھار پیار سے ممّن بھی کہہ دیویں ہیں۔"

"ہم یہ سب نہیں پوچھ رہے ہیں تو محمد حسین۔" پھر انھوں نے کاغذ میں جھانک کے دیکھا، "محمد حسین وَلد غلام حسین، تمہارے کھیت میں احسان اللہ ولد امان اللہ کا گھوڑا گھسا تھا؟"

"اجی پہلی بات تو گے ہے کہ وہ گھوڑا تھا ہی نہ۔۔۔۔۔ وہ تھا خچّر اور وہ ایک ٹانگ سے ذرا لنگ بھی کھاوے تھا جی وکیل صاب اور وسی پرگے احسان اللہ اپنے مٹکے وٹکے لاد کے منڈی کو لے جایا کرے تھا۔ بیچنے کو اور جی۔۔۔۔"

"ہم یہ سب نہیں پوچھ رہے ہیں، جتنا تم سے پوچھا گیا ہے اس کا جواب دو۔"

"اجی میں وسی کا جواب دے ریا ہوں، بتلتے سے تو بتاؤں گا جی وکیل صاب، کوئی انجن تو نہ لگ رئے میری زبان میں ــــــ تم ذرا نشا خاطری سے سنو توسئی وکیل صاب ــــــ توجی کوئی دس بجے رات کا وَخت ہووے گا، سمجھ لو خوب اندھیرا ہوا یا تھا گھپ ــــــ اور میں اور میری عورت ہوئیں مینڈھ کے پاس میں کو سورئے تھے چارپائی ڈالے چوکیداری کو، اور جی وہ گھس یا یا اور لگا روندنے بس جی میری آنکھ کھل گئی اور میں نے لاٹھی اٹھائی اور میری عورت نے وِسکو پٹی طرف سے دوڑا یا توجی وہ دوڑتے دوڑتے بھوت والے بڑ کے پاس جو گڈھا ہے نا وسی میں کو اوندھ گیا۔ اجی وہ تو مرادن والا اندھا گنوا ہے نہ وِسی کے پاس ہے گے بھوت والا بڑ اور بس سمجھ لیو کہ وسی تلے ہے گے گڈھا ــــــ توجی وہ وسی میں کو اوندھ گیا ــــــ ہاں جی۔"

"اچھا تو وہ گڈھے میں گرتے ہی مر گیا ہوگا۔"

"نہ جی .... وہ تو .... ہاں جی ہاں وہ وِسی گڈھے میں ہی مرا۔"

"پر جب وہ گڈھے میں گرا تب تم نے کیا کیا؟"

"کس نے؟ میں نے؟ جی .... وہ .... اجی وہ جیسے ہی گرا بس میں نے دے لاٹھی .... اصل میں جی میں ذرا چڑچڑا ہو ریا تھا نہ صبح سے ہی، پوچھو کیوں؟ تو وہ یوں کہ سویرے ہی سویرے گھر والی نے میرے سامنے

روٹی کے ساتھ رکھ دے باسی کریلے اور میں جی ذرا چڑوں ہوں کریلوں سے تو جی میں نے غصے میں آگے دے لاٹھی دے لاٹھی ....."

"کس کو؟ اپنی عورت کو...."

عدالت میں ایک قہقہہ پڑا، قہقہہ پڑنے سے ممدو اور بھی زیادہ بوکھلا گیا۔ "نہ جی، لو، عورت کو تو میں نے کبھی پھول سے بھی نہ چھوا جی وکیل صاب .... وسی کو وسی خچر کو، ـــــ اجی وہ گڑھے میں گر گیا نہ یوں ہی، تو وہ پٹ گیا نہ تو وہ میرے ہاتھ آسکے تھا بھلا .... ویسے وہ مرا وسی گڈھے میں ہی .... ہاں جی، سچ کہوں ہوں...."

مجسٹریٹ نے ایک ہونٹ دبا کے ہلکی سی مسکراہٹ کے ساتھ کاغذ پر کچھ گھسیٹا۔ وکیل سرکار نے ایک موٹی سی تیل پلائی ہوئی لٹھیا ممدو کے سامنے کی، "دیکھو تم نے اسی سے مارا تھا نہ۔"

مارے خوشی کے ممدو کی آنکھیں پھیل گئیں، دونوں ہاتھ آگے بڑھا کے بولا، "ہاں جی، ہاں جی، گے میری ہی لاٹھی ہے جی، پر گے سُسری تھی کاں؟ میں تو اسے سارے زمانے میں ڈھونڈتا پھر رہا ہوں جی وکیل صاب، پوُوں تو میں نے اسے تیل پلا دیا ہووے گا، ہاں جی گے میری ہی ہے۔"

"مگر تم تو بڑے کمزور سے آدمی لگتے ہو، تم نے لاٹھی سے گھوڑا مار ڈالا؟"

ممدو کو اپنی مردانگی کی یہ ہتک بے حد بُری لگی، "اجی کیا کیؤ ہو وکیل صاب، تمہاری دعا سے بیس اوپر سو ڈنر روز پیلوں ہوں اور جی تمہاری دعا

سے اس مفلسی میں بھی کبھی کبھار گھی دودھ کھا ہی لوں ہوں اور جی ایک دو لاٹھی، تھوڑا ہی ہیں نے تو وسے بیسوں ماری ہوں گی، کم بخت نے میری ساری ترکاری روندڈی ـــــــ لوجی وہ کریلے، وہ کدو، وہ بھنڈئیں، ٹنڈے، سب ستیاناس کردئے، ـــــــ گیوں تو ہوا نہ اس سال جی وکیل صاب، اور آموں کو بھی آندھئیں ایسا مار گئیں اے کہ جس کی کچھ ٹھیک نہ ہے، لے دے کے بس گے ترکاری کا کھیت رہا تھا تو لوجی بھلا غصّہ نہ آتا مجھے اور جی..." پھر ایک دم سے ممدو کی نظر سامنے بیٹھے ہوئے مصطفیٰ بیرسٹر پر گئی جو غصّے سے پیچ و تاب کھا رہے تھے، بوکھلا کے بولا، " مگر جی وہ مرا وسی گڈھے میں ہی گر گے.... اور جی..."

وکیل سرکار مسکرائے، مجسٹریٹ کی طرف دیکھا، مجسٹریٹ نے ایک ہاتھ ذرا سا اٹھا کے کہا، "کافی." پھر ممدو حیرانی کے مارے رک گیا، اور وہ پھر دھیرے دھیرے کٹہرے سے اتر آیا، اس کی سمجھ ہی میں نہیں آرہا ہے کہ بالسٹر صاحب کیوں لال پیلے ہو رہے تھے، اس نے ان کا پڑھایا ہوا سبق دہرا تو دیا تھا، ایک نہیں کئی دفعہ کہ خچر گڈھے میں مرا، پھر اب انھیں کیا شکایت تھی اور باقی رہا یہ کہ اس نے کچھ باتیں سچ بھی کہہ دی تھیں تو کیا ہوا ـــــــ آخر اس نے سچ کہنے کی قسم بھی تو کھائی تھی۔

کچہری کے باہر جب ممدو اُن کے پیچھے آنے لگا تب تو مصطفیٰ صاحب نے اس کو دھتکار دیا۔ مگر شام کو جب وہ گھر آیا اور اس کی بیوی بھی ساتھ

آئی تو آخر وہ وضعدار تھے، کمرے سے نکل کر آنگن میں آئے جہاں وہ دونوں زمین پر اکڑوں بیٹھے تھے۔ وہ اس کی بیوی سے مخاطب ہوئے، "اب اچار ڈال اپنے میاں کا، ہواں عدالت میں کے یایا کہ گڈھے میں گرے ہوئے خچر کو میں نے بیسیوں ہی لاٹھیاں ماری تھیں۔"

بیوی نے چادر اتار پھینکی اور اپنا سینہ پیٹنے لگی، بیرسٹر صاحب نے جی بھر کے شربتِ دیدار پیا۔ ممدو اٹھ کھڑا ہوا اور پیر بدل کے بولا، "تو دن لوگوں نے مجھے ایمان کی قسم بھی تو رکھا دی تھی جی بالشٹر صاب۔"

"ابے تو ایمان گھر میں ہووے ہے کہ عدالت میں ہووے ہے ایمان' ون کے قسم رکھانے سے کیا ہو ہے، کچہری میں تو وہی کہا جاوے ہے اے کہ جو وکیل بالشٹر سمجھا دیویں ہیں۔ نہ تو یوں اپنی اپنی اڑاوے ہر کوئی تو وکیل بالشٹر کا کیا کام ہے۔"

حیرت کے مارے ممدو کا منہ کھلا کھلا رہ گیا، اس کا چہرہ یوں اتر گیا تھا جیسے اس کے ساتھ کسی معمولی بات پر کوئی اتنا شدید دھوکا ہوا ہے جس کا وہ تصور بھی نہیں کر سکتا تھا۔ دھیرے سے بولا، "اجی بالشٹر صاب' تو تم نے اتنی سی بات مجھے پہلے ہی سمجھا دیتے کہ گھر کا ایمان اور ہووے ہے۔ اور عدالت کا ایمان اور ہووے ہے۔ میں تو اب تک گے ہی سمجھا کروں تھا کہ ایمان آدمی کا ہووے ہے چاہئے وہ گھر میں بیٹھا ہووے اور چاہئے تو وہ عدالت میں کھڑا ہووے۔"

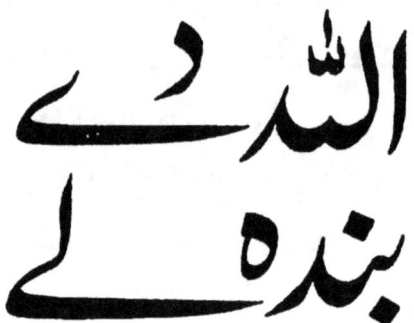

# اللہ دے بندہ لے

رضیہ سجّاد ظہیر

رضیہ سجاد ظہیر کے افسانوں اور خاکوں کا مجموعہ

## اللہ دے بندہ لے

سجاد ظہیر اور رضیہ سجاد ظہیر کی یاد میں پہلی بار شائع کیا گیا

علی باقر

(سکریٹری سجاد ظہیر اور رضیہ سجاد ظہیر میموریئل کمیٹی، نئی دہلی)